毕业季

姬流觞
JILIUSHANG
WORKS
著

北方联合出版传媒（集团）股份有限公司
春风文艺出版社
· 沈阳 ·

图书在版编目（CIP）数据

毕业季 / 姬流觞著 . — 沈阳：春风文艺出版社，2020.9

ISBN 978-7-5313-5838-1

Ⅰ . ①毕… Ⅱ . ①姬… Ⅲ . ①长篇小说—中国—当代 Ⅳ . ① I247.5

中国版本图书馆 CIP 数据核字（2020）第 160919 号

北方联合出版传媒（集团）股份有限公司
春风文艺出版社出版发行
http://www.chunfengwenyi.com
沈阳市和平区十一纬路 25 号 邮编：110003
辽宁新华印务有限公司印刷

出 品 人：单英琪　　责任编辑：王晓娣
责任校对：陈　杰　　助理编辑：高　洋
封面设计：八牛 · 设计　　版式设计：鼎籍文化创意　李天恩
幅面尺寸：145mm × 210mm　　印制统筹：刘　成
字　　数：340 千字　　印　　张：11.5
版　　次：2020 年 9 月第 1 版　　印　　次：2020 年 9 月第 1 次
定　　价：39.80 元　　书　　号：ISBN 978-7-5313-5838-1

谨以此献给孕育我梦想与希望的燕山大学及管理学院，

并及旅游专业诸位师友，

此去经年，归来仍是少年！

自序

回看花雨季，已隔十年灯

我是 1995 年入学，1999 年毕业的那一批旅游专业的学生。屈指一算，不胜唏嘘，江湖夜雨丨年灯。

那时候的燕大刚刚迁到秦皇岛。

我们那一年才开始对河北省的学生倾斜，学校里多是东北学生，老师讲课全是东北口音。“qiǔ 东西”，“chè 所”，这些东北口音——对我来说，从陌生渐渐变成自己的一部分，以至于我大一寒假回家，过年时亲戚问我妈:“你家什么时候有东北的亲戚了？”

“齐齐哈尔市富拉尔基区”，这是燕大前身东重（东北重型机械工业学院）校址。一连串好像译名一样的汉字在唇齿间跳跃时，心里会有十分异样的温暖感。

那时候的燕大很大，也很荒凉。就像我在故事里写的那样，一、二、三舍和崭新的四舍——二食堂都是后来修的。期盼了很久的新食堂，做出来的饭菜——不说了，说多了都是泪。

从二舍和四舍过去就是荒坡，荒坡上去，才是澡堂。冬天洗完澡出来，冷飕飕的风吹一路，进了宿舍头发都冻成了冰条。

眼镜湖那时候就有的。一大一小中间一个土梁。靠近一舍那边是校园主路，两侧杨柳依依。但是湖水就不尽如人意。好在绿苔青青，却没什么臭味。这也是我们猜测这个湖通着大海的原因。

我在前不久曾经回过一次学校，海边高楼林立，估计从四舍已经看不到大海了。但是我们那时候，从四舍的六楼看过去，绿的是防护林，黄的是海滩，蓝的是海，白的是天。

对，天是白的，晚上是深蓝的，可以看到星星和夜云。

躺在四舍寝室的上铺，我见过雷雨交加的海天是什么样，听到过雷声从海上滚过的声音，还看到过闪电从云层垂到海面的景象。毕业以后，无论什么样的末日大片，我都不会惊讶。真实的自然，远远超过人类造梦的想象。

我也曾在睡梦中，被海鸥的叫声惊醒，看到白色纤细的身影从窗前掠过。不过那时我自己吃的都成问题，所以从没想过喂鸟之类的事情。

后来我去过许许多多地方的海滩，喂过很多的鸟儿，还知道海鸥不怕人，很好喂，但是就像故事里讲的，错过了就不会再来。

作为一名学生，懒懒散散地躺在床上，看鸥鸟掠空，喂一喂它们这种事，已经不会发生在我身上了。

燕大柳树很多。

在你们那个 21 世纪楼修起来之前，那里就是一片柳树林，以至于我记忆中的燕大校园不是高楼，不是人群，不是熙熙攘攘的食堂，而是一片蓝色的海，一片绿色的柳林。

很多次我梦到燕大的时候，都会诡异地把柳叶柔枝挂在海面之上，就像仙侠电影里的低级特效。即使严肃如佛家经典，说到达摩苇航，我的第一反应是，他脚下踩的是柳叶。

辽阔海域，柳叶纷飞，那是我的燕大。

燕大还有一样东西特别多，学校门口的小饭店，挤挤挨挨一大片。

十八岁之前，我没有离开过家；十八岁进入燕大，好奇大于害怕。

我没有睡过上下铺，没有和别人共用过洗浴室卫生间，不知道如何与五六个人在一个房间里睡觉。我父母很担心，但我适应得很好。只是在刚入学的那个八月十五，站在还没有建成二食堂的坡地上，对着月亮，伤心了不到五分钟——然后就饿了。

所以，我在故事里写了一个吃货。食堂里的饭菜少油少盐，现在看来很健康，但那个时候真的不顶饥。

校门口一排溜的饭馆，不知道现在还有几家。前几天和同学微信聊天，提到过明顺、鲁星、赛恩斯、大众、露露、胖姐、东云阁、天天、九大碗……

我记得有谣传，校长对门口生意兴隆的饭店很不满意，说这么多饭店，人家只会想到燕大有一万多张饥饿的嘴。

可是，食堂吃不饱，还不能外面吃吗！

有个小饭店一块五一份菜，不论什么花色，不到十块钱就能吃一顿。对穷学生来说，真是太实惠不过！

学校两个校门之间有个菜市场，现在已经没了。那时候叫燕大市场，常常可以看到严肃的老师和教授们挎着菜篮子买菜，讨价还价。在那一刻，师道尊严沾上了家的气息。菜市场出入口有一家卖烙饼的，她家的韭菜鸡蛋饼到现在依然是我记忆中的第一名。

我大学对秦皇岛的美食印象很单薄，以果腹为主：烧烤、焖子、面皮。然而，据说这些都是东北的特色菜。

不管了，反正这是我燕大四年的主食。

菜市场旁边有个小书店，里面有很多言情小说，是我的最爱。

一舍后面也有个小书店，我在那里认识了席绢和于晴。一舍最早是女生宿舍，我也曾在那里住过一阵子。四舍盖好后，女生就搬走，把一舍留给了男生。

嗯，一堆男生里，总有一个人是特别的。

那时候，我经常从书店里抱着一堆书出来，然后从一舍门前走过。有时候会看看大门的方向，想象着也许能遇到某个人。

少年情怀总是诗。

就像故事里说的——以后的我们总能遇到更好、更合适的人，但错过的那个总是特别的存在。凝固在记忆的时间里，翻开就是照亮那段回忆的月光。

有人看开了，比如杭英，人生不回头；有人留下了，比如任苒，执着着她的现在。可是无论怎样，每个人都要体面地走下去。

每一个女生，每一个男生，爱或者不爱，都得活出自己的体面。

现在，估计这些书店早就拆了。上次回去，校门口的书店已经找不到了。一舍没去，那个小红砖房应该更早就消失了。

电脑、手机、电子书普及以后，实体书店哀鸿遍野。连我自己毕业之后，也趴在电脑上，早早地蹲进晋江的窝里。那时还没有晋江原创网，而是一个叫晋江的转载台湾言情小说的网站。

还有就是燕大的建筑，真是结实啊！

我从来没想过窗户棱可以那么厚，做得像阳台一样。现在的新校区已经没有了这个特色，但是那时候那就是我们的主战场。

据说学校是新加坡设计师设计的，整个校园像个大乌龟趴在山坡上，相传这种形状可以使学校不受海啸台风之灾。然而我在学校只经历过地震的摇晃，大家都很淡定，没人担心教学楼会塌——那家伙看着太敦实了！

闹地震的时候，大多数学生都集中到操场上，还有帐篷什么的。但是后来有些感冒的同学十分后悔地说："其实应该去专教。"

那不是楼，那是水泥墩子抠出的一个洞。

故事纯属虚构，只是让它发生在我熟悉的校园里。

正如那句诗所言"回看花雨季，已隔十年灯"，许多事都已经模糊不清，何况具体到某个时间点的某个人物？假语村言，借以表达我对那段简单无忧单纯生活的一种怀念，以及一点遗憾吧。

并不是所有的怀念都会悲伤，燕大留给我的印象始终是清新、快乐、温润而逗趣的。

我从来不是一个好学生，旷课、迟到、突击背书，这些事都干过。很庆幸旅游专业的老师们和燕大负责公共课的老师们并没有逼着我变成一个好学生，他们高抬贵手，让我能低空飞过。他们讲了许多专业外的故事，那大概是我最早接触的案例教学。

老师们好奇地看着学生们成长，长成他们本来的样子，乐呵呵地把我们送往社会。之后我换了很多专业，还考上了研究生，但是无论我走到哪里，旅游专业四年学习给我打下的烙印，已经深深地刻在我的学习、工作、生活之中，更多的是一种态度。所谓名声富贵都和学生时期的成绩一样，有之很好，无之亦可。我们努力争取了、做过了、体验了，便是完成了。

感谢老师们的宽容，感谢燕大在我生命中的留白，我爱你们！

目 录
CONTENTS

第一章

失恋，是毕业的前奏吗？

任苒尽量收住脚步，不远不近地缀在女孩的身后。女孩跌跌撞撞地走着，偶尔还会跑起来。错乱的脚步几次踩在土梁边上，从眼镜湖铺满绿苔的水面上方掠过。

任苒并不担心她会有什么危险。

这里是从教学区到宿舍区的必经之路，即使半夜十二点，依然会有晚归的高年级学生经过这里，消失在宿舍区那四栋天井式高楼中。更别说现在是下午四点二十，来来往往的人并不少。

“任苒？你在干吗？”

任苒穿过眼镜湖的土梁，在前面女孩走进柳树林里的时候，悄悄躲到了一棵树后面。尽管她觉得自己连喘气的声音都压住了，还是没压住来自别人的声音。

“嘘！”

任苒看了一眼来人，食指压在唇上示意噤声，转头继续看前面那个女孩。

程间眼皮抬了抬，忍了又忍，终于还是没忍住，凑到任苒耳边，咬着后槽牙低声说："马上要开会了，你在这里干什么？"

"开什么会？"任苒悚然一惊。

程间一副无可救药的表情，深吸了两口气，才把嘴角抬起来，"院办开会，安排送别老生的宣传工作。"

"那不是学生会的事吗？我是团总支的。"任苒不在乎地扭过头，继续看那个女生。

"通知上的列席两个字你怎么理解？"

"就是——可以不去的意思。"

程间霍地直起腰，一张白皙的脸涨得通红，抬手指着任苒的后脑勺，点了又点——才恨恨地放下："我干吗理你！"

一甩手，咔嚓咔嚓踩着草木残枝暴躁地走了。

听到身后没声了，任苒才长嘘一口气直起了腰，扭头看向身后已经空空如也的方向，怅然若失。

"知道你喜欢的人不可能喜欢你，原来这么不好受。"幽幽的声音从身后传来，这次任苒没有任何吃惊的反应。

"你没事了？"任苒头也不回地问。

"本来挺不好受的，看见你这德行，好多了。"刚才还哭得梨花带雨的女孩不知什么时候来到任苒的身后，"你为什么要跟着我？"

"昨晚的架不能白吵啊！"任苒一副秋后算账的样子，"我只是不小心看到你那封分手信，然后不小心当着颜漾的面安慰了一下你而已。"

"我不想做你善心的牺牲品，也不喜欢你拿着我的隐私去装扮你的德行，骂你你不亏。"杭英下巴微抬，看着比她矮半头的任苒。

"呃，那如果说我跟着你是想在你想不开之前，跟你说声对不起呢？"

杭英眨了眨眼，高傲的神色出现了一丝裂缝，扭头看向一边："我就是想哭一哭，什么想不开！根本不至于嘛！”

“是啊，那你说我着什么急呢？”

“什么意思？”

“你要是没想不开，我着什么急道歉啊！”

任苒一脸遗憾的样子，杭英的眼睛危险地眯了起来。

“哎呀，好啦！逗你呢！”任苒忽然龇牙咧嘴地笑了起来，跳起来挽住杭英的胳膊问，“好些没？要不要继续哭一会儿？你要是再哭，我就把林念她们都叫过来。另外，你觉得以咱们相处三年的了解程度来看，我对你那个所谓的‘不想’——会听吗？”

杭英无奈地叹了口气，抽出胳膊，抹了把脸：“伤心都被你搞得像闹剧！你什么时候能像个大人？我算是明白程间为什么看不上你了！”

“别哪壶不开提哪壶好不好？再长不大，我也是学生干部，在组织能力和个人能力方面是得到学校认可的。”

“转得你！谁知道你怎么混的！走啦，我饿了！”

“对对对！化伤心为食欲，我当初就是这么熬过来的。”

“然后长了十斤？”

“有吗？我怎么不记得。是不是长你腰上了？”

两人一边互相揭短，一边跑跑跳跳地往食堂走去。

真伤心的时候，有食无欲，尤其是学校食堂的饭菜。如果不是任苒在旁边撑着，绝对是对伤心人的最后一击——失恋的人只配吃猪食吗！

“也不能这么说，毕竟都吃了三年了。”任苒喝着没几粒米的粥，“听师哥们说，咱们学校刚迁过来的时候，粥里还有沙子呢，总是越来越好的。也许，将来会更好。”

“你怎么知道？我们马上就要毕业了。”

“嗯……十年后再回来，不就可以看到了。你不会连十年都活不了吧？”

“去去去！失恋而已，难道我还不如你！”

任苒笑了笑，没有继续说话。

她知道那个男生，是杭英的高中同学，两人算是青梅竹马。即使两地分开上学，也没有断了他们的感情。

“那个……我没看清楚为啥分手，你们这么多年的感情，怎么说断就断？”任苒咬着筷子，按捺不住好奇。

“不告诉你，大嘴巴！”

“不说拉倒，反正别人也会问你的。你要是不嫌麻烦，就自己说去。”

女生之间没秘密，更何况这个秘密已经被任苒说破。昨晚是因为到了睡觉的时间，一会儿回去肯定少不了一番盘问。

“也没什么，就是他不是要毕业了吗，留京指标挺难拿的。他条件不是特别好，然后——那女生是学工处处长的女儿。”

“切！烂人！这跟卖身有什么区别！这种人也值得你哭十几个小时，你也太不值当了吧？眼瞎！”

任苒的外号之一是“大炮”，这张嘴真是没治。又快又毒，除了人话啥都说。

“您这是安慰我的意思？”

“没，没这意思！我是就事论事。”任苒一点弥补的意思都没有，咬着筷子延续刚才的思路，“现在就看你了，如果就这么算了，你该干吗干吗，说明你还是挺明智的；如果你真的还为了这个人折腾自己，甚至想做那个浑蛋心里的白月光，用生命恶心一下他老婆，我也没话说。不过那你可要想明白，人活着一辈子可不容易，只用来恶心另外一个女人，是不是有点不值？”

杭英柳眉倒竖，手放在桌边。如果不是因为餐厅的桌子是铁的，估计她已经掀起来了。

任苒的眼神特别清澈，直白得像个四六不通的傻子，认真地看着杭英，语气平和地说："你说你多幸运，这么早就认清一个浑蛋，还有放弃的理由。我呢？"她有点伤感地低头看着桌面，"他真的很好，我唯一放弃的理由，就是自己不配。"

杭英的火气瞬间就没了："也许……只是时候不到。毕竟我们才大三，离大四还有一年。"

杭英复读过一年，所以那位竹马比她高一届。

"半年。现在已经是大三后半学期了。"任苒一口气把剩下的汤全喝了，缸子里的菜没有动，"学习天才，我们已经进入毕业季了！"

"所以，我决定了一件事。"杭英眼神清亮起来，"我想明白了，我也要去北京！"

"做梦吧！人家是北京的学校，指标都难拿得很。咱们这外地的大学，到哪儿弄北京户口给你？"

"我要考研。"杭英端起碗，一口气喝光，仿佛那不是粥，而是宣誓用的酒，"我要考北大光华，而且我一定要上公费研究生。毕业一定要留京！"

"你只是咱们班的学习天才，可北大光华管理学院却是全国学习天才的向往之地。还公费！你知不知道别人考研从大二就开始准备了？现在大三下半学期，你说你要考北大的公费研究生？做梦都是噩梦啊！"

"公费"是任苒的心中痛，比起杭英每学期四百块钱的学费，任苒的学费要在后面多加一个零。

杭英没说话，只是用轻蔑的眼神狠狠地碾压了任苒。搞得任苒觉得自己不是一个人，而是全国学习天才的化身，正在杭英的眼神下苟延残喘，挤压成饼！

也许是被新的理想激发了活力，杭英看起来有了点活力，顺带着也关心起任苒。

走到女生宿舍大楼门口的时候，陪着任苒去小卖店买电话卡排队，杭英问她："你有什么打算吗？马上就毕业了，去哪儿或者做什么？"

任苒却没有说话，只看着小卖店的窗户发呆。顺着她的目光看过去，杭英看到程间和蒋雪柳正站在门口说说笑笑。

学校的建筑算是大学里比较有特点的。三面合围口字形的六层楼，单留出一面来设两道六米高的大门庭。四根大立柱分出前后六个门洞。前后两对两扇对开的雕花大铁门足有四米高，挡在主门洞里，常年不开。四个小门洞各有一扇单开小铁门，也将近两米高。平时只开一侧，另一侧估计已经焊死了，反正任苒没见它们开过。

里外两道大门之间有一个极为宽敞的门庭，左边靠着开着的小门的是传达室，右边则是小卖部。

这样的大楼目前有四栋，一二三都是男生楼，最新盖好的四号楼简称"四舍"，是唯一的女生楼。据说还要扩建，但是目前连地基都没看到。倒是听说附近的农民已经包围了好几次校长办公室，要占地儿的钱。

程间和蒋雪柳就站在门庭处，不知道聊什么，蒋雪柳笑得非常好看。最主要的还是程间，双手插着兜，微微低头。唇角含笑，干干净净的一张脸，看起来很温柔。只有挺直的鼻梁在侧面勾出一道略显凌厉的线条，为他添了几分硬朗。

杭英捅了捅任苒："回魂啦！没你嘛事儿！"

任苒撇嘴："我看看还不行吗？好歹也是帅哥美女，养养眼呗。"

"别人看是养眼，你看是针眼。"

"能不要这么犀利吗？"

"你不觉得我还客气了吗？"

"谢啦！"

这边斗着嘴，那边已经说完事儿，挥手作别。任苒连忙扭头装没看见，躲过程间看过来的目光。杭英倒是看到了，笑着冲程间点了点头。

看到程间走了，杭英想起自己刚才的话题，追问了一句。任苒顺口说："能有什么打算！早点毕业，早点跟这家伙分开，也许能忘得快一些。最好老天在毕业那天送我一个大帅哥，又温柔又有钱，我就圆满了。"

"出息！你席绢看得太多，中毒太深！明天计算机课上机，你准备了吗？"

"不去了。"

"你又逃课？"

"我能不逃吗？老师把咱们班人都认全了，突然看见我坐在那儿，不一下子就知道我之前在逃课吗！顺藤摸瓜，每次你都代我签到的事儿，暴露了怎么办？"

"合着你还是为了我？"

"咱俩谁跟谁，我必须为你豁出去！"

"那你去死。"

"一百年后，我一定做到！够意思吧？"

对杭英来说，旷课什么的简直是堕落到忍无可忍。但是杭英也很奇怪，为什么自己居然会为任苒代答签到了两年半？

"你羡慕我做了你不敢做的事。"

任苒的强行解释虽然在当时招致一顿好打，但是事后想想，好像也有几分道理。

第二章

你是谁?

计算机馆是一栋单独的三层楼。学校的楼建都格外结实，窗户棱都是一米多宽的水泥台，每扇窗户外面宽敞得可以两个人各自搬把椅子晒太阳。一扇扇窗户以工科生特有的审美整齐地排列在十分结实的楼层结构中，引得任苒这种文科生在见到第一眼时就惊呼:“这是怎么盖的楼？在水泥墩子里抠了个洞吗！”

程间第三次看表，旁边的三爷忍不住问他:“怎么了？有事儿你就走，我帮你答到。”

“那倒不用。今天老师不点名。”程间淡定地说。

“我去！你怎么知道？早说爷就不来了！”

三爷有良好的午休习惯，一般下午三点半才起。但是计算机课今天是第一节，为了不被抓，吃完午饭，三爷抱着书包就进了教室，准备一边上课一边睡觉。

“昨晚出去吃饭，碰到翁老师了。我问了一下，他自己说的。”

“切！”三爷松了口气，“哄你呢吧？”

“酒后吐真言。”

“那倒可信。”

学校门口的小饭店是最公平的场所，无论老师学生，进去就是兄弟姐妹。喝酒吃饭聊大天，醉了糊涂了说些心里话：老师套学生有没有作弊，学生问老师点名成绩，当然原则性的，比如考题，大家还是很有底线不问的。

“那你看表干什么？”

程闾下巴点了点旁边的一个角落，有个人正蜷成一团睡觉。

“谁啊？比我还能睡？”三爷抻着脖子看，然后揉了揉眼睛，“不会吧？她怎么上课了？太阳打西边出来了？”三爷也看了看自己的手表，“走错教室了？还有两分钟打铃，是不是该走了？”

程闾干脆站起来，走过去拍了拍任苒：“喂，还有两分钟就上课了，你还不走？”

任苒睡得迷迷糊糊。昨晚通宵看了四本小说，睡了一上午还是头晕，正在这儿难受呢，被程闾拍醒，很没好气：“走什么走？翁老师不来啦？”

“你来上课的？”

“不来上课来吃饭？你请？吃键盘吗！”

狗嘴里吐不出象牙。

程闾默默地在心里描述了一下此时的心情，黑着脸回到自己的座位。

“她怎么来上课了？我以为这个学期又是考试见。”

三爷的睡意完全被好奇心驱散。

任苒旷课是出了名的，曾经做出过一学期不来上课只在期末考试时出现在课堂上的事，那次差点被当成替考的赶出去。

不过她当时正在参加学校的大专辩论赛，旷课实际是备赛的请假，老师了解之后就过去了。但是同学们都晓得，被她“旷”出去的课，有百分之八十都留在了学校门口和一舍后面的小书店里。

要知道，辩论队的讨论会一般都是晚上，同期辩论队队员可是没请几次假。会计班的金彬还是全勤！

程间摇了摇头，嘴角动了动，看不清是向下撇还是向上翘。

三爷百无聊赖地四下观望，然后不可避免地发现身边的这位爷依旧斜眼瞅着任苒。

当三爷准备继续发问的时候，程间已经站起来再次走到了任苒身边，还坐了下去，继续追问："你怎么来上课了？"

三爷摇了摇头，顺带看了看教室门口。门口空荡荡的，工贸班这会儿是贸易英语，蒋雪柳应该不会看到。

这家伙，到底想什么？不是已经拒绝任苒了吗？这时不时地就去撩拨人家，也不怕别的女生误会啊！

三爷在心里叹气：大学里谈朋友这种事就是两极分化严重，撑的撑死，饿的饿死。像程间这种脑子里只有学习和学生工作的家伙，就不应该长得帅。看看撩得人家姑娘们要死要活的，他自己却一副很正经、没想过、怎么可能的模样，简直丧尽天良！

"我真的是来上课的。你能不能让我睡会儿？"

任苒就差举手投降了。

熬夜后在教室趴着补觉简直太痛苦了！在计算机教室睡觉更是痛苦——键盘很硌，主机很吵！

这么艰苦的环境，还有人跑过来叽叽歪歪，如果不是困得难受，她真想一脚把这家伙踹死。

程间差点被这句话气笑，什么时候上课和睡觉这么和谐了？

上课铃响了，翁老师踩着铃声进来，笑眯眯地和大家打着招呼。

20世纪90年代末期电脑还没有现在普及，他们学的还是FoxBASE，系统也是DOS。界面不是黑色就是蓝色，一行行细细的白色英文字母和符号就像催眠师的法宝，别说任苒这种典型的文科生，连程间都对那块黑屏兴趣了无。

但是翁老师很喜欢。

他说电脑是开启新世界的大门，掌握电脑技术的人，必将是未来世界的王者。虽然十年后他的论断成真，一个个互联网大佬的诞生印证着这位名不见经传的年轻老师的先见之明，但这个世界的财富并没有因为他的先知而给他多分一杯羹。

程间没再说话，按照老师的要求打开电脑，准备听讲。

忽然翁老师目光灼灼地看了过来："我们的课虽然只是副课，但是对你们将来就业有极大的好处，还请同学们认真对待。"

这话一出，大家都精神了：老师这是有意见啊？

谁啊，这么倒霉，触老师霉头？

翁老师并不是"四大名捕"，校里院里都没他的名号。因为年轻，和同学们相处得也很融洽，甚至有些男生私下里还和他称兄道弟。但是这不等于他会放松要求，尤其是他是那么热爱自己这门计算机课。据说他家里的书房堆满了各种废旧零件，全都是他淘来了报废电脑，没事了就自己捣鼓——组装或者拆卸。

翁老师自己说过，你可以不来上我的课，但不能影响我上课。

谁影响翁老师上课的心情了？

大家互相看着，幸灾乐祸地想找出这个倒霉鬼。

程间捂住额头，垂下眼帘，后悔自己刚才挪到这个位置——

翁老师看的分明就是自己身边这个呼呼大睡还流哈喇子的家伙嘛！

"那个睡觉的，说你呢！"翁老师在讲台上点名。

程间踢了一脚任苒。任苒还算警醒，立刻坐直了——但是眼睛还闭着，摇摇晃晃，一副随时准备卧倒的样子。

“老师叫你呢！”程间压低嗓子提醒任苒。

他只是想让这个家伙知道状况，赶紧睁开眼跟着翁老师按部就班地上课。但是——

“到！”任苒突然高声喊了一句，吓了翁老师一跳。

全班愣了一下，然后哄堂大笑。

笑声里，任苒终于清醒。

翁老师顿了一下，露出恍然大悟的表情：“你是代答到的吧？谁让你来的？你们班今天来了几个人？颜漾？”

颜漾是班长，无奈地站起来：“我、我还没来得及数。”

大家赶紧看看自己身边的人，想着有没有哥们儿姐们儿没来的，要不要打个掩护。

那时候手机还是奢侈品，大家最常用的通信工具是宿舍里的201电话，像这种突发情况根本没办法及时联系，只能靠平时攒的人品看有没有人替你发声了。

好在已经大三，该攒的人品都攒得差不多，来的没来的心里都有数。

当然，也不乏异类。

翁老师让颜漾坐下：“我今天就不点名了。那个同学，你在别的课上睡觉没关系，在这里睡觉，万一口水流到键盘或者手碰到插座是很危险的。你是哪个班的，赶紧回去，睡觉就去宿舍睡，不要来这里。”

任苒迟疑地站起来，怀疑自己可能在做梦：“那……我可以走了？”

三爷吃惊地哑着嗓子喊：“还有这种事！”

一时间，各种羡慕嫉妒恨的目光涌向任苒，就像兴安岭的猎手在荒原里看到了人参宝宝一样！

翁老师点了点头，任苒激动了。拿起书包谢过老师就要走，翁老师喊住她："对了，谁让你来的？谁让你帮她代答的？"

霎时，教室里的空气凝固了。

那些羡慕嫉妒恨的目光，随着这句问话变成大大的疑问：

——任苒，你不就是这个班的吗？

——你旷课旷了半个学期，现在被抓包了吧！

——看你怎么答？

三爷低声对身边的老马说："这要是回答对了，兴许咱也可以跟着学学？"

"要是错了，可能会被退学。"

老马面无表情地回了他，低头继续看自己的书。

他是班里最早决定考研的人，已经复习一个学期了。效果并不知道，但状态已经是妥妥的木鸡。

程间冷笑着暗暗摇头，但是旷课半个学期，会不会被勒令退学？想到这里，他担心地看了一眼任苒，一种说不清道不明的情绪在心底蔓延。

她旷课……好像是从大一下半学期表白被拒之后开始的吧？

任苒露出羞愧的神色，嗫嚅着，然而毫不迟疑地报出了一个人名："是……杭英。"

"杭英？"

翁老师自认已经认全了这个班的人，扫了一遍，果然没见。他对杭英的印象很好，上课认真，学习很有灵气，是个好学生："她怎么不来了？"

"她要考研，去北京买书了解课程去了。估计要几天的时间，怕不给假。"任苒流利地回答，坦然的神色好像她真的不是这个班的。

全班同学神色复杂地看着她，没有一个人吭声。只是这沉默里，夹杂的情绪太过复杂。连坐在任苒身边的程间，都觉得自己刚才的内疚太多余！

"哦，这样啊，可以理解。你以后也不用来了，让杭英好好准备，回来了正常上课就行。”翁老师大手一挥，放走了任苒。

在全班同学心情复杂的注视下，任苒同学飘然而逝，全身而退。

“分明是杭英走了没人给她代答，她才不得不来上课的！”肖晓茹小声和身边的颜漾嘀咕，“杭英不是让你代她答到吗？”

颜漾长得盘靓条顺，就是性格太婆妈。男生因为美色被她吸引，然后被她无微不至的性格劝退——都觉得像看见了妈。

“嘘！回去再说。”颜漾谨慎地打断晓茹的抱怨，自己却忍不住，“杭英不想请假的，这样一来是不是得请假了？”

“这个任苒，太自私了！”

虽然大家是一个宿舍的，但肖晓茹和任苒在入学第一天就不对盘，原因不详。

第三章

杭英新的开始

杭英买的后半夜到北京的票。

彼时高铁还只是科幻里的东西，普通老百姓不会把日本的磁悬浮和中国的铁路联系到一起。最快最先进的叫“城际列车”，夕发朝至已经算是人性化的进步。而杭英买的，依旧是最古老的绿皮车，半夜十一点十分发车，凌晨五点零九到北京。

原因只有两个字——便宜。

决定考研之后，好像推开了一扇新世界的大门，她心情激昂，迫不及待地要踏进去，开始新的征程。

杭英跟着任苒回到宿舍，十点熄灯之后，她拖着行李箱站在宿舍中间宣布：“我要去北京看一下考研的情况，时间不定。颜漾，老师点名你帮我个忙。先别请假，我怕来不及赶回来。”

“不就是买书买教材吗？”任苒睡上铺，盘腿坐着看小说，探头问了一句。

“我想看看课程，最好能跟着旁听。”

“你是说——你要去北大上课？”晓茹有些吃惊。

杭英点了点头，看向颜漾：“拜托了！”

“那怎么联系你？”

“到了我给你们电话。”

临出门的时候，杭英听见任苒在身后喊了一嗓子：“带好钱！别被偷了。”

任苒是乌鸦嘴。

杭英再次确认了这一点——

她的钱被偷了！

好在她把钱分成了三个地方保存，被偷的只是兜里的零钱。学生证和车票被她死死地攥在手里，睡觉的时候揣在另一个兜中没有丢。

杭英走到出站口，拿出车票和学生证，顺利检票通过。按照之前查好的地图，她打算坐……几路公交车来着？

杭英终于品尝到被偷的苦果，除了零钱丢了，还有一张写着如何乘车的简易地图，也丢了！

杭英默默地闭上眼睛，在心里数着数：一……没关系、二……关系不大、三……我——天杀的，不知道老娘是路痴吗！

丢钱丢命都不如丢指路图更让人绝望！

学霸杭英，天生路痴一枚。入学以后，第一学期就在学校里迷路了不知多少次，其中一次因为洗完澡从澡堂子出来找错了楼，端着脸盆带着一身洗完澡后的馥郁馨香，披散着湿漉漉的头发进了二舍，还引起巨大的轰动。

任苒很不理解，总共四栋楼，女生楼那么新，还把边，怎么就找不到。

杭英懒得跟她解释，路痴的世界是任苒这种导盲犬无法理解的。她能说之所以成为学霸，就是因为不认路，所以干脆憋教室里或者家里学习吗？

眼前的世界变得魔幻起来，右手的高楼和左边空荡荡的天空交织在一起，车流声和说话的声音好像一支无形的棒槌，把那些建筑狠狠地搅拌起来，世界就像蒙克的《呐喊》一样，不停地扭曲着……看哪儿都不一样，看哪儿又都一样！

我在哪儿？

我要干什么？

杭英站在北京站大广场的最前方，对着丁字路口的岗亭发呆。

“同学，你要去哪儿？”

坏人！

杭英一激灵，很警惕地攥紧了书包带。仔细一瞅，是和自己年龄差不多的一个大男生：“干吗？”

男生挠了挠头，脸涨得通红，张张嘴在杭英显而易见的警惕性面前败下阵。最后干脆放下手里的包，从兜里掏出一个小红本，递过去：“咱俩一个学校的，我是计院的。”

计院，计算机学院的简称。当年学校从东北搬过来的时候，最大最主要的专业是机械专业。后来学校不断扩大，新的专业不断产生，老专业升级换代，建立的第一个学院就是机械学院。为了方便称呼，大家都叫“机院”。以此类推，后面的材料专业、计算机专业都如此简称，只是到了计算机这里，这个称呼就多了几分暧昧的味道。

“你怎么知道我们是同学。”杭英翻了翻红色的学生证，还跟自己的仔细对比了一下，钢印、签名，学生登记时间，盖的章，应该不是假的。

男生很喜欢挠头，杭英猜他很久没洗澡头皮痒痒。

没办法，S 大的出身查族谱，三代都是纯理工院校，血统纯净得不得了！爹辈儿的东北重型机械学院就是纯理工院校，爷爷辈儿的哈工大也是纯理工院校。从爷爷辈儿传下来的专业，什么机械、冶金、轧钢……除了铁姑娘，没什么人会觉得这种专业该招女生。

到了 S 大，建设综合性大学，才有了设计、管理，以及法学这样的学科。在任苒和杭英入学的时候，法学还是专科。任苒知道这个专业，还是因为辩论赛请了法学类的老师来指导的缘故。

男生多女生少，直接后果就是男生放纵得各种不修边幅。

“那个……咱俩前后脚上的火车。我坐在你斜对面。”

杭英没说话，这太弱了，坐我斜对面就知道咱俩是校友？合着这火车是 S 大专列。

男生脸红到耳朵，在耳垂滴血之前，终于说了一句：“我在二舍见过你！”

打住！

杭英果断地打断对方，把学生证递过去：“你知道去北大怎么走吗？”

“知道。我也去那边。”男生如蒙大赦，口齿立刻流利起来。

“带路吧！”

杭英努力让自己看起来很正常，但这迫不及待的样子，就像刚出家门的小仔鸡挺直了胸膛以为自己是大尾巴狼。

幸好，对面的人和她也差不多。

两只小仔鸡战战兢兢地踏进首都的公共交通系统，在汗臭和人潮中，开始他们新的征途。

经过两个小时的晃悠，从特 4 路上下来的时候，杭英几乎虚脱了。扑面而来略带凉意的秋风居然让她觉得比海风还惬意！

这一路一直在脑海里盘旋的问题此刻变得更加清晰，她扭头问这个学生证上叫汤宇诚的男生：“你……来北京也是考研？”

“不是，我准备出国，过来上新东方。”

出国？

杭英脑子里转了转，她从来没考虑过这个问题，但好像也是个出路。不过她有更要紧的事情，必须在这个男生离开之前问明白：“你坐我斜对面？看到什么没？”

汤宇诚连连摇头。

杭英直觉眼前这人在撒谎，但这个问题——其实只是她的不甘心罢了。他看没看到，于事无补。

北大的大门就在眼前，路痴不是盲人，杭英很确定自己不会走错大门：“谢谢你，我到了。你去哪里？”

“我也去北大。有个同学在那里上学，这次来是借住他们宿舍的。”

杭英很羡慕，她也有高中同学在北大，但是她不想让任何知道她过去的人了解她现在的计划。

“你去哪个楼？我来过几次，比较熟。”汤宇诚不小心说漏了嘴，看杭英没反应，就没再解释。

自从杭英浴后气色红润地闯进二舍后，她是路痴这件事就不再是秘密。当然，另外一些和杭英有关的事也就更不是秘密了，比如：

杭英很骄傲；

杭英有个男朋友；

杭英是尖子生；

杭英很古板……

“不用了，谢谢。”

杭英拒绝。

汤宇诚一点都不意外。他犹豫了一下，还是识相地离开了。

杭英等汤宇诚走远了，才沿着马路过了校门，再过一个十字路口，来到一处小区前。回头看看依然可见的北大校门，杭英转身钻进了一个半地下室的门洞。门洞旁边摆着一个白色的灯箱，上面写着红色的大字：“迎宾旅馆”。

汤宇诚折回路边，看着杭英走进那个楼洞，认真想了想，自言自语：“算啦！都什么时候了，人家有男朋友的！这次来，说不定是和男朋友约好了呢！”

他又挠了挠头，拖着行李走进校门。

汤宇诚喜欢杭英，在他们寝室不是秘密。

杭英走错了宿舍楼，直接闯进二舍小东门，碰到的第一个跟她说话的人就是汤宇诚。

那是一句发自肺腑，震人心魄的话——

“啊……”

尖叫的是汤宇诚。他懒得去远在小山丘上的澡堂子，直接在寝室旁边的洗浴室冲了凉。光着膀子穿着四角内裤就出来了，直接和杭英走了个正对脸。

别人都说杭英身上有沐浴的芳香，他什么都没闻到。印象里就是一双乌溜溜的眸子，直直地看着他，看着他……看了两年多，入了他的梦，刻上他的心，眸子里的黑色变成了无边的夜空。汤宇诚看到夜空中的星星，从此仰望星空，任月光洒满心头，再也装不下任何花花草草。

列车偶遇，女神睡得颠三倒四，汤宇诚看得如醉如痴，顺便也看到谁偷拿了女神的零钱包。可那人一看就是惯偷，也不知道车上有多少人接应他。汤宇诚看他拿出来的钱也不多，就眯着眼不吭声。

出站的时候想起杭英的车票，不知道有没有被偷走。悄悄跟了一路。看到杭英顺利出站，才松了口气准备办自己的事。

然而，已经走到车站的汤宇诚，扭头看到女神趴在丁字路口的栏杆那儿发呆，想起了传言：杭英是路痴。

杭英知道自己不认路，所以特意订了这家离学校最近的招待所。虽然条件差到令人发指，但是想到第二天不会迷路，杭英还是忍着黏腻的霉味和来源不明的声音睡了一夜。

起床出门前，她坚定的在北京复习考研的信念被这一夜难挨狠狠地动摇了：难道就要在这种地方备考吗?

潮湿、绿霉、长毛的被褥、腥臊恶臭的味道、让人面红耳赤的声音，还有擦肩而过、面目不善的人类……

半地下的招待所是个神奇的世界，它与杭英了解和生活了二十年的世界格格不入。它更像杭英迷路后感受到的那个世界：扭曲的、魔幻的、恐怖的、不稳定的，随时都会把它周围的世界碾压在维度的挤压中。

昨天晚上，杭英害怕着，小心翼翼地关好门，在枕头下面藏一把水果刀，和衣躺下，只用被子的一角盖着肚子。她庆幸自己还算明智，订了一个单人间；饶是如此，也小心地把门锁试了又试。夜里稍有风吹草动，她就能迅速醒来，瞪大眼睛，茫然地在黑夜里搜寻着危险的痕迹。

早上看着小镜子里自己的黑眼圈，摸摸扎手的头发，杭英深切地怀念起自己那个虽然很小很挤，但至少窗明几净，还有海风和海鸥时时光临的小寝室。就连被她抱怨了三年，紧挨着宿舍的盥洗室都显得那么温馨而美好。

她甚至不敢想家，想自己家里的卧室。那些东西太过美好，美好得会击溃她努力坚持到现在的信心。

即便如此，当杭英走出招待所的大门，踏上青砖铺成的人行道时，她才深深体会到：这些困难在老天爷那里都不算啥。

如果老天爷想让你绝望，出手就是毁天灭地，直接打得你翻不起身。

巨大的绝望笼罩了杭英——

眼前白茫茫的一片。五米开外，连路都看不到。

她算计了那么多，准备得那么充分，做了那么多心理建设，怎么就没想到北京秋天的大雾呢！

向上、向下、向左、向右——

到处都是白茫茫的。

杭英向前试着走了几步，终于看到了马路牙子，回头一看，更绝望了——招待所的大门呢？

第四章

前因后果

“你们说杭英那个路痴，不会在北大迷路了吧？”任苒坐在自己下铺林念的床上，一边看小说，一边笑眯眯地问林念。

周末的早上，阳光透亮得像没有空气。寝室里，除了杭英，大家都在，不过气氛不是太好。

林念翻了她一个白眼，没理她。

肖晓茹说：“任苒，你还知道担心杭英啊？”

“我为什么不担心她？哦，因为点名的事吗？那不是没事儿吗！”任苒满不在乎。

“这不是有事儿没事儿的事儿！你就不该出卖杭英。她说了不想请假，你没听见吗？”

“我也没说错啊！再说了，要是不说她，说我自己，那后果可就严重了。”

“哼！知道后果你就别旷课那么多啊！”

“你也早知道大泵那家伙花花，怎么还答应他？现在那家伙劈腿，你怎么不说你当初就知道他花花呢！”

“你说什么呢！”

大泵是晓茹的男朋友，机院的一个帅哥。不过人也花花，分分合合闹了几次，现在好像又在闹，但是大家都识相地不提。

任苒本着伤疤上面撒盐的原则，挑着晓茹的伤口扎针儿。

颜漾一看话题不对，赶紧拦住肖晓茹：“算了算了，都过去了，别吵了。”

“你说明白，什么意思！”

“字面意思！”

林念推了一下任苒，仅仅是警告的意思。任苒没提防，直接一个倒仰栽进被子堆里，滚进墙角。吓得林念赶紧扶她，任苒龇牙咧嘴地坐起来，顾不得晓茹，指着林念念叨：“这是第五次了，你欠我五顿兰州拉面！”

晓茹：“活该！”

“你闭嘴吧！”颜漾扯了一下晓茹，沉下脸。

任苒翻了个白眼，不看晓茹。

林念左右看看，不知道该说什么。

她长得柔弱清秀，尤其是那对古代美女才有的削肩，看起来跟林妹妹似的。但是相处才知道，这家伙简直天生神力，尤其是任苒这种不爱动全身都是懒肉的家伙，动不动就被林念不经意地一划拉给推得撞墙、撞床、各种翻滚。三年下来，任苒身上各种青肿，一到夏天就会招来男生各种暧昧不明的目光。

要说林念的缺点，就是嘴拙，尤其是这种斗嘴的时候，除了看这个看那个，那张樱桃小嘴基本就是摆设。

尴尬在宿舍里蔓延，大家都沉着脸。周末晴朗的早晨，眼瞅着就要黑化。

颜漾伸手划拉一下桌上的小说："任苒，你借新小说了，哪本好看？"

"这本……还有这本《东邦系列》，挺好看的。"

林念站起身，和颜漾换了位置，拉住晓茹："走吧，咱俩逛街去。"

今天周末，本来也是约好的逛街。晓茹瞪了一眼任苒，她不出意料地没啥反应，便挽着林念的胳膊走了。

颜漾也看言情小说，就是不像任苒那么痴迷。拣了一本没看过的，拿起来仔细地看。

"等联系上杭英，我会自己跟她说的。"

任苒看着书，头也不抬地说。

颜漾看了看任苒，没有说话，只有嘴角翘了起来。

中午吃饭的时候，任苒借口还书，拒绝了颜漾一起吃饭的邀请。颜漾欲言又止，任苒满不在乎地一挥手："没事啦！我都说了会自己跟杭英说的，解决啦。"

颜漾点点头，她也没什么更好的办法。但是，在心里，颜漾依然觉得任苒这样做非常不好，即使任苒会亲自向杭英道歉，颜漾一样觉得有个疙瘩在心口堵着。

"这不是道歉不道歉的问题！"在食堂，颜漾碰见晓茹和林念她们也没什么逛街的心情，坐了一圈公交车，到了金三角看到乌泱乌泱的人群就直接回来了。

"道歉不对吗？"林念很老实。

"道歉没问题，也是应该的。但是任苒的问题，不是道歉不道歉的问题！"

"那是什么问题？"

"是她自私的态度，是她觉得自己可以随心所欲、任意妄为，然后轻飘飘地说一句对不起就可以解决的态度！她从来没有认真对待过自己的错误，这次说了对不起，下次还会再犯！"

“杭英考研是个很重大的决定，如果在那边听课，真的有一阵子回不来了。”颜漾斟酌着说，“这才刚走一天……”

“她出卖了杭英！”肖晓茹斩钉截铁地点出重点，“杭英信任我们，但是她背叛了杭英！”

林念和颜漾互相看了一眼，默默地承认肖晓茹说得对。

“对不起”这三个字，真的不应该这么随便说出来啊。

她们这一桌的后面是一张空桌，程间背对着她们吃饭，听到了所有的一切。肖晓茹最后一句清晰地落入他的耳朵，拿着勺子的手不由一顿，下意识地一抬眼，透过食堂的大门，正看到任苒耷拉着肩膀、低着头，有气无力地沿着眼镜湖往校外走。

程间放下勺子，收拾了东西，追了出去。但是外面已经没了任苒的影子。

程间想了一下，跑到校外租借小说的书店，店老板说任苒来过，不过没有借书，已经走了。看程间找人，老板指了个大概的方向：“任苒是不是有什么事儿啊？连书都懒得看了。”

老板问程间，程间只能苦笑着摇摇头。

算不算事儿呢？

谁知道任苒怎么想的。

实在没有人知道那颗脑子里装的啥，天马行空，不着边际，惊世骇俗，却又自成一体，连程间都不愿也不敢去探问任苒的想法。

不过，那个垂头丧气的背影……不应该是任苒的。

追出了书店，就是人来人往的校门口。老板指的那个方向，是通往海滨公路的路。两侧是鳞次栉比的小饭店，夹着两三家录像厅。

程间刚要循着路找过去，又停了下来：“我在干吗？为什么要找任苒？这不是她自找的吗？”

眼前闪过窗边那个垂头丧气的背影，被人说背叛了朋友，还是最好的朋友，任苒还能想得开吗？

不知为什么，程间忽然想起那天在林子里见到的任苒的背影，还有她嫌弃自己打扰的眼神。

算了，好歹都是同学，总要关心一下！

程间立在路边，一时不知道自己该去哪里。

旁边卖炒焖子的大妈高一声低一声地叫卖着，程间忽然想起任苒站在旁边流着口水看的样子。

他还记得，自己当时问她，想吃就买，一块钱一份很贵吗？

任苒咽了口口水，说一块钱可以租两本书，不能就这么吃了。不买就走吧，程间记得自己是这么讲的，但是任苒还是拒绝，理所当然地说，闻闻味儿也过瘾啊！

程间想着想着，咧嘴笑了。那个又馋又懒的家伙，怎么就是个女孩子？想什么就做什么，一点也不遮掩。连喜欢一个人这种事都能光明正大地找过来问，丝毫不怕尴尬丢脸。

这样的肆无忌惮……其实很让人羡慕啊。

“程间？你站这儿干吗呢？”旁边有人问他。

程间一惊。但看清问他的人之后，又不知道该说什么：“你不是去海边了吗？”

悲伤的人都应该去海边散心吧。

问他的正是任苒，手里托着一个塑料袋，里面装着面皮，红彤彤的，撒了不少辣椒。

“去那种地方干吗，怪冷的！我想去鲁星吃炒饼，结果那店里人太多，我就出来买了份面皮。欸？炒焖子这里都没人了！早知道我就多等一会儿，吃这个了！”

任苒摇头晃脑地惋惜着，程间冷眼看她，觉得自己这一路都白忙活了！伤心？海边？在任苒身上是不存在的！

自说自话了一会儿，任苒觉得没趣，白眼一翻问道："看你这德行，不会也是因为杭英那事儿找我麻烦的吧？"

"你不找别人麻烦就行了，还怕别人找你的麻烦！"程间冷冷地说。

任苒晃了晃身体，抬头看了看远处大海的方向："连你也这样以为啊！我出卖了杭英，挺恶劣的！"任苒扭头看程间，一张苹果脸冷冰冰的，"所以，离我远点，小心哪天我把你也卖了！"

"你敢！装什么大尾巴狼！你我还不知道！"程间不以为然。

"你知道什么？杭英是我好朋友，我都可以出卖。你凭什么相信我。"

焖子炒好了，程间付钱接过来，递给任苒："我就是知道你是什么人。错了就是错了，我想你总有办法弥补的。更何况——你旷课那么久，谁知道发现了会不会被开除？换了我，也会和你一样的。"

任苒迟疑着接过来："你是要我帮你拿着吗？"

"帮我吃掉。"程间擦了擦手，"你不是有那个什么化悲愤为食欲的本事吗。让我见识一下。"

任苒眼神飘忽起来，托着焖子的手一时不知道该拿着还是该立刻打开吃掉。

程间懂她。

这四个字在脑海飘过，莫名地让人的心跟着飞了一下。

任苒心中轻叹，三年了，总是这样。他是懂她，可是这个懂是了解的那种懂，跟感情没有关系。

充其量，只是好朋友吧！

"你不是说凉了就不好吃了？怎么不想吃？"程间担心起来。

吃不下去，是不是说任苒心里其实很憋得慌？

程闾比任苒高一头，念头一起，不由得弯下腰仔细观察任苒的神色。任苒正好抬头想问什么，两人就那么脸对脸地看到了一起——

触电一般分开！

“我吃。”任苒慌张地说着，打开袋子，狠狠地吃了一大口。

好辣！

这天杀的程闾到底要了多少辣椒。

可是，他刚才……

程闾也被突然拉近的距离吓得后退了半步，定了定神：“我、我找你是有点事儿。嗯，就是、就是为了 4 月底跳蚤市场的事情。”

任苒顺着他的话点了点头，猛地顿住：“你……又想让我干活？”

她看看手里的焖子，丧气地嘿了一声：“我就说你这人，夜猫——无事不登三宝殿！怎么会那么好心安慰我！”

嘀咕出最后一句，偷偷看了一眼程闾。见程闾没听见，便发狠似的又多吃了两口焖子。

程闾从焖子摊儿找了张餐巾纸，递给她。

任苒接着想起一件事，抬头冲着程闾甜甜一笑：“跳蚤市场是学生会的活动，你又忘了我是团总支的人了吗？”

这个活动的确没团总支什么事情，程闾本就是随口一说，顿时语塞。

任苒乘胜追击：“谢啦！要没什么事，我先走了。”

程闾不知道自己在想什么，甚至还没搞清楚想要做什么，已经伸出手，一把拉住任苒：“等一下。”

任苒吃惊地扭头。

程闾赶紧松手：“那个——我是说虽然你是团总支的，但是这次我们想搞得大一点，最好能联系本市的新闻单位，或者有稿子能发上去也好。这个事情跟郝书记说了，他让我找你。”

任苒退后半步，轻轻点了点头：“知道了，我回去想想。明天给你消息。”

“不着急！”程间脱口而出。现在才3月初，的确不着急。但这样却让他刚才的借口显得很突兀。程间忽然想起另外一件事：“其实我找你还有一件事。”

任苒有点诧异：“什么事？”

程间一本正经地说：“从现在开始，你别旷课了。”

——从大一下半学期开始，你就一直不停地旷课。就算是你不想见我，现在可不可以回来了？

程间心里一直有个疙瘩：他越来越觉得任苒这么“猖狂”地旷课，是自己造成的，是自己当年欠考虑地拒绝导致任苒现在这个局面。

任苒不是那种不愿意上课，不爱学习的。因为他看到过，任苒即使不上课，也会在别的教室自习；任苒即使不上课，该学的课程也从来没有落下；任苒即使不上课，四六级也都过了，考试的时候也从不作弊——虽然是低空飞行，但好歹没有作弊，没有不及格。

这说明什么？

她不是不学习，只是不想和大家一起学习。

为什么？

是因为自己当着那么多人的面拒绝她吗？

程间记得自己当时尴尬又窘迫的心情，记得自己说的那句话：“你？怎么可能！”

第五章

白雾·晴空·星夜

杭英一辈子都忘不了那个景象。她站在迷雾里，前后左右上下都是白茫茫的一片，恐慌、无助紧紧地围绕着她。

她想就这样站在这里，一直到浓雾散去。可是时间似乎也完全停止了，她担心如果就这样一动不动，可能浓雾尚未散去自己就会饿死、吓死、渴死。

那么，随便找个方向冲出去吧？

汽车呼啸而过的声音就在不远处，不，好像是在前后左右，她似乎站在了马路中央！

她刚才不是看到马路牙子了吗？

杭英惊恐地发现马路牙子也不见了！

她下意识地挪动脚步，低头看到人行道特有的青色方砖，心中稍定。

杭英慢慢地蹲下，事实上她是用尽全身力气才克制住自己奔跑的冲动。有生之年第一次，她触摸到崩溃的边缘，只要她稍微放弃一点，稍微软弱一些，就会被卷入那个深渊，让自己万劫不复！

双手环抱着自己，蜷曲起来的身体感受到心口的温度和微弱的心跳。我还活着，我还清醒着，我应该等在这里，不要动……

杭英死死地盯着脚下的方砖，这是白色虚幻里连接真实世界的唯一实证。

只要它还在，我就还有希望。

杭英默默地给自己打气，拼命地压抑着几次都要控制住她的那个魔鬼念头：冲出去，跑起来，不管哪里，跑出去！

不跑，我就在这里，等雾散去！

——跑吧！

——不跑！

“杭英？”

扭曲的世界突然出现陌生的声音，杭英迟疑着抬起头，看到一张半熟悉半陌生的脸：“汤……”

“汤宇诚。你怎么在这里？”

“你是真的？”

杭英怀疑自己是不是出现幻觉。

汤宇诚蹲下来，手掌覆在杭英的肩膀上，暖暖的温度从他的掌心源源不断地传到杭英的肩头，男生特有的低沉、有磁性的声音撬动着鼓膜，“我当然是真的。你要去北大吗？我带你去。”

杭英永远也忘不了这个早晨：有一个男生，穿云破雾来到她的身边，在她崩溃之前握住了她的手。浓雾依旧在，但是她的前面多了一个瘦高的身影。白雾依旧冰冷，但有掌心传来的温度，给她足够的力量一起前行。

许多年以后，当杭英终于对自己的过往释然的时候，她承认：在那个时候，遇见那样一个人，发生了那样一件事，本身就是足以珍藏一生的幸事，未来如何已经和它无关。

我们相遇，彼此温暖。曾经有那么一刻，经历过，已经足够。

任苒的宿舍是标准的六人宿舍，但是报到的时候有一个人没来，就一直空着。入学的时候，从来没住过宿舍，也没睡过上下铺的任苒凭借最早来的优势为自己迅速选了一个上铺，然后发现，大家抢的都是下铺……

不过上铺也有上铺的好处，起码不会有什么人坐在你的床上。

任苒这样安慰了自己三年，顺便初步克服了自己的恐高症，并练得一身轻功。

周一早上，任苒从上铺跳下来，背着书包准备上学的时候，门口的其他三个人都愣了。

"你干吗去？"晓茹满是戒备地问，平时这个点任苒都在睡觉。

"上课啊！第一堂是高数，对吧？"任苒拎起自己那个超大的口袋书包，挂在肩上。

三个人互相看了一眼，不知道该说什么。

最后还是颜漾打破沉默："那个，你不刷牙吗？"

任苒端起昨晚晾的白开水，咕噜咕噜地漱了漱口，咽进肚子："下次吧，还是不习惯早起。"

她们的寝室在六层，按照国家规定，不超过六层的楼都没有电梯。幸好学校给修的楼梯还算宽敞，而且每层的窗户也明亮，跑得气喘吁吁时还能从靠边的楼梯间看到远处的山海，抱怨学校的心情多少会减轻一点。

到了四舍门口，林念忽然冲右边一点："那不是程间吗？"

晓茹："这么早？他来干什么？"

颜漾："等蒋雪柳吗？"

任苒干脆走过去，拍了一下程间的肩膀："喂，这么早，等蒋雪柳吗？"

程间吓了一跳。回头一看是任苒，松了口气，带着几分欣慰说：“等她干什么啊，我等你呢。”

“等我？干什么？这么早就有会？”任苒努力想想自己是不是又忘了什么？

程间明显在开玩笑：“我除了通知你开会，就没做过别的事吗？”

任苒很认真地说：“还有让我写稿子。”

这下程间皱起了眉头：“我……就是这样对你的？三年？”

“是啊。无事不登三宝殿，说的就是你。黄鼠狼给鸡拜年，说的也是你！”

“对不起。”

任苒吓了一跳，左右看看没有别人：“你跟我说？为什么？我是任苒，你是不是起太早，认错人了？”

程间脸有点热。老实说，他也没想太多。只是觉得很抱歉，就说出了那三个字。看任苒吓一跳的反应，才后知后觉地发现，自己这样做好像有点突兀了。

男女同学，有事说事，没事保持距离，不是应该的吗？

程间忽然觉得此事经不得推敲。哼哼哈哈了两下，看了看周围拥向食堂的人流，岔开话题：“吃早饭了吗？一起吧。”

“不了，我跟颜漾她们约——”任苒回头找人，发现颜漾、林念、晓茹都看不见了。

“她们刚才就走了。”程间心情甚好地笑着说。

太阳已经升高，但是依旧挂在东天。赤红的圆日却没有太高的温度，只是让空气变得更加透亮，所有颜色从浅淡变成浓俨。绿树更绿，红花更红，大海更加宽广，就连灰突突的宿舍楼都被镶上了一道金边。

一只白色的海鸥从海边飞来，划过头顶蔚蓝的天空，留下一道美丽的弧线，又消失在海的那边。

海边的秋日之晨，热烈而奔放。

然而在北京，浓雾退去的时候已经接近傍晚。而金乌落玉兔升，鳞次栉比的高楼描画出其他城市无法比拟的壮观天际线。

中关村像个大工地，往海龙市场走要经过一大片尘土飞扬的工地，据说这里是北京的四环。

杭英对此没有任何兴趣，她只想缩在北大的教室里，继续看她的书。

“可是你真打算继续住在那个小旅馆里吗？”汤宇诚忧心忡忡地问。

杭英犹豫了。

“你有同学或者亲戚在北京吗？”汤宇诚继续提醒她。

杭英有亲戚在北京，可是她很路痴，不想把大好的时间都花在认路上。至于在北大的同学，她不想打扰。当年大家都是尖子生，人家一举考上北大，她却要复读一年。虽然人各有命，但是从此却不愿相见——或者也要等她光明正大地考进北大再相见吧。

“不是有通宵教室吗，正好方便复习。”杭英为自己找了个很好的理由，“我本来就开始得晚了，必须抓紧时间。”

“要不我帮你问一下，看看女生宿舍那边有没有空床？嗯，大四的这个时候有好多实习不回来的，应该能找到。”汤宇诚提出自己的解决方案。

杭英想了想，这个的确很好，“这样会不会麻烦你？”

“不麻烦，不麻烦！”汤宇诚嘴巴咧得大大的，“我这里还有他们的饭卡。咱们可以一起用。呃，你回学校之后再给我钱就好。”

“不用了。”杭英想都没想就拒绝了。

“但是出去吃，会不会很浪费时间？”汤宇诚的眼角露出一丝狡黠。

杭英没有察觉，只是犹豫了一下，承认了现实：“那就——谢谢。”

汤宇诚松了口气，从今以后，他就可以名正言顺地和杭英一起上下学，一起吃饭！想不到，在学校没有实现的梦，在北京实现了！

没等他高兴几分钟，杭英想起一件事："你不是上新东方吗？中午还要回来吃？"

汤宇诚的美梦迅速破灭。新东方的课在北大方正的那个大楼，要出了校门过个天桥才能到。

"我……食堂省钱。"汤宇诚找了个很烂的理由。

杭英低头从兜里拿出个钱包，数出三百块钱，直接塞进汤宇诚的手里："这个先放在你那里，最后我们结账的时候多退少补。"

汤宇诚还也不是，不还也不是。

他妈妈每个月往他的银行卡里打五千块的零花钱，这个月听说他要上新东方，特意加了两万让他租房。如果不是他爸爸担心他乱花钱，他妈妈给的钱更多。

但是，如果这么说会不会女神就不和他一起吃饭了呢？

思前想后，汤宇诚决定收下这笔钱。

上词汇课的时候，汤宇诚把这三张一百的钞票拿出来看了又看，最后小心翼翼地夹进书里：这三张可是杭英送给他的，要留下来做个纪念！他决定这辈子都不动这三张钞票，就当定情信物了！

杭英的父母都是高级工程师，下面还有一个弟弟，家里说不上多富，但跟穷肯定是不沾边的。只是杭英自己很倔，不愿意滥用父母的钱，在自己的生活上能省就省，看起来有些拮据罢了。

汤宇诚都打听得很清楚，知道杭英不是她表面上看起来那么缺钱，也就心安理得地拿着这三百当"定情信物"保留了。

多退少补？

那是不存在的！

谁刷食堂卡还记账呢！

汤宇诚没这习惯，杭英也没有。就这么说完之后，各自心安地按照之前的规划各忙各的。

杭英在北京的亲戚不少。她妈妈是北京人，后来嫁给了她爸爸，才去的东北。姥姥姥爷去世得早，杭英小时候随母亲来过北京几次，后来就不怎么走动。

小姨是人大毕业的研究生，听说杭英来了，开车接她去吃饭。

汤宇诚知道后，有些失落又有些庆幸。汤宇诚妈妈安排分公司的一个领导给他接风，顺便了解一下他的衣食住行，也及时汇报。这个饭局等于是汤宇诚妈妈的遥控汇报点，汤宇诚不能请假。

谁说考研就是纯粹的考研？

到了陌生的地方，不拜山头是要吃亏的。

好在山头不白拜，杭英拿到了宝贵的考研信息，汤宇诚则说服了他妈妈可以继续住在北大的学生宿舍里，顺便还帮杭英在女生宿舍找了一张空床。

"辅导班倒是可以上，但是我已经有专业老师的课程表了，我打算先以老师讲课为主，然后自己复习。辅导班那里，等秋后再说。"

吃完晚饭，从食堂溜达着去教室的路上，杭英和汤宇诚聊着最近的安排。

"你呢？"

"我就是上课。上完课就没事。"

"你不是出国吗？"

"对啊，考托福考 GRE，反正就那些东西吧。其他的资料我妈帮我准备，不用我管。"汤宇诚满不在乎地说。

杭英扭头看了他一眼："是你想出国，还是你妈想你出国？"

"应该是我妈想让我出国吧，但我觉得这也是一条路。虽然我现在还不知道将来能做什么，可以做什么，甚至不知道自己想做什么，但是在弄清楚之前，多做几种尝试也不错。我还是挺期待的。"

“在没想清楚之前，听从家长的意见不失为一种保险的策略。”杭英背书似的念出一段话。

“谢谢你啊，他们都说我没出息呢。”

“不是我说的，我爸说的。他倒是希望我没想清楚，可惜我经常想得很清楚。”

“真羡慕你，永远知道自己在做什么，想得到什么。不像我，老是觉得无所谓，没什么特别想要的。”

汤宇诚真诚地反思，又默默地加了一句——除了你。不过即使那么喜欢你，我好像也没有特别积极地争取过。

我可能……真的就是没出息吧？

莫名的伤感让汤宇诚觉得有点沮丧，突然的沉默让杭英看了他一眼：“没追求也是一种追求。我认识一个人，最大的追求就是随心所欲。除了犯法的事，大概没她不敢做的。”

“你说的是你们宿舍那个旷课大王吧？我听老翟他们说过，早操查寝的时候，她总是被抓的那个。后来不知道她从哪里搞的，居然弄到了免上操的假条。很轰动呢！”

“她那时候参加辩论赛，然后连熬了两个通宵看小说，开会的时候就打哈欠说自己太困什么的，于是校团委书记就特批她可以不出操。”杭英掩口而笑，“她鬼点子特别多。”

“你很羡慕吗？”

“也不是特别羡慕。只不过她让我知道，和我不一样的人未必就不开心。”杭英笑着看向汤宇诚，“每个人都有自己的活法，不是只有自己理解的一种。”

那一刻，汤宇诚忽然明白，杭英是在开解他。

人各有志，活成你自己愿意的样子就好。

汤宇诚笑了，抬头看到天色已黑，高楼的窗户如星子一般缀满夜空。没有海边繁星满天，但一样很美丽。

第六章

谁吃亏了？

上课是上课，但是让一个散漫惯的人坐在课堂上认真听讲，还是很困难的。

任苒一觉睡到下课铃响，揉揉眼睛，发现坐在身边的程间正在抄什么？

“你在抄笔记？”探身看了看，花花绿绿的笔记本一看就是女生的。

这是吴倩的笔记本，全班除了杭英就是她的笔记做得最好最全。

“你给谁抄呢？哪个女生托你呢？”

上次发现程间抄笔记，是在大二的时候。

任苒在别的教室上自习，看到程间把一份抄好的数学笔记交给机院的一个女生。当时任苒还笑话程间追女生的手段太老土，用这么累的方法。再说了，虽然大家都是一起上同一个高数老师的大课，但人家一个理科生，真的需要你文科生兢兢业业地抄一份数学笔记送去？

还不如直接说没有，然后请女生吃顿饭，这才是追女生的正确方式！

显然，程间也想起当初被揶揄的窘迫，迅速否定：“没有！我这是自己用的。”

“自己？你要好好学习了？”

“看你睡得挺香，这醒过来脑子没糊涂啊！我今年要拿个奖学金，你信不信？”

“不信。你说你要拿个优秀学生干部什么的，倒可以相信。拿奖学金？你每次考试也就比我好一点点吧？”

“比你好太多了，我怎么说也是咱们班中等，你是老末。”

程间比了个低空飞行的手势，还配上“咻”的一声，被任苒一巴掌打飞。

“你是认真的？”

“必须的！”

“为什么？发生啥事了？你不是已经进了校总会了吗？哦！我明白了！你想当的那个校学生会主席，需要拿奖学金？”

“你倒挺能猜的。”

“还行吧！你这人无利不起早，能这么用功，肯定有别的好处。我说得对不对？”

“差不多，不过不是为了那个主席的位置。我前两天跟着老师接待了几拨来学校招聘实习生的单位，他们很重视在校期间的成绩，其中一个重要的标准就是有没有拿过奖学金。”程间四下里看了看，压低声音说，“校总会那个文艺部长，就是你的男神，因为没拿过奖学金，被首钢pass了。”

“真的？男神那么强，能歌善舞长得帅，居然第一轮都没过？”

“小点声。这都不算第一轮，他自己不知道。本来连书记是特意推荐他的，当时说起他的条件那边也很满意，就是一问成绩——不行了！”

“没有通融吗？”

“没有。条件好的特别多！你差的这一点，相同条件的人都能补上，凭什么给你通融？用人单位只要优中选优，不可能将就。”

任苒不说话了，托着腮帮子不知道在想啥。

现在是课间，休息五分钟继续上课。

程间聊得高兴，放下笔撞了一下任苒：“你也别混了，好好学习。你也算是院里的学生干部，努力一下还有机会争取一下。”

“可是争取啥呢？我也不想去首钢啊！我压根儿就不想去那些大单位。我从小就在大院里长大，大单位里太累了。”

“那你想去什么地方？”

“小公司，人少钱多工作省心！”

“你继续睡吧！”

程间气得敲了一下任苒的脑袋，低头继续抄笔记。

学习这种事不是一朝一夕可以改变的。

任苒不再旷课，但是改不掉散漫的习惯：不能早起和不能专心听讲，几次都差点让她放弃上课的努力。

好在程间不知道搭错了哪根筋，天天盯着任苒。一旦迟到或者太晚，电话就打进了任苒的宿舍。锲而不舍的电话铃声总能把任苒哄下楼。

但是程间也有自己的问题：听不太懂，记不太牢，时间不够用。

学习是需要付出时间和精力的，但是程间无论如何都不会放弃自己在学生会的工作。

3 月底的花会，4 月初的爱国主义教育，4 月底开幕的送别老生活动，桩桩件件都需要他去协调。

在这种情况下，程间就算天资聪颖过目不忘，也没有足够的时间去把抄好的笔记一点点对照着课本复习完、预习完、掌握好。

更何况，学生会的社交活动也很多。

任苒不止一次发现程间在课堂上睡觉，甚至有一次身上还带着宿醉的酒味儿。

“何必这么拼呢？差不多就行啦。”任苒劝程间。

程间揉着额角说：“既然做了，当然要做最好。”

任苒没说话。她早就发现了，看着温和、笑眯眯的程间，其实骨子里非常执拗且要求完美。

今年开学是在 2 月底，当时就布置了 3 月份的重点工作：阅读季。各院系围绕统一部署的主题“阅读·理想”来安排具体工作，月底汇报。此外，还有全校的演讲比赛，也会在汇报时进行决赛。

作为去年的校级辩论赛“最佳辩手”和参加了市级辩论赛的队员，担纲管理学院的演讲任务，本来是任苒的应尽职责。

但是，任苒同学病了……

谁也不知道她是真病还是假病，去校医院量的体温达到了三十八点九摄氏度！后来烧退了，但是一直病恹恹的，整天没精打采，各种会能不去就不去，比赛的事就交给了新上任的宣传部部长蒋雪柳同学。

晚上九点，从院办开会回来，程间拉住不仅正常上课，连开会也没迟到的任苒，严肃地问：“你是真病假病？”

任苒轻咳了一声：“我有病假条，这个肯定是真的。”

“你那体温是怎么来的？”程间继续追问。

“量出来的。”

“量什么量出来的？”

“大哥，问这么详细不太好吧！”

那温度计是任苒让杭英拿了一杯温水兑出来的，只是这事做得隐秘，怎么会让程间知道？

程间不再说话，默默地往前走。

任苒有点心虚，跟着走了一段，觉得更心虚了。看看周围挺黑的，尤其是右手的柳树林，连地灯都没有，脚步一歪，就想躲进去……

“你给我回来！”原本一直低头走自己路的程间像背后长眼了似的，突然伸手，一把扯住想逃跑的任苒。

不过他也是突然间注意到的，手上的力气没有克制。任苒被他拽了一个趔趄，哎哟一声就往地上倒。

程间吓了一跳，本能地一拦一挡，脚下也不知道是石头还是树根，反正他正好摔倒在任苒的身下。

“咝——”

两人同时发出痛苦的声音。

任苒叉手叉脚地爬起来，也不知道摁到哪儿了，深一下浅一下，挣扎了几次才站起来。程间倒是没说什么，但也忍不住哼哼几声，也不知道是不是真疼，又狠狠地倒吸了一口凉气。

好不容易两人都站起来了，任苒觉得全身像在着火，不知道是尴尬还是恼火，指着黑暗中程间的方向咬牙切齿：“姓程的，你瞧不起我就算了，凭什么打人！”

“我什么时候瞧不起你了？”打人那个真不好辩解，虽然无心可效果惊人。程间只好揪住前一句“漏洞”，一边揉着屁股，一边心虚地回应。

幸亏是在黑暗中，要是光天化日的被人看到两人抱在一起，他这辈子的清白都没了！

打死都要忘记这一切！

程间还在做心理建设，任苒却是一跺脚，压根儿就不辩解，转身跑了！

今天这账——不对，这亏，就吃了吧！

程间愣愣地站在山丘上，茫然地看着黑夜里影影绰绰的柳枝：跑了？

这就跑了？

一时间，一句很矫情的戏词浮现在他脑海里，特别贴切：就这么跑了？怎么也得给我个交代吧！”

虽然是他拽的，但是毕竟“沾光”的是任苒啊！

程间摸摸鼻子，慢慢地迈开步子。本来他是打算用体温造假的事情让任苒接下另一件事情，事情发展到现在实在是没法开口了。

可是明明吃亏的是我，凭什么我开不了口？

躺在宿舍的床上，程间看着天花板，心里颇有些不平。

——男生怎么啦？

——男生就不算吃亏了？

——哪有那样便宜的事！

越想越觉得自己亏大了！

越想越觉得理直气壮！

明天！明天就找任苒算账去！

程间满意地深吸一口气，闭上眼睛，安定了心神。

只是在睡意蒙眬的那一刻，一个莫名其妙的念头像海鸥一样掠过他的心头：找时间一定要让任苒知道，我从来没有瞧不起她啊。

明天见！

第七章

龙之媒

第二天一早，程闾神清气爽地来到四舍楼下。学校的宿舍楼虽然大，还有一个那么宏伟的门庭，但是每日通行的小门只有一米半宽，所以堵人是没有任何困难的。

程闾站在门边，低头看看表。按照平时的规律，任苒大概还需要二十分钟才能下来。

“程闾？你也来站岗？”

旁边有人搭讪。扭头一看是材料学院的体育部长。

“哦，不是，找个同学有事。”

“得了吧！多急的事儿要一大早儿的来啊！”男生露出心领神会的表情，操着浓重的东北口音，向周围一努嘴，程闾才发现一水儿的男生，齐齐整整地等在门边。

当初学校从齐齐哈尔市迁过来的时候，全校师生都是东北的。河北学生是迁来第二年才开始招收，到任苒他们那届，不过是第三年而已。

任苒和程闾都不是东北生源。他们虽然来自不同城市，但若论省份，却都是一个省，这也是学校南迁之后，对本地生源优惠倾斜的一个小缩影。

这座海边小城是北方少有的海港城市。

但是作为华北平原的一部分，这座小城反而以丘陵地貌为主。即使到了海边，也是连绵的小山丘一座接着一座，沿着小山丘斜坡下去，就能一顺入海。所以世界著名的那个古代防御设施，虽然沿着山脊在中国的北方沿着最陡峭的山崖画了一条蜿蜒曲折的长线，却能让这条线在这个小城顺利入海，靠的也是这里特殊的地貌。

学校就是建在海边的一个小山丘上，据说是请了一个新加坡的设计师。

程闾记得，大一那年的夏秋之交，阴雨连绵，时不时地还有雷电在头顶爆炸。同一时期，新闻里正播着世界上别的地方发生了地震或者海啸。生活在同样的海边城市，程闾和其他同学非常担心八百米外的那片蓝色世界会不会突然立起来，瞬间压过来。

那时的学生会会长是比他们高一届的会计班班长，用手一拍跷起来的二郎腿，用唐山口音安慰他们，这个学校当初建设的时候就考虑到海啸地震这些事，所以从空中俯瞰整个学校就是一个大乌龟向山坡上爬的样子。而且你们看，哪个学校的教学楼像咱们学校这样，有那么厚的墙壁？

是的，教学楼每扇窗户周围的墙壁都有厚度约半米、长度约一米的凸起，包裹住每一扇窗户。说是阳台有点小，说是墙壁又太厚了。就那么敦敦实实的，看似无用地裹住每扇巨大的窗户。

听老生这么一讲，大家才茅塞顿开：原来是防震的，难怪那么敦实！

因为这种特殊的地形，几栋宿舍楼也是沿着山坡而起。一舍门前一条马路平平坦坦，二舍门口就有了台阶，三舍比二舍略高，到了四舍，那台阶足有半层楼高。为此，女生都把打水视为畏途。

本来没有电梯就已经很痛苦了，还要拎着水壶爬这么多台阶才能进宿舍，也不知道学校选址的时候咋想的。

现在男生让开台阶的主要通道，或高或低地围在两侧，各自盯着那扇出入的小门，等着心仪的女生出现。

程间忽然意识到自己的不妥，脸上微微一热。

那个体育部长又凑过来问：“哪个院的？就你这条件，不得找个院花啊！让我猜猜——”

“程间！”

没等他猜，任苒已经披头散发地出现在两人面前。一张脸绷得紧紧的，喊程间名字的时候白眼都快翻到天上去了。

体育部长识相地闭嘴，一看程间正瞪他，赶紧找个理由溜了。临走心里还想：这是谁啊？怎么看着那么眼熟？一大早的也不收拾一下？

“今天出来早了？”程间看了一眼表，提前了十分钟。

任苒深吸一口气，把原本的寒暄省掉了：“你昨天想跟我说什么？”

程间一愣。

这是他今天这么早来这里的目的，但是不应该任苒这样问啊，不是应该他来说吗？

“我……”

“算了，我不跟你绕弯子。昨晚上回宿舍，蒋雪柳找到我，说让我负责联系书店，准备图书校内展的活动。我说我不行，她很奇怪地问我程间没跟你说吗？还说你很确定我一定会答应！”任苒一口气说完，咬牙切齿地重复了一遍：“我一、定、会、答、应！——嗯？程间同学，你凭什么那么笃定？还是你觉得拿住了我什么把柄，让我必须听你的！”

说到这里，任苒踏前一步，顶着程间的下巴，气势汹汹地质问。可惜个子矮就是个子矮，从程间居高临下的角度看，没有半分威胁。

不过，他心里还是明白，任苒是真的生气了。

程间准备好了一肚子话，被任苒打了个措手不及，全部报废。

任苒说得没错：在这件事上，程间和院里都认为任苒是负责联系书店的最佳人选，并且希望她能承担起来，但是任苒平时能躲就躲的“不负责任”的态度也实在让人头疼。私下里老师们也抱怨过，如果不是因为那支笔，可能早就让任苒“削职为民”了。

程间没有立刻回答，反而看了下四周，温和地问任苒：“你不饿吗？”

嗯……

任苒眼里的凶光忽然就没了。不过垂下眼皮再抬起的工夫，已经变成“好像很饿，求喂饱”的表情。

程间忍不住嘴角上勾，差点笑出来。

任苒是个吃货，在大一就被印证了。

——为了品尝食堂的饭菜，她一个小姑娘居然借了三个饭盒，买了六个菜。所有人都记得，那满满一桌子的菜旁边，一个小女孩摇头晃脑地东吃一口，西吃一口。

——如果在别的地方找不到任苒，饭点儿的时候，在食堂一定可以找到她。

——周末，去学校周边的小店转转，时不时就能瞅到这家伙一人享用一桌的影子。

——大一下半学期，好多同学还不知道食堂到底有多少菜品的时候，她就能对学校周边的饭店如数家珍，跟饭店的老板们熟稔地要着特价新鲜的海味。

“你不要转移话题！我先吃饭，吃完找你算账！反正我是不会去的！尤其不会去那个龙媒书店！”任苒气哼哼地掴着脚步，快速跑下台阶，冲着食堂扑去。

程间眼波闪闪，紧跟其后：她居然还知道龙媒书店？看来是打听过了。那这事儿——任苒应该是上心了吧？

吃完早饭，任苒明显有了困倦的反应，整个人的神色也疲沓下来。懒洋洋地坐在食堂的椅子上，有点不想动。虽然还有二十分钟上课，但显然，时间并没有压迫到她的神经。

“对不起。”程闾在旁边坐下道歉，“我太心急了。你还好吧？”

任苒眨眨眼，摆了摆手：“安啦！我今天起早了，又肚子饿，被你撞到了。不过你这事儿的确做得不地道。咱俩什么关系？你找我办事儿，还用绕这么大的弯子吗？”

“说起来关系是不错，不过我找你办事儿，好像被你拒绝了不少。”

“对啊！就是有话直说的关系嘛！想办就办，不想办就直说了。”

这样解释也行？

程闾斟酌了一下，小心地说：“那要是我希望你去做呢？”

“那也得我想做才行啊！你看我啥时候强迫过你？”

“我好像没有需要你强迫的时候。”

任苒翻了个白眼：“我想让你当我男朋友，你不乐意，我就没有强迫你！”

程闾轻轻咳嗽一声，四边看看没人注意这里：“你这大三很有几分前辈的感觉啊！”

“你说话倒是越来越委婉了，皮厚就直说。”

程闾笑了笑，这话没法聊下去。他总不能说如果不是咳嗽了一下，他大概会直接接一句：“那你再说一遍试试啊？”

打住！打住！

沉默了一下，任苒也觉得有几分不好意思，为自己找补：“反正就是这个道理。越是朋友，越不能强迫。”

“不愧是最佳辩手，你说得真的很有道理。”

“走吧，上课去吧。这事儿就到此为止啦！”任苒背起书包，端着饭盆离开了食堂。

程闾看着她的背影才想起，自己还没解释没有看不起任苒这件事。但是，看样子，任苒也不需要他解释什么。低头掐指算了一下，他只能逃课自己去做这件事了，毕竟在老师那里打了包票的。至于年底的奖学金怎么拿，到时候再说吧！

晚上的时候，颜漾接到杭英的电话，报了平安，也留下了联系方式。晓茹想跟杭英说答到的事，被颜漾打断。等任苒洗漱回来，颜漾把杭英的联系电话交给她，大家就各忙各的。

十点，宿舍熄灯。

任苒从上铺翻下来，抱着电话去了门外。

寝室的门关着，细细的电话线从门缝下穿过。和它一起的，还有门外方厅里昏黄的照明灯。

"杭英，对不起，我把你给卖了。"大家屏息凝神，听到这样一句话，然后——

"我跟你说不是要你原谅我，就是我、我觉得我应该自己告诉你。"

不知道杭英那边说了什么，任苒开始讲述事情的经过，没有添油加醋，原原本本地按照时间顺序把当时的情况说了一遍，就连自己为什么困也没有解释。

说完之后，任苒沉默了一会儿，开始讲颜漾是怎么给她补假，晓茹她们是怎么说的自己。

即使隔着门，隔着光，依然可以听出浓浓的不甘不愿裹在任苒的声音里。

大概杭英说了什么，任苒说了一句："她们都骂过我了，你还要再骂一遍啊？"

…………

"我不是不让你骂，我是心疼你累啊。你复习一天了，还要组织语言骂我，还要骂得解气泄恨，多累啊！”

扑哧！一直偷听的颜漾乐了出来。

…………

“是是是。但是我也不敢保证下次啊！反正我现在努力不旷课了。真的！程阊天天来查寝，只要我没下楼，他就打电话。我就算想睡觉，也吵得睡不着！”

…………

“没有！我跟他不可能的。我白天跟他聊还提到之前表白那事，他也没接我的话，应该就是没意思。我也是嘴贱！……他找我，肯定是院里最近搞活动，要抓各班的纪律，他才把我盯紧了。就我这记录，也算是典型吧？他这人势利得很！”

…………

“算啦。人家是泰山顶上一棵葱，我是山脚下面一枝花，配不上的。”

“无耻！”晓茹压低声音笑着骂了一句。

一阵沉默，大概杭英又说了什么。

任苒说：“他现在……有点可怕。你知道吗，这次为了让我去龙媒书店联系校内书展的事，不知道从哪里打听出来我之前谎报体温骗连书记请假条的事儿了。看意思，如果我不答应，他就会把这事儿捅出去，幸好没让他来得及说。”

…………

“没有。后来他也没说。我先质问他的……我必须得恶人先告状啊！他还挺好，跟我道歉，我明确拒绝他了。这事儿就完了。”

…………

“我——你说得也有道理，他如果真是诚心的，大可不理我的质问，直接威胁我就好了。我也没有别的办法。我就说那么两句，他就算了，难道真的只是逗我玩儿？”

…………

“喜欢我是不可能的。他们那种人心思很深，猜也猜不透。不猜了。事情我都跟你讲了，等你回来，我去渔船给你买早货，让你补补哈！对了，那本《营销原理》我从你书架里拿走了。我怕程闾他们不罢休，万一真逼着我去龙媒，我得给自己找点后路。”

任苒的声音透着欢快，显然杭英那边已经原谅了她。又嘻嘻哈哈了一会儿，很快响起了“拜拜”的声音。

不一会儿，门缝下的电话线动了动，那边收线挂机推门回来了。

寝室里黑黢黢的，天光伴着海潮声从窗帘缝隙透进屋子，在正中间铺下一条淡淡的光路。那些细小的光线变成一颗颗飞舞的光之精灵，从这条光路出发，隐入屋子的各个角落。

有些，就那样落入女孩子们的梦中和心里……

第八章

不得已

杭英很快发现一个问题，老师上课讲的东西很少，如果按照老师的进度，她可能没学完就该考试了。

吃完晚饭往教室走的时候，杭英随口把这个烦恼说了出来。

“你可以去 BBS 看看，有没有卖笔记的？”汤宇诚想了想说。

“BBS？”

“就是聊天网站。”汤宇诚想到电脑还不普及，干脆带着杭英去了男生宿舍。他自己有一台笔记本，是为了方便学英语，他妈妈托人给他带过来的。

杭英很快就被网络上红红绿绿的信息迷住了，一边浏览一边惊叹，当她终于发现卖笔记的帖子，并且联系上发帖人之后，杭英想自己买一台。

“我这台不知道多少钱，不过你可以配一个台式机，自己组装，四五千就可以搞定。”

杭英咽了口唾沫，四五千……还是等她工作以后再说吧。

晚自习的人陆陆续续回来，杭英赶紧告辞。汤宇诚送她回寝室。

“不用了。占了你一晚上的时间，耽误你学习了。”杭英不好意思地说。

“无所谓。托福一年有两次考试时间，这次不过还有下次。倒是你，你确定这乌七八糟的，能找到自己住的地方吗？”

杭英认真地抬头看了看四周：“呀，怎么从你们这里出来，周围的楼都一样呢？”

“换个角度你就不认识了，我真服了你！”汤宇诚笑着打趣。

杭英脸一红，但还是很大方地自嘲：“任苒说我小脑发育不全，建议我有时间去医院做个脑部扫描。你也是这么想吗？”

“不用。一家有一个认路的就好。”

“你说什么？”

“没什么，咱们该左转了。”

借着夜色的掩护，汤宇诚压下蠢蠢欲动的心跳和雀跃的心情。他头一次感到一种莫名的兴奋，全身充满了力量，迫切地要把什么东西抓在手中。

是什么东西？

他不知道。

只知道这一切，都和身边的这个大气理智的女孩有关。

杭英，多美好的名字！

若是能与她血脉相连，未来似乎也变得多彩起来啊！

转眼到了周末，杭英走了差不多一周，任苒担心的书店事情也没人提起。

林念听她絮絮叨叨地念叨，忍不住说：“既然你这么懒，为什么还要当这个干部？辞职不就好了。”

任苒瞬间语噎，是啊，干吗占着人家的名额呢？周围那么多有才能的师哥师姐、学弟学妹，眼巴巴地盯着自己这个位置，干吗占着那啥不那啥呢！

“周一你就去跟郝书记说，咱不干了。”林念继续怂恿她。

比起颜漾的周全，杭英的理智，晓茹的犀利，任苒和林念才是真正的一挂人：直白到令人发指！

只不过林念看起来太过娇柔，平时也不大吭声。即使三年了，除了她们寝室，也没多少人有机会领略她的这一面。当然，大二那年运动会，林念推铅球拿了第一名这种事因为偶发，被议论了一阵，也就淹没在她日常的娇柔表象里。

“我……我好像不太想辞职。”任苒没想过这个问题，但是一想也大致明白自己的感受。

“那你就好好干啊！就算不好好干，至少也差不多点。”林念老老实实地说，说完才后知后觉地问：“你这么懒，怎么会贪恋功名？我也没见你以权谋私啊！”

任苒谋的那些“私”手段太“残忍”，基本和权力无关。

任苒踢了踢脚下的石头，咕咚一声，飞起来的石头落进了眼镜湖。她轻轻地叹了口气：“我要是离开团总支，就更没机会见到他啦。”

“程间吗？你不是已经放下了。”

“是啊，我是放下了，但只是不去骚扰他而已。忘记他怎么可能。”

任苒低下头，耷拉下肩膀，看起来无比忧伤。

林念一点都不想安慰她。

这家伙想哭就哭，想笑就笑，哭就号啕，笑就仰天，根本不需要别人加持。作为朋友，唯一要做的，就是在旁边静静地等着，欣赏她发癫。

但是今天，林念想起一件事：“我听武定全说，程间想学期末争取一下奖学金。可是三天都没见他上课，是不是跟你们那个书展有关？你那么喜欢他，不帮帮他吗？照这样下去，别说奖学金了，旷课太多会被罚的。”

任苒早就注意到程间的缺席。那次之后，程间早上就没再去四舍门口等她，让她失落到现在。

难道真的跟书店的事有关？

“可是我真的帮不了他们啊！”

“你天天去书店。全市的书店图书馆都被你逛遍了，怎么会帮不了他？”

“唉，你不知道！大一下半年的时候，那个龙媒书店刚开张，我正好赶上了，跟老板聊得不错。人家听说我是S大的学生，还是学旅游管理的，就借给我一本《管理学》、一本《市场营销》，没要钱也没要押金。”

“是杭英常看的那本科特勒的《市场营销》吗？我也看过。”林念皱起眉头，“大一下半年借的？现在都大三下半学期了……”

任苒心虚地点了点头：“那本《管理学》，我给弄丢了！”

“你——”林念看着任苒无语了，“难怪你后来就不去了！”

任苒心虚地点了点头。

这下林念也没办法了。

出售笔记的也是北大的学生。保研之后没事儿干，想出去玩儿。但京城米贵，囊中羞涩。翻遍了书包，只有码得整整齐齐的一摞笔记。于是试着发了个出售的帖子，没想到真有人买。见面一看，是个浓眉大眼，长得很英气的小姑娘，于是又兴致勃勃地挑了几个话题：学院里这些教授都是什么脾气，往年考研都有哪些逸事，最后甚至还有一些不知道真假的教授出题习惯和偏好。

这些事都是杭英不能拒绝的。一边仔细听着，一边恨不得拿出小本一字不漏地记下，一边就忘了时间。等到对方提醒她已是午餐时间，杭英这才恍然大悟，随即很识相地请人家吃午饭。

对方顺水推舟地答应了，说了个饭店。杭英一问，还得打车，就犹豫了。倒不是掏不起钱，实在是自己是个路痴，对方也不是熟人。

防人之心不可无。

那人也是聪明人，赶紧打了个哈哈，让杭英选。杭英立刻选了北大校园门口的一个小饭店，虽然看上去没啥诚意，但对杭英来说，这已经是她能走的最远距离了！

根据杭英路痴的特性，汤宇诚几乎绕了北大一整圈，终于在快一点的时候在小饭店里逮到正准备结账的杭英。

“我来。”汤宇诚截住要收钱的伙计。

杭英吃惊地抬头，正看到满头大汗的汤宇诚，一时间不知道该说啥。想起两人虽然没约好要一起吃午饭，可也是每天凑在一起吃，似乎已经是个事实上的约定，杭英就有点心虚。

“这位是——”北大的师兄也感觉到来者不善，但自恃出身不凡，并不怯场。

“他是——”

“男朋友。”

汤宇诚也不知道哪儿来的胆子，截住杭英的话头，直接说出了自己的心里话。

送走“北大师兄”，汤宇诚心里忐忑：

——杭英居然没有戳穿他！

——这是不是一种默认呢？

杭英一路都没说话，一直到自习室楼下，才站住：“你……有女朋友吗？”

“没有！”汤宇诚不假思索地回答，下意识地站得笔直。

“我也——没有男朋友。”杭英慢慢地说，显然脑子里在想着什么。

汤宇诚激动了：啥意思？接下来是不是要说“咱俩正合适”？可是这

算不算女生主动表白？咱一个大老爷们儿，太被动了不好吧？

他还没想完，杭英退后半步，轻轻地半鞠了一个躬：“刚才谢谢你帮我解围。只是我有个不情之请，可能会有些冒犯，不知道你可不可以听我讲一下？”

“不冒犯不冒犯。”

汤宇诚有点晕。作为一个擅长和代码打交道的未来的程序员，他对文词儿的理解第一不宽，第二不深，只听懂了“冒犯”二字，便连连否认。

杭英说：“我希望在北京复习这段时间，你可以暂时充当一下我的男朋友。”

汤宇诚觉得头昏脑涨，身体像个充满氦气的气球，正在忽忽悠悠地起飘。

——他听到了啥？

——不是做梦吧？

——这是女神在跟他表白吗？

“你是不好意思，所以故意先说个假的吗？没关系没关系，我不需要暂时充当，我愿意当你男朋友。”

汤宇诚听到自己的声音轻飘飘地从全身的每一个毛孔里冒出来，感受到自己的嘴角在向上飞翔。他脚步虚浮，心跳不稳，眼睛发花，耳朵里发出尖锐的轰鸣，却能听到某个频段——比如对面女生发出来的声音。

“那倒不需要，其实我也不想谈恋爱。只是最近我发现，这里似乎校风比较开放，有个男朋友会清净一些。我们只是在这期间暂时对外宣称而已。其实你不必做什么，就是有时候我可能会对别人说一下。到时候麻烦你不要拆穿我。”

杭英在学校的时候也没见多受男生欢迎。到了这里，不知道为什么，上自习的时候周围总有那么几个一看就是跃跃欲试想搭讪的男生，包括刚才那位“北大师兄”，一看就是别有所图。

杭英对他讲的内容很感兴趣，但是听多了也就变成了车轱辘话，索然无味，但因此直接轰走人家又显得太过势利。

为难的时候，正好汤宇诚赶来，张口就是“男朋友”，吓了杭英一跳，却又来了灵感：临时找个男朋友，在这个人生地不熟的地方，好像是个不错的选择。

杭英没有立刻和汤宇诚撇清，不过是一路衡量。在势利和现实之间为自己分析了很久，至少确定了一件事：汤宇诚对自己有点特别的意思。

那自己的要求是不是就有点周瑜打黄盖的味道？

我只要事先把意思说明白了，就不算玩弄别人的感情吧？

杭英的话不啻一瓢凉水，瞬间把汤宇诚浇了个透心凉，顺带有种被扒光的尴尬。站在那里，眨巴了半天眼，愣是找不到合适的词来回答。

杭英把心里话说出来，反倒轻松了。见汤宇诚不答，只当他不同意，笑了笑说：“没关系，是我太功利了。这种事情，不应该这样轻慢对待。”

“没有！”汤宇诚突然找到自己的嗓子，脱口而出，“我可以啊！当然可以。我很愿意的。你一个女生，初来乍到什么朋友都没有，还是个路痴——我是说咱俩是校友啊！而且在学校就认识对吧？你来二舍还见过我——”

杭英突然剧烈地咳嗽了两声。

汤宇诚意识到自己说错话了：“那个，我是说，我必须帮你。不管是不是你男朋友，我都得帮你。你放心，只要你需要，随时找我。对了——”他翻出一张写好的字条，这本来就是他今天打算交给杭英的，“这是我的呼机号码，你有事可以打这个给我。”

杭英听说过呼机BP机，想着等自己毕业的时候再办，没想到这时候就接触上了。迟疑了一下接过来：“谢谢！”

“不客气！那就——上、上自习去吧。你不是说想看我的词汇笔记吗？我今天带来了。”

杭英松了口气，老实说，她也很紧张，汤宇诚处理得很笨拙，但里面的真诚和宽容让她不由自主地放松下来。

只要是互相帮助，朋友也可以，何必要那个名头呢？

何况，就算是真的男朋友，也未必能像汤宇诚这样帮助自己。想起自己来北京的原因，杭英心头微微一黯。

当自习室明亮的灯光笼罩在他们的头顶，那点黯淡的心情也随之消散。

继续战斗吧，考研生们！

第九章

绝交

“俗话说，酒无好酒，宴无好宴，礼下于人必有所求，黄鼠狼给鸡拜年，不安好心！”

大周日的晚上，被笑眯眯的程间强拉出来吃饭的任苒，看着眼前吱吱冒油的肉串，心里想的就是这一段相声里的词儿。

“你有事就说吧，说完了再吃。”

任苒兜不住认㞞，忍耐从来不是她的强项。

程间依旧好心情的样子翻烤着肉串，正面烤了反面烤，直到两面焦黄透出诱人的香味，还是没说为啥请这顿客。

面对递过来的肉串，任苒闭了闭眼，挣扎了三秒钟，伸出了手。肉串拿在手里，眼里就没有别的了，除了张嘴开吃，没有其他什么事。

程间烤肉的水平不能更赞，冲着这一手烤肉的手艺，任苒就没办法彻底忘掉这个人！

“不说就算了！我先吃！”任苒大口开吃，口齿不清地就要沉浸到美味之中。

“我想明白了，不跟你当朋友了。明天，你去把龙媒书店的事儿捋清了，这顿饭包括你弄个假体温骗假条的事儿，我都当没发生过。你要是不去，也行！你旷课骗假条还有啥……让我想想，今晚上我回去整理一下，明儿都给你报上去！我没有你这种朋友！”

程间果然不是吃素的，这顿饭也不是白请，专等着任苒最迫切最没耐心的时候亮刀子。

任苒拿着半拉肉串，吃也不是不吃也不是，心里堵得无比难受——果然这家伙没安好心！

——你吃前说，我大不了心里难受不吃了；

——你吃后说，反正我也吃过了，难受难受就算了；

——你现在说，我这一口没够两口难受，算怎么个事儿！

程间一边说一边手上没闲，很快烤好了一串麻蛐子。温柔地摘下任苒手上那半串肉串，换上热气腾腾的麻蛐子，小心地递过去。

“凉了不好吃，这个热乎。”他笑着提醒。

任苒叹气，这要命的时候，连生气都没了意思。把串往身前的小碟里一放：“你怎么知道的？”

“我怎么不知道？我跑了三天龙媒，终于见到他们老板。一说S大的，人家立刻就说你们S大有个女生，拿了我们的书，两年了没还！”

任苒羞愧地低下头。

程间脸也沉了下来，忍了又忍，终究是个少年，嘴巴一张，从牙缝里冒出两个字：“丢人！”

话音刚落，眼泪就顺着任苒的脸掉了下来。

同时惊觉失态的两个人，各自向相反的方向扭头。一个擦眼泪，一个深吸气，努力平复好心情，才又慢慢转过来。

然而，任苒略一抬头，就又迅速低头看向一侧，僵硬的肢体透着显而易见的尴尬、羞怒。

肉，在火上发出吱吱的声音。火苗在油滴落下时，猛地蹿出来舔舐空气的冰凉。

任苒觉得，自己就是那肉，正被火苗煎烤着。眼泪落得太突然，突然到她自己都来不及反应。明知迟早都会暴露的事情，真的面对时，原来还是承受不住。

程闾知道任苒拿定主意后滚刀肉般的性格，来之前已经下定决心决不退步，甚至做好了绝交的打算！

浪费了四天，准备满满的诚意，却换来那么大的侮辱。

尤其是被侮辱的不是他个人，而是整所学校，是所有的S大学生。

他甚至想好了，如果任苒敢狡辩任何一个字儿，他都要不客气地拒绝回应，只有“去和不去”两个答案！

但是，任苒什么都没说。

那个平时见到他就赖皮到极点，甚至有时有点不要脸的家伙，居然落泪了！

程闾手足无措地挪开视线，让纷乱的心情平复了一下。再回头，看到对面那个满身都写着抗拒的家伙，才觉得熟悉而安全。

任苒站起来，抓起桌上的酒杯，给自己倒了满满的一杯，一仰脖喝了干净：“我的事儿，连累大家了。不过——”她冷笑一声，“我的事儿，也用不着别人多管闲事儿！”

“你！”

程闾拍案而起！

任苒已经头也不回地走了！

决绝的背影，让程间想起自己刚才说的话："我没有你这种朋友！"

慢慢坐下，程间茫然地给自己倒了杯酒，一饮而尽。

——我刚才说什么呢？

——那不是我想好了才说的吗？

——可是，为什么、为什么那么——难受呢？

第二天是周一。

已经放弃的程间早早坐进阶梯教室。

周一早上第一节是大学英语，和管工的一起上。乌泱乌泱的学生陆续进来，一直到打上课铃，都没看到任苒的身影。

程间忍不住踢了一下前排颜漾的座椅："任苒呢？"

颜漾回头看了一眼："宿舍睡觉呢。昨晚你不是叫她出去吃饭吗？怎么回来一身酒气，连话都不说？你们怎么了？"

坐在颜漾旁边的晓茹也回过头，问道："任苒是不是又跟你表白，被你拒了？"

颜漾轻轻地点了一下晓茹，晓茹翻了个白眼："她自己都不在乎，你替她遮掩什么。"

程间微微尴尬："没有，我们就是说了点院里的工作安排。没说什么。她不来，老师点名你们谁答？"

林念扭头说："我帮她。"

程间身边突然探出一个人的身子，是武定全："那你一定记得别连着答到，老师会听出来一样的。要是你们的名字挨着，最好准备个替换的。"

晓茹一摆手："别找我！我怕我忍不住给她告状。"

林念旁边的段冰冰举手："我来吧，我们宿舍都来全了。上周白看了任苒借的小说，正好帮她答到了。"

看她们自己商量去，程间慢慢向后靠，连英语老师什么时候来的都不知道。直到武定全捅他，才本能地答了一声“到”。

这一次旷课，任苒又蒙混过关了。

可是——

她为什么又旷课呢？

是去道歉了？

还是就这么硬扛下去？

干脆破罐子破摔，连上课也放弃了？

想起任苒真的很有可能就这么硬顶着不去，程间觉得心口好像被什么东西堵住了。

——我没你这个朋友！

——我想清楚了，咱们不当朋友了！

我明明不是这样的人啊！

程间扪心自问：无论遇到多大的事儿，他和谁这么较真儿过？不管背后怎么下刀子，他几时和人这样正面削面子？别说削人面子，就连红脸儿都不曾有过！

程间，你怎么了？

一个个念头像跑马一样，在程间的脑海中呼啸而过。在这一群尘土飞扬的喧闹中，他终于抓住了一个：

不如——

下课再去找任苒谈谈吧！

尘埃落定，阳光洒落，所有的烦躁因为这个念头，瞬间消失。

心口莫名一松，好像开了一道口子，有微风丝丝缕缕透进来。

对，下课去找任苒谈谈吧，怎么都是同学，哪能说绝交就绝交呢！自己不过是气急了而已。大不了——

大不了哄哄任苒，变着法儿地让她去还书认错就是。

多大的事儿呢！

程间睁开眼，深深地吐出一口气，挠了挠头翻开英语书。

任苒站在明显已经有些显旧的书店里，局促不安。

店老板听了她的话，没有立刻说话，只是笑眯眯地打量她，问道：“你本来可以不来的，为什么来还呢？”

“我本来就没打算贪你这本书。”任苒输人不输阵，努力让自己镇定下来，除了声音还有点发颤，脸颊还燥热得像着火，脑子已经完全清晰，“这本书很厚，但是很好，读起来很慢；何况也不是我一个人看，同学们都在传看。等大家看完传给我的时候，它已经折边卷角，没法还给你了。所以当时我是打算过来付钱买下的。”

“那你为什么不来？”

“另一本书丢了。那本书不好看，枯燥无聊，好多内容是抄的，也没什么人翻。我暑假带回家看过之后就没再动，回学校发现没带回来。想等着寒假了回家找找，就耽搁了还书。但是寒假回家也没找到，我不想花那个冤枉钱，就……一直没过来。”

“你这小丫头，倒是实在。你说你仔细看了这本书，那好，我这里正好有一个营销的案例，你用四象限理论帮我分析一下。”

店老板还是很可亲的样子，随手打开了收银台旁边的电脑。

任苒这时候也没得怕了。反正面子都丢光了，做错题分析错就更没啥了，大大咧咧地坐下，找了张纸，看案例写分析，慢慢做了起来。

程间拿着四舍传达室的电话，听着颜漾的声音从电话那头传过来：“任苒不在，书包也不在。可能去书店借书去了吧——欸？等等，她借的书还在桌上没还，应该没去书店。不知道，是不是上自习了？”

“没关系，等她回来我再找她吧。”

程闾慢慢走出四舍。阳光很强烈，有一种穿透一切的力量，世界清晰得好像要变成透明的。程闾干脆靠在三舍和四舍之间晒被子的柱子上，对着阳光眯起了眼睛。

任苒，你太让我失望了！

原来你是一个这样自私、不负责任的人！

那就——

算了吧。

店老板看了一遍任苒的简单分析："其实我也不懂，不过我觉得你分析的和我心里的想法差不多。至少说明，你是认真学了的。"

他搓起《市场营销》的一角，听着哗啦啦的书页挑起落下的声音，喟叹道："一本书，最大的价值就是被人阅读，被人记住。新不新，折角不折角，其实并不重要。"他指了指已经收入银柜的书钱，"行了，这事儿就算了，我不会再向任何人提起。更不会牵连你的同学、院系和学校。你愿意在我这里看看，就逛一逛。有喜欢的，可以买，也——可以借。"

任苒猛地抬头，看到店老板的笑容，吃了一惊。随后释然地"嗯"了一声，情不自禁地笑了出来，微微鞠躬："谢谢！对不起！"

"没关系。只要你认真读书，在我这里，就只是借——多久都算借！你是学生，这种书这么厚怎么可能买得起。都是花家里的钱，没必要的。"店老板叹了口气，抬头看着店里高高挂着的广告标语：天马徕，从西极，龙之媒。

"我为什么要取龙媒这个名字，就是希望这个书店成为媒介，帮助那些想读书的人，能读书，读好书。天马，引龙，逝于昆仑。"

任苒知道他说的是汉武帝的那首《天马》，不过这又不是她的理想，并没有太多感慨。等店老板神情略微恢复了一些，才小心翼翼地说："我来，还有一件事儿，想拜托您。"

第十章

你的人品配不上我的喜欢

下午的第二节课是“导游概论”，付老师讲得激情洋溢，程间悄悄打了个哈欠，身上居然有点冷。虽然阳光不错，但是毕竟3月，风是凉的。难道吹着了？

刚下课，就看到蒋雪柳找他，说院办通知，七点开会。

“你不舒服？”蒋雪柳打量了他一眼，轻声问。

“嗯，好像吹着了。”

“有感冒药吗？”

“没事儿，一会儿回宿舍加件衣服就好了。”

“你知道今晚的会是什么事吗？”

会是临时通知的，程间并没有概念。

蒋雪柳顿了一下：“是任苒通知我的。”

“任苒？她……她通知你的？”程间的声音有些异样，“稀奇啊！”

“是啊，我也吓了一跳，想着今天不是愚人节啊，她不能给我开这个玩笑。所以我还特意去了一趟院办，郝书记说的确是晚上开会，主要是商量一下书展的事情。”

哦，程闾有点心不在焉。

“真逗！任苒平时不都是有事找你吗？这次——你们怎么了？”蒋雪柳继续问。

程闾眨眨眼：“没事儿，对了你要是没什么事我先回去了。我得加件衣服。呃，有点凉。”

程闾很兴奋。

任苒突然出现在院办，还通知开跟书展有关的会——她旷课，应该是去了书店吧？

迫不及待地跑到四舍门口，电话接通了却没人接。

程闾失望地放下电话，忍不住打了个喷嚏，清水鼻涕悄然而下，看来是真的感冒了。

“没人接吗？”传达室的阿姨关心地问。

程闾点了点头。

“就是你前两天一直等的女孩吧？刚才她在这里查了个电话号码，然后打了个电话。我听她那个话，好像是说要去图书馆。”

“图书馆？谢谢阿姨！——对了，她查的哪个电话？”

“这个。”阿姨翻出记录本，指给程闾看。

程闾一看，认识，是工业设计的一个男生。不过工业设计还只是专科，并没有过多参与学生工作。这个男生倒是很有才华，他设计的海报还代表学校参加过比赛，拿了二等奖。今年毕业，据说去了一家广告公司。

任苒找他干吗？

程闾没犹豫，直接拨通了那个男生的电话。他们宿舍别人接的，说是去图书馆了。

那就是两人约了图书馆见？

程间放下电话直奔图书馆，丝毫没想过问自己一句：你去干啥？

图书馆是新盖的大白楼，作为全校最高的建筑，听说地基打得很深。据说如有必要，将来还可以加层。大家私下里议论：啥“有必要”，就是没钱盖太高呗。

程间直奔自习室，满满当当的自习教室里，没有看到那头总是乱七八糟梳不整齐的头发。程间又跑到楼下的几个借阅室里挨个找，还是没人。

想想也是，这么大的图书馆，到哪儿去找两个人啊。

跑了一圈，出了一身汗，程间没在意。冲出图书馆大门，一阵凉风吹透衣衫，程间打了个哆嗦。

“程间？”一个男生喊住他，“好巧！”

程间扭头看到两个人从左侧的阅览室走出来，正是工设的那个男生和任苒。

任苒没有说话，绷着脸，说不出高兴还是生气。

“是啊！好巧。不是，我正找……找她。”程间指了指任苒。

“你们可以啊！搞个书展还要设计 logo，我以为你们就是弄个教室摆个小摊，让大家转一圈呢！”工设的男生半开玩笑地说。

随即，他也察觉出不对劲，目光在任苒和程间之间转了两圈，笑着对任苒说：“行，你的要求我基本都知道了，龙媒书店的情况和资料这些就差不多了，如果不够我再和你要。我先回去弄个初稿出来，然后一起商量。”

“大概什么时候能出来？”任苒问。

“明天上午吧？”

“那十点，我去宿舍找你？还是你在哪个教室？”

“你到二舍找我吧。我电脑放宿舍了，学校的电脑太差劲。”

“拿到初稿，我会把首付款百分之十给你，如果讨论通过了初稿，我另付你百分之六十。等定稿了，就把尾款付给你。”

“好。管院就是不一样，真金白银不来虚的。”

任苒笑了笑。

男生和程间打了招呼，拿着东西离开。

看男生走了，程间拦住准备离开的任苒："在开会之前，我这个学生会主席，可不可以先了解一下情况？还有那个首付款，是怎么回事？"

任苒低头，程间顺着她的目光看去，吃了一惊："你居然也戴表了？"

"和人家约好了时间，没有表不行。"

任苒微微皱眉，戴表很不舒服。

从大一开始，任苒身上从来没有任何装饰。耳环项链手镯手表，从来没见她佩戴过。看到黑色的皮带女式腕表出现在任苒手腕上，程间忽然觉得很陌生。

这还是他认识的那个任苒吗？

"龙媒书店的老板答应在我们学校做书展，但是他要求独家赞助。不过，在此之前，他要求我们提供一个完整的活动方案给他，如果方案不能说服他，他就不答应。"

"什么方案？"

"说是营销方案。我理解就是他能得到什么好处。我把他的要求录下来了，开会的时候我会放给大家听。因为时间比较紧，我把他明确要求有个标识的事情先单列出来，和郝书记商量过了。请工设的魏盐鸿给设计一个活动的logo。"

"这种事还要付款？"

"他要好处，哪能白给，我们办活动也是有成本的。"

任苒的口气有些不忿，对龙媒老板的怨念看起来很深。

程间低头偷笑，再抬头已经是一张认真脸："他为什么会答应？"

任苒扭头看别处，嘟嘟囔囔："答应就好了，又不需要你出钱，问那么多干什么。"

“要是出钱就能答应，那倒是简单了。”程间冲口而出，“我怕你受委屈。”

空气在两人之间突然凝固，任苒好像挣扎似的猛地一抬下巴，拧着头看着远处，哼了一声：“我磕头求来的。算委屈吗？”

程间心中一荡，脱口而出：“当然算是委屈。”

任苒眼波流转，微微扭头，斜眼看程间。

程间笑着说：“不过是自作自受，委屈也没办法。”

任苒猛地瞪眼，双唇一抿，脸涨得通红，甩手就走。程间想都没想，一把拉住她：“你在别人那里受的委屈，尽可从我这里找回来，我情愿。”

任苒吃惊地看着程间，程间脸上热辣辣的，但还是挺住直视任苒。他在道歉，仅仅是道歉，有啥见不得人的呢？不能躲！绝对不能躲！这仅仅是道歉！

任苒看程间那么直勾勾地看着自己，立刻左顾右盼、手足无措起来。一眼看到手腕还被人捏着，便不顾一切地挣扎起来。这家伙，坦坦荡荡地说出这些容易让人误会的话，还真是不拿自己当外人啊！

任苒想起这些年放不下的心情，想起每次自己有意无意的暗示都被程间轻易化解，然后又这么无所谓地靠近她，还说这些话，难道她就那么好戏弄？

任苒心里又羞又恼，再加上之前在龙媒受的窝囊气，更加想挣脱开。

程间心里没他表面上那么镇定，任苒一使劲，他也有些惶恐，下意识地松了手。任苒趁机退开三米远，咽了口吐沫才说：“你这个花心大萝卜，拿这话哄你那些女朋友吧！你想让别人给你干活的时候，就各种示好；不听你的话，就威胁吓唬人，我算是看透你了！程间，我是喜欢你没错，可是这不等于你可以利用我的喜欢。我去道歉，是因为这祸连累了大家，我必须站出来承担。你不必想太多！你这人，白长一副正人君子的模样，人品配不上我的喜欢，我再也不会上当了！我会慢慢地——不喜欢你。”

说完，任苒扭头就跑进了暮色中。

程间瞠目结舌，什么时候自己人品这么差了？不过是想道歉而已，怎么就和喜欢不喜欢扯上了！

程间脑子里乱成一团，所以他忽略了另一个事实，他从来没有向别的女生这样道过歉。

晚风起，夕阳笼罩的校园，看起来如梦似幻。

晚上开会，程间进门看到任苒也在，点了点头，任苒却低头没理会。

看来真是玩笑开大了！程间如是对自己说，等散会再解释吧。被猫抓了一下就不养猫了？笑话！

蒋雪柳说既然是任苒接下来的，这个方案自然由任苒负责去做。任苒却说，自己是学旅游的，对营销这种事一窍不通。何况这里面涉及活动组织管理成本预算的方方面面，由管工和会计挑头更合适。最后她还很慷慨地说，自己愿意做居中联络的人，摆明了拈轻怕重的态度。

任苒表完态，偷偷看了程间一眼。虽然今天骂了他，可还是担心他恼了又给自己下什么套儿。看程间一本正经琢磨事，没有说话的打算，任苒才悄悄松了口气。

龙媒老板要的不是一纸简单的说明，而是包含了营销、广告、流程、管理和预算的完整方案。任苒说，龙媒的老板除了有这个书店之外，还开了一家广告公司。他会用专业的眼光来审视这次活动。

听完基本情况，大家都沉默了。

郝书记一看，挨个问吧。先点管工的说话。

管工全称管理工程，说是学管理的，但数学模型也接触了不少，说到组织活动管理流程，大家都沉默了。

会计的学生干部也叫苦。给个现成的表格可以看、可以算，让他们对一个还没影的活动做预算，他们也不知道从哪里下手啊！

还有工业贸易专业的，看郝书记过来了，立刻把头一低，装出不存在的样子。

至于旅游管理，现场除了程间和任苒，还有体育部的武定全。

任苒已经表态，程间一直没说话。这样转了一圈，没人出来领任务。

读了三年大学，所谓管理学院的学生，居然拿不出一个像样的活动方案。平时上课，管理营销会计统计都没少学，到了真做的时候，好像全都没用！

郝书记显然也是这样想的，叹了口气："看来，我们的教学有问题啊。不过这也不是坏事，至少在毕业之前，能见识和接触这样的案例对你们走入社会参加工作还是很有好处的。"

程间昏昏沉沉，一句话都不想说。

任苒又说话了："要不我就直接跟龙媒的老板说，咱做不出来，这事儿就算了吧！"这真是掏心窝子的真心话。

虽然这样做有点窝囊，但是也算快刀斩乱麻，省了以后的麻烦事。

"不行！"程间撑着头，努力集中注意力，"咱们又不是小学生，就算老师没教，还不会学吗？基本原理总不会差，查资料、请教老师，怎么也能弄出来。"

"那你来？"任苒冷笑着呲他。

程间点头："我来。郝书记，这事我来负责。不能让人看扁了咱们管院。能成不能成的，总要试一试。"

"好！"郝书记一拍巴掌，"程间不错，需要什么帮助，尽管和我说。管院的资源向你们完全开放。接下来，让任苒介绍一下龙媒老板的要求。"

程间眼皮沉沉的，努力睁了两下，也没看清斜前方的任苒在干什么。他想仔细听，耳朵里却鸣声如雷。眼皮越来越重，程间还想挣扎一下，头一沉趴到了桌子上。

"程间？"坐在他旁边的蒋雪柳第一个发现不对，伸手一探额头，猛地缩回来，"好烫！"

第十一章

有苦难言

任苒满怀悲愤地回到宿舍，恨恨地把书包甩到床上：“凭什么好事都让他程间占了，我就得当牛做马下死力气干活！”

林念从书里抬起头：“你的书没还，今晚要是不还就要加钱了。”

“啊！”

任苒尖叫一声，十本小说啊！一天一本五毛钱！她有多少钱可以再加一天！

抱起小说往外跑，嘴里嘟囔：“该死的程间，我要让他加倍还！”

颜漾和任苒撞了个满怀，听了个尾巴。进了宿舍问林念：“这家伙怎么啦？程间怎么她了？”

林念摇头。

肖晓茹端着脸盆进来：“程间？程间住院了。我听说工贸班的蒋雪柳在医院陪他。颜漾，你不代表咱们班去看看？”

“怎么住院了？”

“说是发烧，烧晕了。你们刚才说任苒什么？”

“没事。你听谁说程闾住院的？”

“会计班的。”

“哦，那我去问问。”颜漾放下书包，开门出去。

任苒赶在老板关门前把小说还了，想起郝书记交代的话，又从书架里找了几本策划的书。这才走出书店。

夜色已深，走回去就该熄灯了。不过这些专业书，她是一本也不想看。如果不是因为程闾，她这辈子都没想过要在借言情小说的书店里借专业书！

“程闾病了，你就先把事情做起来。你们俩是一个班的，有事沟通方便。”郝书记的话在耳边回响，说得真轻巧！

任苒本来是想把事情牵过来，她就可以溜之大吉了。没想到从一开始找人设计 logo，到现在做前期可行性报告，她哪里能溜，分明是越陷越深的节奏。

——老师，我不想做！

——我也想生病！

这些理由也就是想想罢了，兑温水提升温度计度数的事情，有一不能有二。现在大家都看到了，她跑得比风还快，还书的时候钱算得明明白白，还用了一张八折卡！

生病这种事真是八竿子打不着。

就算装病，也不是时候。

更何况，程闾是真病了。

程闾，都是你害的！

任苒一点都不同情医院里打点滴的那家伙，反正死不了，有什么好着急的。

比起生病，有本事你来写策划书啊。

任苒觉得，自己才是今晚开会的人中最痛苦的。

前脚回到宿舍，后脚熄灯铃就响了。但是宿舍里没人睡觉，大家都在议论程间的事情。

“程间晕倒了，你没跟着去医院啊？”晓茹不可置信地问任苒，“你的男神啊！怎么突然这么狠心？”

任苒烦得不行：“那么多人围着，我干吗凑那个热闹。”

林念：“你不担心？”

任苒：“担心就一定要跟去吗？唉，不过我现在是有点后悔了。要是当时就跟了去，也不会被郝书记抓住，替程间当差。”

晓茹：“你老说程间势利，你看你自己说的这话！帮助同学多简单的事，非得加上些好处。你们俩根本半斤八两。”

任苒一愣，居然无法反驳。

颜漾说：“我听说，书展要先做个可行性的策划书，现在是你来做。什么时候交？”

任苒有气无力：“初稿明后天吧。我打算明天去图书馆找个范本抄一下。成不成的，先有个轮廓。”

晓茹很认真地说：“这是个好机会，我们学得太空，能有机会接触实务还是很难得的。”

任苒立刻甩锅：“要不明天你帮我写？”

“边儿去！”

颜漾说：“今天程间在急诊留观，武定全陪着他。明天我和老林、阳子他们一起去看一下，是回来还是住院。你能去吗？”

“显然不能！”任苒一副要撇清的模样，然后讷讷地加了一句，“那个，蒋雪柳不陪着吗？我是说，程间晕倒的时候，蒋雪柳急得跟个小媳妇似的，就差抱着哭了，她能放心程间自己在医院吗？”

“好大的醋味。我说你怎么不去呢。”晓茹插嘴道。

黑暗里，颜漾还是给了晓茹一个白眼："她是女生，肯定不方便。"

"明天还要查资料写东西，颜漾你帮我请个假。"任苒忽然大声说，"睡啦睡啦！"黑暗中响起夸张的哈欠声，又招来晓茹的嗤笑。

很快大家都安静下来，沉沉地进入梦乡。

好在管理学院真不是白给的。作为管院成员之一的旅游专业虽然是具体的某一个行业，但是说做一份营销方案，老师们还是有家底儿的。

抱着郭老师给打印出来的案例和书，任苒有些发傻：这可是真实的项目啊，自己还去南戴河玩儿过呢，居然是自己老师开发的。

"我提供意见和进行考察研究。只能算咨询，不能算开发。"

郭老师这学期教旅游地理，任苒小心翼翼地看了一眼厚厚的项目书，觉得自己平时真有点亵渎这门课了。

"老师太厉害了！"

"咱们S大的旅游管理专业虽然年轻，却是全国最早设立的旅游专业。专业性上是全国领先的。旅游景区开发、景点设立都需要理论支撑，同时也为后面的开发、建设以及管理提供经验支持，没有学术上的总结归纳和提炼，这些就都谈不上。我们怎么可能不参与呢。别人请我们，我们当然要去，他不请，我们也要去的。"

"我以为老师就是在学校里看看书、教教课、挣点工资等退休呢。"

他们师生关系很好，专业老师都很年轻，离开教室大家说话都很随意。

"你这次时间紧，估计不能细看。而且书店的营销策划案和旅游项目的营销案肯定不一样，我这些只能给你一个大概的方向，具体的你还是要自己多看多问。抓紧时间吧，找几个人帮你一起做比较好。或者分解一下，完成得会更专业。"

"明白了，谢谢郭老师。"

"你这次倒提醒了我，下学期给你们开市场营销课，回头你把这次的资料帮我汇总一下，我们可以在课堂上再分析分析，充分利用。”

“好，我都留着。”

任苒走出教学楼，停下脚步扭头看了看。第一次觉得，这个水泥墩子抠出来的一个个小洞口显得那么有智慧！她手里拿着的一摞子文件正在提醒她，在这里学到的东西，不仅仅是为了考出1-100分的分数，更是能够解决实际问题的。

一种我可能会变成很有用的人的感觉油然而生。

程间睡睡醒醒不知道多少次，朦朦胧胧知道有同学守在自己的身边。下午三点多才完全清醒过来，睁眼之前就听到咔嚓咔嚓吃东西的声音，视线清楚了就看到大林正拿着苹果吃。

“吓死我们了，你这小体格不行啊！”

大林一点不觉得吃病人的苹果有什么不妥，一边吃一边调侃程间的身体。顺便把医生的诊断、发病的前前后后都讲了一遍。

程间笑了笑，他才知道自己居然病得很重。不舒服的感觉从他走出龙媒书店就有了，之后又发生了一连串的事情，短短几天就经历了大喜大悲、大惊大惑，加上几次被风吹，自己都没上心，内外交困才变得这样严重吧。

这些事，他自己心里清楚就好，没必要跟别人说。

听着大林的抱怨，程间只是微笑，安静地躺着。

一阵腹鸣，大林看了看门口：“三爷说来的，怎么还没来？这苹果也不顶饥啊！”

“还有萨其马，要不你再吃点——”程间截住话头，只剩萨其马的塑料皮了。

大林说：“我十一点才起，中午饭没吃就过来了。三爷说四点来换我，我也没拿吃的。”

程间这里但凡能吃的，都只剩皮了。

门口有人拎着东西进来："三爷有事，我来替他。"

"你怎么才来啊！"大林看清来人，理所当然地站起来，"蒋雪柳来了两趟，我都没让她留下哟，记得请我吃饭。"

任苒拿出一根大火腿塞进大林怀里，顺便推了他一把："胡扯什么啊，我干吗要请你。讨厌，赶紧吃饭去。"

大林嬉皮笑脸地走了，程间看着任苒把饭盒放到床头桌上："帮我把床摇起来吧，应该在床尾。"

任苒走到床尾，看到一个手柄，慢慢摇动，床头缓慢抬升，直到程间感到合适。

"我想你可能吃不下什么东西，就想弄点小米粥。结果食堂的小米粥跟清水似的，还是硬邦邦的陈米。我就找红升饭店的老板要了点新米熬了点小米粥，你趁热吃吧。"

"你……还会熬粥啊？"程间看着装小米粥的盒子，有点不敢相信。心里还有点别的什么，有些不安，还有些期待。

"那个饭店不是卖海鲜吗？也有海鲜粥的，我吃过。熬粥什么的，老板娘帮我的。"看程间神色古怪，任苒赶紧解释，"除了小米和清水，我什么都没放。应该没毒。"

程间低头笑了，笑意如此明显，以至于低头也藏不住，干脆就那么明晃晃地高兴着。反倒是任苒，对上这样的笑意，觉得自己的举动好像有点不对劲。

"赶紧喝，凉了就伤胃了。"任苒给他推过去，顺便掩饰自己从脖子根泛起的羞怯。

程间只是病急，但不至于虚弱，接过饭碗自己吃了两口，感觉肚子里热乎乎的，有些力气，看任苒坐着不吭声，忽然把碗递了过去："挺沉的，端不动了。"

“干吗？我喂你？”任苒吓了一跳。

“想什么？帮我放一下，我全身疼。等我好一点再吃吧。”

任苒松了口气，哦了一声接过来，刚放到桌子上，又迟疑着问他：“你……吃饱了吗？”

“没。”程闾老老实实地回答。

任苒犹豫了一下，端起碗，拿起勺，舀了一勺粥，慢慢送到程闾嘴边。

程闾也没推辞，张开嘴喝了。

一勺一勺又一勺。

一个专心舀粥，保证每一粒米都送到那张嘴里；一个专心喝粥，保证每一勺都能和嘴巴正确对接，避免送入鼻孔的尴尬。

不知不觉，一罐小米粥就吃完了。

“好像有点海鲜？”程闾咂巴了一下苦兮兮的嘴。

“可能是那个锅平时煮太多海鲜吧？可是我刷了好几遍。”任苒低头收拾。

“对不起。”程闾忽然开口，却没有下面的解释。

任苒顿了一下，继续收拾：“没事的。你本来就没说错，用不着道歉。”

“我是说不做朋友那些话。我心里没想着和你绝交，我就是吓唬吓唬你。我不该那样讲。朋友之间不能老是算计。”

程闾觉得心口怦怦直跳，好像额头又热起来。不过身体也跟着发烧了似的，不像之前如坠冰窖。所以，应该不是复发。

任苒抿了抿嘴，没有说话。闷头把东西收拾好了，才重新坐下，拿出一摞文件：“选谁做朋友，还不是自己说了算。更不需要对不起谁。算了，我来也是找你有事的。”

显然，任苒并不想继续程闾的话题，更显然的是，她没有因为程闾的歉意而对之前的事情感到释怀。

这也是很任苒了。

程间苦笑一下，没有继续说下去。

“我把营销策划案的初稿比猫画虎地弄出来了，你要是有精力就看一下，要是没精力就算了。”

“这么快？我看看。其实我也不懂，正好趁这个机会好好学学。”程间说着，接过了文件夹。

第十二章

相谈甚欢

看完之后，程闾想起一件事："我一直有一件事想问你，既然龙媒的老板要看到方案才能决定是否赞助，你给工设老郑的那份钱是从哪儿来的？"

"许先生提前给的。"任苒挠了挠头，"我请他赞助咱们的书展活动时，曾经口头把设想说了一遍，他就说让我出个书面的方案，其实我不想做的，所以当场就拒绝他了。"

龙媒的老板姓许，人家是文化人，老叫老板不好，任苒就叫他"许先生"。

"你拒绝他了？"程闾真没想到，任苒还真敢说。不应该是咱们求着人家吗？

"根本做不到的事情，答应人家不是为难自己吗！"

"那后来呢？"

"许先生说这件事他希望搞大一些，必须有个活动的 logo，可以先做设计，他会联系新闻单位。至于策划案，我们可以慢慢做。所以就先给我一笔钱，让我去找老郑做设计哟，他指名要老郑做。”

“可不可以这样理解，其实许先生已经决定做这件事，整个宣传营销的方案他自己已经有了腹稿，择出 logo 设计这件事，我想是不是他早就看到过老郑的作品，老郑又是 S 大的学生，所以就算你不去，他自己也会想办法找老郑做的？”

“他利用我？”

程间点点头。

任苒大眼睛眨了眨：“谈不上吧？人家本来就是搞广告的，充其量就是找我打个下手。”

程间无语，这样想倒是看得很开！

任苒想起另外一件事：“如果你说的是真的，这家伙其实早就知道该怎么搞？就算我不写策划案，他也要参与的对吧？我还苦哈哈地写什么啊。”

这次真是戳到任苒的痛处了。为了写这个东西，她已经两天没看小说了，抓心挠肝地想，跟犯了瘾似的。

程间当然知道任苒那点毛病，立刻否定：“也不一定，我想他说要搞就搞大的，肯定是他本来就有一个计划，只不过咱们撞过来，他就把咱们的计划纳入他的方案里了。”

这就有点扯了，人家不过是说了句“要搞就搞大的”，凭什么就断定有其他计划呢？

程间本来就是临时想出来压制任苒的，严谨什么的只能等到任苒有时间细想了。只怕等她想明白，这事儿也就过去了，这一手，程间玩儿得滚瓜烂熟。

用任苒的话说，就是“一本正经地胡说八道”。

但是很管用。

反正你看不出来。

这次，任苒又着道儿了。

“这样啊！那我们还是得争取一下。”

“我担心，就算我们不争取，别的院系得到消息也会去争取。对了，机院严鸿浩那里有什么消息吗？”

“没打听过。”

“有时间留心一下，他跟老郑关系很好，你去叮嘱一下老郑注意保密。”

任苒严肃地点头，程同暗暗松了口气。

好险，差点又让这家伙撂挑子了。

任苒什么都好，聪明懂事也不计较，就是太散漫，万事皆可不为，随时随地放弃，还吃软不吃硬。

程同觉得，自己能哄着任苒做了三年学生干部没被气死，其实也挺不容易的。

说到被气死，程同也有委屈。

这一次生病，算是被任苒气的吧？可为什么从头到尾，只听见自己道歉的话？

算了算了，不跟女人计较——

“你、你干吗那样看我？”任苒被看得心慌，实在是程同的目光太诡异了。

“我想看看，你这人有没有一点内疚？”

“我内疚？为啥？”

“为啥？你想啊！我怎么就这个时候突然生病？我之前忙活什么事，发病时又在忙活什么事，前前后后被谁侮辱、被谁气死，又被谁骂了个狗血淋头。啊对了，还有人说我的人品配不上她的喜欢。唉，我这病分明是被骂出来的。”

“是吗？你遇到什么事当然是你自己最清楚。”任苒眼珠子骨碌碌转，“我还得回去把稿子录到电脑上。你先休息吧，我走了。”

“三爷还没来，我都病成这样了，你就把我自己扔这儿啊？万一我又晕过去了，或者这个点滴没有了，空气打进我的血管，怎么办？”

任苒僵在原地，走也不是，不走也不是。

程间好整以暇地看着她，心情一片大好。

“算啦，我大人有大量，不和你计较。把稿子拿过来，我看看接下来的任务分解。如果我想得没错，只要你能写出来，许先生不会有太高的标准，一般都会过的。接下来就是任务分解，我们不妨提前做一下。就算许先生那里没过，我们这样布置一下，也有助于提高效率，毕竟时间不多了。”

“哦，那、那我看看你怎么分解的。”任苒坐下，第一件事就是伸手去检查了一下滴管，又看了看暖瓶里还有没有水。

程间偷偷看了一眼，把目光移到资料上，嘴角挂着微笑。

到 3 月底只有二十多天了。

汤宇诚看着模拟卷，想哭的心情都有了：“我每天只看英语，你只是抽空看一下，为什么你的成绩比我高那么多？”

杭英从书里抬起头，推了推眼镜：“因为——我比你会学？”

“算了，问你简直是自取其辱。你这种天才是不懂我们普通人的痛的。”

汤宇诚老老实实地把错题誊到本子上，该背的背，该改的改。

“你改错了。”杭英忍不住指出他改错的地方，“你抄错了不说，改也改错了。你要是太累了，就出去透透气吧。”

汤宇诚把本子推开，重重地叹了口气：“我不学了！我放弃！我不干了！我要回家！”

噘着嘴发泄了两句，汤宇诚扭头看到根本不受影响，仍然认真看书的杭英，忍不住骚扰：“我就不明白，你怎么做到一坐一天，看二十四小时还不带困的？”

“我顶多看二十个小时，而且中午的时候我会困。”杭英纠正他的说法。放下笔，把书和笔记本交叉着合在一起，“走吧，散散步去，天才带你调整复习节奏。”

汤宇诚翻了个白眼，乖乖地跟着出去。

沿着校园里的路，一直走到未名湖畔，汤宇诚截住了杭英的话头：“天才，咱能不能聊点学习之外的事。”他指了指身后那条隐没在林荫中的路，“这么长，都是学习的事了。”

杭英尴尬地顿住，忽然不知道该说什么。

汤宇诚看着眼前秋色连波的景象，问出了心里话：“你成绩那么好，一定要进京吗？有没有考虑过别的？”

“什么？”

“出国留学。”汤宇诚目光炽热地看着杭英，偷偷泛红的耳朵出卖了他佯装的镇定。

“不可能。”杭英，按照自己的想法坚定地摇了摇头，“出国要花很多钱的，我不想再给父母增加负担了。”

“不用你花钱。”汤宇诚急切地说，“我可以负担——”

杭英眯起眼看着汤宇诚，眼神绝对不是善意。

汤宇诚的话音截住，然后讷讷地解释：“我是说，你可以——我可以借给你。等你工作了，再还给我。这样不就没有负担了。”

杭英摇了摇头：“我没想那么多。借钱这种事，我更没考虑过。但是你说得对，出国留学也是不错的选择，可是也得看什么学校。不入流大学留学回来的，照样找不到工作。”顿了一下，杭英实事求是地说，“对我来说，最合适的就是留在国内考研。你也要加油，申请一个好学校，不要浪费了那么好的留学机会。”

汤宇诚失望地“哦”了一声，也不知道杭英是否察觉，反正是笑了笑，又围着未名湖走了起来。

汤宇诚觉得，杭英根本没听懂自己的暗示。他真正想问的是，如果他们俩在一起了，杭英是否可以认真考虑一下呢。

以汤宇诚的水平，参加国内的研究生统考基本是没戏。其实研究生和本科生都一样，如果没有好的学校和好的专业，就业前景不会因为你的学历高一些就更有希望。

汤宇诚出国留学，完全是靠着他家的财力和个人的一些努力。此外，还有一个很重要的原因，就是他妈妈希望他能学些国外金融领域的东西，将来继承家业。

家业什么的，汤宇诚没感觉。在他看来，也就是一份娘胎里带来的工作，跟别人自己找的工作一样都是需要付出努力才能做好的事情。

可是，现在他开始认真考虑这件事儿。

该怎样和杭英在一起呢？

工作和学习，似乎突然之间就跟未来的生活、未来的自己，啪的一声贴在一起了。

至少，在经历了这样一起奋斗的日子以后，汤宇诚可不想辛苦抓住的机会，随着返回学校而消失。

第十三章

道不同，不相为谋

任务分解下来之后，所有人在理清头绪之后都意识到，这个活动和他们平时自己搞的活动非常不一样，也都变得积极起来。

相比大家高涨的积极性，任苒这里就比较晦气了。她的策划案被许先生毫不客气地批了个一无是处，抱回来准备重新修改。好在，正如程间预料的那样，整个活动，包括书店的赞助资金和货源提供，并未因任苒的策划案要修改而耽搁。

任苒有些失落地看着大家忙忙活活，觉得自己手里的这些东西就是一堆废纸，但是她没有太多的时间失落，还是要完善策划案。许先生还给她几个时间点，告诉她每个时间点之前要做好什么事，还嘱咐任苒要结合具体的实施情况，尽快完成策划案。

“撰写、协调，还有监督，这次你全担上了。”程间在病床上，听任苒说完，笑着总结。

任苒撇撇嘴，少见的安静。

“我发现你这人虽然有时上蹿下跳的，其实心里还是有底儿的。你一旦安静下来，那事情就真是不妙了。”程间坐直身子，打量着任苒，“怎么了？”

声音非常柔和，连他自己都没注意到。

任苒咬着嘴唇：“也没什么，就是觉得大家做的事情都很有意义，就我做的事儿很无聊。”

“我们做得再怎么好，标准也就是校园活动的标准。你做得再无聊，许老板可是按照一个公司里可执行方案的标准来要求的。这种机会，可是很多人求都求不来的。”

任苒抬头看到一对亮晶晶的眼睛，仔细瞅了瞅，确定不是揶揄自己，“那我还要谢谢他咯？”

“那倒不必，平白无故的，他一个公司的大老板，对你一个穷学生那么好干吗。我觉得，你按照他要求的去做就好，别的也不用多理会。”程间认真地想了想，“这样，我现在就出院。反正你一直就是以我的名义去做的，以后居中联络协调的事情就交给我好了，你好好写东西就好。”

任苒松了口气，她除了觉得自己做的事情无聊之外，还有一条就是觉得任务很重，太累。

这么明显的表情自然落入程间的眼里，他想说什么，又笑着摇头放弃了。

任苒本来就是这样的，没什么功利性，做事都是凭着兴趣，想做就做，不想做就不做，一切都是坦率无伪的，所以才不需要他防范，所谓的算计多半也不过是逗逗她罢了。

程间的举动放在别人眼里，可能就是抢班夺权。在任苒这里，真的就是单纯地帮她卸掉重担了。

有什么好说的呢？

一切都是刚刚好。

办完出院手续，任苒和程间走在回学校的路上。河北大街到了山东堡这里基本就是尽头了，延长出去不过是双向两车道的普通省道，一直通向北戴河。

程间并未痊愈，任苒把自己的大衣给他披上。程间抗议无果，好在夜色浓郁，应该看不太清他穿的是女式大衣。任苒使劲儿咂巴嘴，遗憾自己的大衣不是花的。

羊绒的卡其色大衣在夜色下闪着温柔的光，触手可及的手感很是细腻，夜里那些冷冽的海风全被挡在外面，自成一方温暖天地。

程间不自觉地把大衣裹得更紧一些，任苒立刻问道："那等你病好了，是不是可以继续写策划案了？"

程间白了她一眼："既然许先生让你改，那你就继续做吧。我还是负责整个活动的统筹安排比较好。"

任苒低下头，认真地考虑了一下自己撂挑子的可能。

程间看了看她，一挑眉："这次活动院里很重视，其他学院也都看着我们呢。许先生和市晚报都联系好了，可以说外面的单位都看着咱们 S 大呢。"

"什么意思？"

"意思是，如果做不好，丢脸的就不是一个人。"

"你威胁我！"

"我只是不会再为你打掩护。况且，这次你是发起人，我就算想为你打掩护，也不可能。"

任苒双肩一垂，毫不掩饰地叹了口气："我写！不过，我告诉你，将来我做什么也不会去做营销的。"

是的，经年以后，当任苒终于在自己的行业里站住脚的时候，她已经离营销这种事十万八千里了。

北京城的夜晚充满了喧闹，无论是声音、视觉，还是嗅觉，五光十色的繁杂，酸甜苦辣的多样，比起海边小城的宁静和单一，即使闹中取静的北大，也显得很不清静。

走出教室，汤宇诚耸了耸鼻子："一股臭豆腐味儿啊，我记得咱们学校周围都是孜然味。"

杭英喜欢自然，仰头对着干燥的夜空吸了吸："臭豆腐里放孜然了。不过，不如学校那边的纯正。"

汤宇诚扭头看杭英，笑着问："你想学校了？"

杭英无所谓地偏了偏头："感觉那里就像第二个家。任苒她们，就算我不在，闯祸的时候也忘不了我。"

汤宇诚已经听说，忍不住哈哈大笑起来："你们宿舍这个任苒，甩锅能力真强。隔着几百公里，都能把锅扣你头上。"

杭英笑了笑："那怎么办？万一她被警告或者退学，不是更糟糕。朋友嘛，卖一卖有益健康。"

汤宇诚愣在那里。他出身商贾之家，听到耳朵里的都是无利不往。可是身为独生子女，对朋友有一种天然的亲近，不计得失地靠近常被人取笑。杭英的说法是他一直想听到，却从未听闻的。

"怎么了？"杭英察觉异状，扭头询问。

汤宇诚心里激动，连走两步过来，语气中有了几分迟疑："你刚才说的，你不担心任苒骗你，或者占你便宜吗？"

"不担心啊！她又不是别人，她是任苒。我知道她。什么事可以做，什么事不可以做，她心里有数。这事儿看着缺德，其实对我来说是无所谓的，对她却是一件大事儿。当然了，如果再来第二次，我肯定不会是这种反应。"

"那会怎样？"

"绝交。"

"为、为什么？"

"第一次，情有可原；第二次，却是食髓知味，那就不是朋友之道了。"

汤宇诚心底激荡，伸手拉住杭英："杭英，你真好！"

啊？

杭英吓了一跳，我说啥了？使劲儿抽了一下，汤宇诚才发现自己的鲁莽，赶紧松开。

汤宇诚说："我从小就羡慕武侠小说里的那种兄弟义气，也想着自己将来可以有豁达过命的朋友。可是，他们不是骗我钱，就是想着欺负我，连我妈都说我傻，把书里的东西当真，傻得不行。我刚才听你讲，觉得你和任苒她们相处得真令人羡慕！"

杭英心想，你羡慕我们的友谊，也不至于拉我手啊。

不过，她心里害羞就不想多聊，总结说："可能你也有你的问题。比如说你需要看清楚朋友的为人。值得相交的，才付出，不值得的人，还是早点离远了好。不是什么人都要坦诚相对的。"

"是是是，我知道了。"汤宇诚掩不住的笑意，"今后我的朋友，都带给你看看。你帮我瞅瞅，值不值得相交。"

"这个，不太好吧。"

"很好很好，我喜欢你，你帮我看一看。你比我聪明。"汤宇诚额头冒出汗，喉咙间一阵乱滚，想要说出来的话却又不敢说，纠结得不行。

杭英哪有听不明白的，干脆挑明了："宇诚，我只想好好复习，考上研究生。既没有出国的打算，也没有考研失败的准备。所以，我非常讨厌任何打扰我复习的人和事情。我之前请你帮我挡一下那些事情，如果让你有什么误会，我很抱歉。自现在起，还是算了——"

"杭英！"汤宇诚急得脸上着火，打断了杭英的话，"我保证不打扰你。真的！我绝不会打扰到你。我就想帮你好好复习。真的！"

杭英狐疑地看了他一阵，迟疑了一下，没再说什么。

京城春夜的风很干燥，吹得人心里毛毛的。

除了上课，任苒的任务就是列席会议、查找资料、在草稿纸上做出各种各样的分析，然后堆砌到文章里。慢慢地，看着程间和蒋雪柳他们四处奔波的样子，任苒觉得自己这样还是挺幸福的——除了没时间看小说。

当她的策划案终于在许先生那里通过，程间也变成许先生和院里接触的节点，任苒如愿以偿地从这次活动中脱身出来。

“你知不知道自己错过了什么？”程间明知迟早会有这一天，却仍然忍不住痛心疾首，“马上就要毕业了，这么大的活动，你居然时刻想着逃跑？你知不知道多少人削尖了脑袋想参与进来，多少院系想着法要把这次合作抢走他们办？你怎么就——”

有些事，你认识到她会怎样做，和你亲眼看到她这么做的时候，那感觉就是小刀割手和灭门血案的区别。

任苒觉得自己和程间一定是八字相冲加星座不合，不然为什么她觉得幸福的事情，程间对她却是一副朽木不可雕的样子？

归根结底还是那句话：道不同，不相为谋。

任苒深刻地认识到，程间吸引自己是没错的，但是自己和他在观念上十分不一致。

“我知道。”任苒认真地说，“你说得都对。但是，那不是我要的。那些在你看来很好很好的东西，却不是我想得到的。”

“那你想得到什么？”

任苒低头想了想：“不知道。但是我知道一件事，这种需要和许多人打交道的事情并不适合我。我不喜欢。”

“你喜欢什么？现在。”

“看完所有最新出版的台湾言情小说。”

在程间分不清是想自杀还是想掐死别人的表情里，任苒飘然离开。她觉得很轻松，再没出息的想法，也是我发自内心的渴望。又不是杀人放火，也没耽误毕业写论文考试上课，凭啥就不能做呢？

任苒捧着新租出来的十本小说，拎着满满一袋炒焖子，心满意足地推开了宿舍门。一抬眼——

“杭英！”

任苒大叫一声，把小说扔到了床上，激动地甩着装着炒焖子的袋子在空中转了一圈。幸好伟大的惯性保证那坨东西老老实实地贴着袋子没漏出来，不然杭英大概会糊一脸的孜然和麻酱。

“我以为你要到‘五一’之后才能回来！怎么才这几周就回来了？”任苒激动地问，“来，我刚买的炒焖子！还热着呢！我买了两块钱的！来，分分！”

杭英吃惊地看了一眼：“不会吧？你居然提前就帮我买好了。”

两人拿着筷子就着袋子一边吃一边聊，杭英的口味和任苒很像，对炒焖子同样无法拒绝。

“不是啊！我买来犒劳我自己的。”任苒口齿不清地说，“你都不知道，你走后这几天，我都过的什么日子。你知道吗？我居然参加了院里的书展活动。”

杭英筷子停了停：“你不是说的买书吧？”

“当然不是！我跟程闾他们一起组织这次活动。今天刚脱身。”

“你怎么突然这么积极了？为爱改变？”

“怎么可能！我也算是自作自受吧。”

任苒干脆把自己怎么丢了书，怎么被程闾骂，怎么去道歉，怎么接下来这堆活都说了一遍。

“果然活该。”杭英打了个饱嗝儿，精辟地总结道。

“好在我现在脱身了！今后又可以开始我混吃等死的大学生活了。”

“可是马上要毕业了，你这样的日子很快就会结束的。”

“要不我努力一把考个研究生，然后继续混三年？”

任苒一脸认真。

杭英迟疑了一下：“我毫不怀疑这个动机对你的激励作用。但是你如果这么说出去，所有考研的学生都会打死你的。这么神圣的事业，你能不能不要这么侮辱它？”

“不能！刚才程间已经想打死我了。”任苒叹气，“美人如花隔云端，他还是被仰望好了。离近了真让人受不了！”

“你就是懒！”

“谢谢！”

收拾好东西，任苒刚爬上自己的床，又一个鹞子翻身跳了下来，一屁股坐到杭英身边，严肃地问：“你怎么回来得这么早？”

“我本来打算听课的。但是去了发现听课挺没效率的，就买了笔记，回来自己复习。”

“按照我对你的了解，就算有笔记，如果能参照讲课，你还是会听的。说吧，到底为什么回来？”

“我刚说了。”

“撒谎。”

“一句都不假。”

“那就是还有原因没说！”

杭英侧头看着任苒，卡在那里。良久，才一字一句地问：“我、有必要、向你、汇报吗？”

嚯，杭大姐生气了！

说明踩着她的痛脚了。

任苒贼笑：“没有！我纯粹就是为了满足自己无耻的八卦心理，才这样问你的。”

“那你可以滚了。”

“好吧！反正我会和林念啊，颜漾啊聊一聊的。唉，好期待啊！大家会有什么想法呢？”任苒的目光在杭英的身上溜了一圈，“你不会……被人欺负了吧？”她猛地欺身靠近，神色夸张地说，“像你这样认定目标基本锁死的人，还能有什么事让你突然改变计划呢？”

任苒向后一倒，眉眼夸张到不能再夸张地喊：“需要发生多大的事情，才能让你改变计划啊！”

“赶紧滚！”杭英拿起枕头，冲着任苒一通抡。

打得任苒连蹦带跳，猴儿似的躲到自己的上铺，才算落停。

果然，杭英的突然返回在宿舍里激起了一阵热烈的讨论。对别人，杭英没有那么厉害。但是大家看她不愿意说，也没像任苒那么皮地闹腾。

夜色浓重，寝室里熄了灯。

杭英看着头顶上铺的床板，把叹息咽进肚子里。

她完全听懂了汤宇诚的意思，所以才在事情变得不可收拾之前落荒而逃。

那天，汤宇诚和她去昊海楼找一本老书，找到之后又陪着汤宇诚去附近的海龙去买了一台笔记本。

看到汤宁诚拿出一张卡片唰的一下就付完款，杭英有点吃惊。

“这个是信用卡。里面没钱，月底我妈还钱。不过一般我也不用，这次是买的东西贵了，刷卡比现金方便。”

杭英知道信用卡。她只是吃惊这么多钱，汤宇诚的父母也不限制他一下。或者，这些钱不算多？

大概杭英嫌弃的表情有点过于明显，汤宇诚收卡的动作非常快：“我平时也不乱花钱。这个笔记本我是想随时带着可以写程序。其实写程序还是台式机容量够，但是那个平时带着不方便。”

“你可以在宿舍用台式机写啊，这个又贵又不好用。”杭英看看那台黑色的带着蓝色标志的小本。

“嗯，我只是喜欢计算机，但是现在还是以考试为主。”汤宇诚默默地在心里想：在宿舍里怎么和你在一起啊。

拎着笔记本走出大楼，已经快到晚饭时间。两人又找了最近的永和吃了顿简餐，吃完饭，走到楼下，汤宇诚说："今儿逛累了，我们坐车回去吧。"

杭英看看宽阔的马路，虽然遥遥可见，但真要走过去，怕是到了也没力气看书。于是点点头，准备往车站去。

汤宇诚拉住她："我一个叔叔在这边办事，正好要回去。我让他带我们一程，马上就到了。"

杭英没想别的，怎么说就怎么办吧。

这时，从楼上又下来两个人，也是一对男女，就听见那男生说："杭英？你怎么在这里？"

冤家路窄，居然是杭英的前男友曹和金。

曹和金带着女友出来逛街。杭英和曹和金交往多年，曹和金的朋友和同学多认得杭英。见到杭英，曹和金的女友先挽住了他的胳膊。杭英别开眼，只当没看到。

曹和金看了看汤宇诚，杭英说："这是——"

汤宇诚笑嘻嘻地打断杭英："我叫汤宇诚。"说完手臂一伸，圈住了杭英的肩膀。

曹和金一愣，干笑了两声："你还真快。"

杭英眉头一皱，汤宇诚已经说话了："烂疮挖掉了，好得自然快。"

"你说谁呢？"曹和金怒。

"我说烂疮。你着什么急？"汤宇诚一脸笑模样，眼神却像刀子一样。

曹和金似乎要语噎，他旁边的女友说话了："呵呵，这有备胎就是好，迫不及待上位。和金，你让得很及时啊。"

杭英皱眉，曹和金说："杭英，我以为你是个好女孩，谁知道你也玩儿这种不入流的把戏。"

"你说谁不入流！"汤宇诚抢前一步，沉声道，"自己没本事，吃软饭，有什么资格说别人！你这脏嘴就不配叫杭英的名字。”

“滚一边去！我们俩的事儿，关你屁事！”曹和金伸手要推，汤宇诚丝毫不拒，看来是要打起来了。

杭英猛地挡在两人之间：“闹够了没有！曹和金，我跟你没什么关系。同学一场，缘分已尽。你也没必要在这里说这么多话。宇诚，这里太臭了，我们走。”

正说着，旁边有一辆黑色的奔驰开过来，打开双闪停下，下来一个穿西服的中年男子。小跑着过来，一迭声地解释：“不好意思，不好意思！那边修路太堵了。你们早就下来了吧？”

“齐叔叔，没事。就是碰见两只屎壳郎，恶心了一下。”汤宇诚眼睛斜着曹和金，嘴巴兀自不饶人。伸手拉住杭英的胳膊肘：“车来了，我们走吧。”

“原来是傍上大款了，难怪——”

谁也没看清汤宇诚是什么时候冲过去的，但是大家都看明白的时候，曹和金的脸上已经重重地挨了一拳。曹和金也不是善茬，搭手就缠住汤宇诚，两人打了起来。

齐叔叔一看赶紧叫过旁边的两个保安过来拉架，那俩保安还不乐意，齐叔叔一人给了五十，指着打架两个人：“别伤着那个穿牛仔上衣的就行。”

俩保安很懂，过去一人一拳一脚把曹和金揍趴下，然后扶起汤宇诚，嘴里还念叨：“别打别打！再打报警了！”

在齐叔叔的坚持下，杭英又陪着汤宇诚去了趟医院，确定只是皮外伤之后才回到学校。汤宇诚大概很累了，坐在后面，直接靠在杭英的肩膀睡着了。

齐叔叔从后视镜里看到这一切，心里纠结着要不要汇报。毕竟，小姑娘的神色并不像是很情愿的样子。

杭英用一根手指头支撑着汤宇诚的头，免得他的头离自己的脸太近。就这么坐了二十分钟的车，到了学校。

谢过齐叔，汤宇诚要跟着杭英去上自习，杭英让他多休息。

汤宇诚欲言又止："你、你不怪我吧？我知道你还、还想着那个……"

"我早就不想了。虽然考研是因为他，但是现在更多的是看到考研能给未来多一种选择，挺适合我的。"杭英想了想，"你也别总想这些事了，挺没用的。也不知道将来在哪里，想这些没用的。"

"杭英。"汤宇诚鼓起勇气，"如果考研失败，我是说如果，你愿不愿意和我一起出国？如果你担心钱的事，我可以借你。你以后挣钱了，还我就好。"

四舍昏暗的房间里，杭英的床吱吱嘎嘎地响着。

出国啊？

怎么可能！

每个人都有自己能力的界限，出国已经超出了她的能力范畴。这是不是说明，她和汤宇诚原本就不是一个世界的人呢？

有谁能在打架的时候，会有一个从奔驰车里钻出来的下属一样的人随便抽出一张大票就找俩人拉偏架呢？

看熟练的样子，这不是第一次，应该也不是最后一次。

这样的人，自己怎么会接受呢？

不可能，不是一个世界的。

杭英以为回来可以解决一切问题。

当杭英和任苒、林念她们走出四舍大门的时候，她知道自己错了。

汤宇诚和她是校友啊！

汤宇诚只不过是计算机专业的而已。

汤宇诚当然知道，四舍是全校唯一的女生宿舍，而且只有一个门。

汤宇诚没有说话，但是杭英一出来，他的目光就不管不顾地锁定了她。

杭英不由自主地慢下来、停下来。

诧异的舍友们茫然地四下看了看，随即露出了然的神色。

晓茹低声说："是计院那个富二代。"

任苒茫然："咱们学校还有富二代？"

林念回忆："开学的时候，奔驰一直开到二舍门口，后面跟一辆面包车专门装行李箱的家伙？"

颜漾吃惊："这不是……被杭英看光的家伙吗？"

三个一起扭头看颜漾："你怎么知道的？"

颜漾神色有些不自然："后来有人指给我看来着。"

大家心领神会地互相看了看。果然八卦之心人人皆有，有人没有只是装作不关心而已。

"你怎么……没说一声就回来了？"汤宇诚略微有些局促地说，神色疲倦，却带着抱怨的口气。

"办完事就回来了。你不是还要准备考试吗？怎么也回来了？"杭英努力让自己看起来很正常。

汤宇诚双手绞在一起时不时地搓一下："我、我不想考了。"

"为什么？你准备那么久，怎么说放弃就放弃了？"

杭英不自觉地提高了嗓门，简直不可思议，怎么能有人把考试如此儿戏对待。

"没心情！"汤宇诚扭头看另一个方向。

任苒露出仰慕的神情，想着自己好像还没做过这么牛的决定。

杭英一眼看到他通红的眼角和悄悄溢出来又逐渐消失的水光，瞬间无语。

颜漾一捅看得投入的其他三个人，比画了一个赶紧走的手势，拽着晓茹就走，林念一看赶紧跟上。走出两步，颜漾又扭过头，扯上压根儿没动的任苒，使劲拽离了原地。

这些动静都没有影响到汤宇诚和杭英。

他们沉默着相对而立。无数想说的话和不能说的心情交织在一起，只能这样默然相对。

良久，杭英才努力试着打破这种尴尬，咧着嘴角试图笑出来，说："对哟！你和我们不一样的，考试什么的，要看心情。"

"所以你悄悄地走了？"汤宇诚终于忍不住，直白地问，"你觉得我就是一个纨绔子弟，不配和你在一起？"

"不是——不过我们差别还是挺大的。"一看汤宇诚又要奓毛，杭英连忙问，"你吃早饭了吗？边吃边说吧。"

汤宇诚不动。杭英也顾不了那么多，上去轻轻推了他一下。

汤宇诚低头看了一眼她的手，杭英的脸立刻红起来。快走几步赶到前面，下了台阶。这时候，她反倒希望汤宇诚就那么一直在门口站着，千万不要跟过来。

汤宇诚没有这么想。他不紧不慢地跟在杭英身后，眼里透出从未有过的笃定。

第十四章

大三了，不该再疯狂一把吗？

“太牛了！”任苒激动地绕着程间转圈。

这家伙正在核算这次活动的预算。这件事具体的由高他们一届的会计班的学长负责，虽然马上要毕业了，但是学长工作已经搞定，就回到学校帮助院里做毕业生的工作。

旅游管理是对旅游行业全部管理活动进行研究的专业。会计、营销、统计，甚至地理人文都要学。不过，也可能是刚开的缘故，每种都学，但每种也都学得不那么深。反正任苒看着那堆表格，就像看天书一样——虽然上学期已经学过会计原理、会计学和管理会计的课程。

倒是程间，认认真真地一点点抠。

“你干吗不问欧阳啊？”

学长复姓欧阳，长得瘦高清秀，看起来很斯文——就是太瘦了，有点脱离任苒的审美。不得不说，管院的学生干部男帅女靓似乎是一种传统。当然，旅游专业更是出类拔萃。据说除了高考成绩，还要看长相（这个是谣传）才能确定是否录取。

"怎么问啊？一点都看不懂，还不如自己琢磨。"程闾抬起头，眨眼的样子居然很单纯。

任苒心中一动，懊恼地想：怎么每次都这样，明明是个腹黑卑鄙的家伙，却时不时地露出无辜的表情，他是怎么做到的。

程闾看不见自己的表情，过于投入地研究这些数据，让他的脑子一时之间装不下别的事情。

任苒托着腮帮子，欣赏了一会儿美男，就想起汤宇诚和杭英了。忍不住啧啧赞叹，羡慕汤宇诚："太牛了，说不考就不考了！我做不到！"

程闾没听清："你说什么？"

任苒赶紧趴过去，又重复了一遍，然后两眼放光："啧啧啧，说不考就不考了，连我都没这胆子。"

"你最好不要有。"程闾伸了个懒腰，站起来活动，"人家有钱可以任性，你有啥？瞎凑热闹，报名费好几百，你舍得？"

任苒懒归懒，花钱还是很小心的。被程闾说中了痛处，整个人瞬间就蔫了。

程闾不忍，安慰她："你可以了！从大一就开始旷课，到了大二居然连自己班的同学都不认识，考试的时候差点被老师当成替考的赶出去，你早就全校闻名了。"

任苒皮厚："你不觉得我应该再做点其他的事，继续闪耀一下吗？"

"你别闪瞎自己的眼，快毕业了，收收心吧。好好把专业课拿下来，争取毕业论文能过，对你就业还有将来出国考研都有好处。"

"知道了，比我爸都能念叨，那你毕业了想干什么？"任苒好奇地问。

"找个好点儿的工作吧，最好能给落户口的。"程闾露出一丝茫然，"走吧，教学楼要关了。"

楼道外响起刺耳的铃声，这是催促自习的学生离开教室回寝室的信号。

一出门，任苒轻轻捅了一下程间:“看！”

杭英一脸愤怒地走在前面，汤宇诚不紧不慢地跟在后面。比起杭英，汤宇诚有几分好整以暇的从容。

“老大生气了。”

杭英是高考复读上来的，年纪在寝室里最大。任苒畏惧的时候，会称呼她“老大”。

程间皱眉:“因为汤宇诚吧？这是怎么了？”

“汤宇诚这几天一直跟着我们老大。上自习、吃饭、上课——专业课就在教室外面守着。老大要考研，烦得不行！都一周了，骂都骂不走。你可没见，我们宿舍这一周过的日子，啧啧啧，要不我能跑到这儿跟你聊天。”

程间低头看了一眼跟前那颗晃来晃去的脑袋瓜:“我这儿怎么了？难道你平时是躲着我的？”

任苒顿了一下，迟疑着扭头看程间，程间盯着她，像发现了新大陆样认真研究任苒。

“呃——我们还是跟上老大吧。”任苒眼珠一转，快步跟上，可是逃跑的意味明显得不能再明显，“我觉得老大快爆发了，这黑天黑地的，万一怒起来，要是出了人命就闹大了。我得阻止！”

“什么？你说什么？你说谁？”程间被说蒙了，怎么还有这么大的事儿？

“我说——唉，你不懂。快走！”

任苒懒得跟思想保守的程间解释自己飞扬的思路和夸张的表达，缀在汤宇诚后面，贼眉鼠眼地就跟上了。

程间脑补了一路各种血腥场面，跟着任苒一直到四舍门口，啥事都没发生。

杭英头也不回地跑进大门，汤宇诚站在门口怅然若失。

程间松了口气："没事儿啊，你吓死我了！"伸手揉了揉任苒的头。

任苒一扑棱脖子，甩开程间的手："你还当真啊！老大多理智啊！换了我倒有可能。可也没人这样追我啊！"

"很遗憾吗？"程间从眼角睇向任苒。

"遗憾。"任苒还在研究汤宇诚。

"想吗？"程间的声音是从牙缝里飘出来的。

"当然想——"任苒终于听出简单问话里的森森寒意，扭头打量了一下程间，笑了，"大哥，你不是吃醋了吧？会不会你也有点喜欢我，想追求我？"

"做梦吧！"程间哗的一下泼灭了任苒的美梦，"就你这二愣子样，天天不刷牙不洗脸，哪个男生受得了！杭英是学习天才，冷静又理智，你呢？你有啥？"

"我有啥？我是文艺青年。"

"看言情小说也叫文艺青年，你别给自己贴金了！前天语文课，老师说乌托邦，哪个大声说是柏拉图写的？"

任苒闭嘴，上眼皮子使劲敲打了两下下眼皮，才梗起脖子："你等着！我非得找个男生来追我！到时候让你看看，我这个假文艺青年，也有人要！"

你不要，你说我不配，所以我就没人要吗？

任苒眼睛酸酸的，看也不看程间，跑进四舍大门。

程间一脸纳闷，歪着头自问自答："我说错了吗？本来就是啊！"

"拜托你能不能离我远点！"杭英再次冲着汤宇诚喊。

汤宇诚识相地退了五步，站定，看着杭英。

杭英啪的一巴掌拍在自己脸上，清脆的声音让站在一旁的四人齐齐一哆嗦。杭英紧闭双眼，僵硬着身体转过来，强迫自己当作后面没有人。

四个人赶紧跟上，时不时扭头关注跟在她们后面的汤宇诚。

“你说，怎么没人这样追我呢？”任苒还对昨晚程间的话耿耿于怀。

“人家男生还没想明白喜不喜欢你，你就表白了。有机会追你吗？”晓茹一针见血，扎得任苒无话可说。

“有道理。”林念附和，再给任苒一记闷棍。

任苒勉强稳住阵脚：“这叫敢爱敢恨。”

“那就别想着被人追。”

晓茹也不是吃素的，辩论不行，但是吵架挑刺儿是把好手，一句话堵得任苒不得不反思人生。

颜漾很温和：“你要是矜持点就好了。”

“心急吃不了热豆腐。”林念很热心地进行通俗化解读。

任苒瞅了她们一圈，指着埋头喝粥的杭英问：“你们是不是为了讨好她，故意这么损我的？”

晓茹：“是事实，也有效果。”

颜漾：“兼而有之。”

林念：“你自己先说起来的。”

任苒痛心地看着林念，果然还是老实人最扎心！这刀子捅的，太通透了！

杭英站起来：“我先走了。”

“你们没效果！”任苒终于找到仗势。

杭英拿起饭盒，冷冷地说：“我心情好点了。”

任苒托着腮帮子琢磨了一节课，最后不得不承认自己是真的没有男生缘。

下课的时候，她跑到林念桌前，认真地说：“一会儿你陪我去趟赛恩斯，我要买你用的那种特别好闻的牙刷，还要买你用的那个香香的擦脸油。”

“干吗？”

“勾引男生！”

嗯？全班男生都抬头看过来。

林念红着脸低下头，这家伙怎么能说得那么大声。

任苒揉了揉鼻子，轻哼了一声，快速走出教室。

“吓死我了！”

刚出教室，差点撞到一个人。抬头一看，还是汤宇诚：“拜托，我们老大对你没兴趣，你还是该干吗干吗吧。”

任苒捂着胸口，随口抱怨道。

厕所在拐角过去的楼梯口，走了两步，扭头一看，汤宇诚单腿微屈，正靠墙站着。没开灯的走廊不足以照亮他的脸，有一半都藏在阴影里。倒是抬起的下巴因此显出流畅而忧郁的下颌线。

任苒心中一动，折回来问：“喂，你就不会换个人追吗？”

汤宇诚愣住。

对杭英的舍友，他还是很客气的，认真地问：“你……什么意思？”

“我刚才看你长得挺好看的，要不你追我试试？”

汤宇诚皱眉，脸红，眨眼，然后看到有人走到了任苒身后。

可是任苒不知道。她为自己这个新主意感到兴奋，不由自主地握紧拳头说：“我是说你使劲追求我，老大看到了一吃醋，不就明白自己的心意了嘛。”

嘿嘿，言情小说都是这么写的。

脖领子突然被人拎起，拽得任苒差点翻了白眼，喀喀喀，谁！

程间挡在汤宇诚面前，诚恳地说：“她昨晚喝多了，酒还没醒，你别见怪。”

“我没喝多。”任苒被挡了个严实，只能从程间的身侧探出脑袋，大声抗议。

“你不是要上厕所吗？”程间身形一动，变成面对任苒。伸手一捞，架着她送到了女厕所门口，“该上课了，再不去就晚了。”说完把戴着表的手腕递给任苒。

任苒下意识地去看：真的！

看着任苒慌忙蹿进去的背影，程间摇了摇头。走回教室，发现汤宇诚还在那里。

汤宇诚拦住程间：“她说的，有道理。”

“没道理！杭英没那么糊涂。喜欢不喜欢，不需要别人刺激。”程间睇着汤宇诚。

他现在万分讨厌这个家伙。

第十五章

浪漫不长眼，彻底遭人嫌

汤宇诚的贴身紧跟战术终于奏效——杭英不上自习了。

下了课杭英就猫进宿舍，专心投入复习。仅仅一天的时间，任苒她们在宿舍就没地方吃饭打牌嗑瓜子了。

杭英非常认真地投入备战考研。

因为准备的时间晚，每天只睡四五个小时。从自习室回来，还要搬着小桌在方厅里就着昏黄的灯光看书。原本深陷的俄罗斯式大眼睛也套上了深深的黑眼圈，二目无神，神情呆滞，她已经彻底变成来自考研星的外太空人。除了考研相关，你说什么都无法引起杭英的反应。

而汤宇诚的追求，则要生硬地把杭英从考研星拽回地球。

杭英当然不干。

她的学习节奏、备考心理完全被汤宇诚扰乱。

杭英抓狂，看戏四人组也抓狂。

本来看戏四人组是看热闹不嫌事大，但自从寝室被杭英变成自习室，大家就叫苦连天。

嗑瓜子——不许出声！

聊天——不许出声！

串门的——不许进！

刷牙的——去水房！

终于到了强制熄灯的时间，杭英搬着小桌去方厅继续复习。忍了三天的看戏四人组召开紧急会议：怎样才能把杭英弄回教室？

任苒咬牙切齿：“杀了汤宇诚！”

林念补充：“那我们还是完蛋。”

晓茹冷静：“要是那家伙能不缠着杭英就好了。”

颜漾苦笑：“他暗恋杭英二年了！这次有机会，我看是不会放弃的。”

任苒：“移情别恋呢？晓茹，你是电眼，一个媚眼飞过去，男生都受不了。你去，搞定他！”

晓茹：“滚！你以为大家都像你那么轻浮！我这是自然魅力，怎么可能主动去勾引男生。要去你去！”

任苒：“我已经去了！”

另外三人异口同声：“你居然连老大的墙脚都敢撬！”

这样的讨论注定没有结果，看戏四人组只能继续她们的悲惨生活。

所谓“一人考研，全寝不幸”，就是她们现在的写照。

汤宇诚在四舍门口堵了几天，其他人进进出出，就是没有杭英的影子。

这天，他终于忍不住了，拉住任苒问：“杭英呢？”

“被你逼得在宿舍上自习呢！”任苒哀怨地举起手里的暖水瓶，一手两只，总共拎了四只，“连打水都要我来！”

“我帮你！”汤宇诚还算有眼光，接过暖瓶，去水房打水。

四舍到水房还有点距离，要命的是中间有一道角度大于三十度的大斜坡，和一长段半层楼高的台阶。

任苒乐得站在门口晒太阳。

春天的气息一日比一日浓，连太阳的味道都越来越芬芳——

芬芳？

任苒睁开眼，羡慕地看到旁边一个大四的男生抱着一大束玫瑰，正含情脉脉地交给外语系的漂亮女生。女生含羞带怯，迟疑了一下，伸手接过来。这似乎是个信号，那个男生居然兴奋地一把抱住了女生！

向来只有理论缺乏实战经验的任苒立刻瞪大了眼睛，抻着脖子想看得更仔细一些。

“闭眼！”耳边有人训道。

任苒眼前一黑，有个温热的东西捂住了她的眼。

那人的声音带着笑意：“你就不怕长针眼吗？”

松开手，任苒不无遗憾地发现那一对已经走下了台阶。

刚才败了自己兴致的家伙，正是程间。

“又不是爱情动作片，长什么针眼。”任苒一副见多识广的样子，“书里写的比这个露骨多了！”

“哼！这个你倒是博学多才，要不这次书展的宣传标语你给多拟几个？”程间皮笑肉不笑。

“不用了吧，大哥！蒋雪柳那里一大把，你随便挑着用。哎哟，我的水瓶来了。”

汤宇诚拎着四个暖壶，一边扭头看什么，一边心不在焉地走上来。

任苒接过来，使劲攥了攥，一手抓两个壶把，还真有点不够用。

程间伸手全接了过去：“你怎么打这么多水？”

“老大要学习，我们轮流和她一组，帮她打水。”

程间不满地看了一眼汤宇诚，但是好涵养让他什么都没说。抬腿向四舍走去，任苒拦住他："你干吗？这是女生宿舍，你能进？"

程间挑眉："你看我能不能进。"说完，径直走了进去。

宿管阿姨看见了，笑着打招呼："程间啊，有事呢！"就啥也不再问了。

任苒目瞪口呆地站在那里，一时转不过弯儿来。这、这是学生干部的特权，还是帅哥的特权？

手臂忽然被人拽住，任苒吓了一跳，转头看是汤宇诚。

汤宇诚问："你们女生，很喜欢那个吗？"

"哪个？"随便进出女生宿舍的特权？

"玫瑰花。"汤宇诚一努嘴，指向走远的那对男女。女孩子抱着花，已经完全偎依到男生的怀里。

任苒松了口气，随口道："喜欢啊！鲜花，蜡烛，夜晚，情歌，多浪漫啊！"

"走吧！"程间看没人跟着，拎着暖壶又折了回来。非常没好气地撞了一下任苒，一字一顿地催促："走、啦！"

任苒哎哟一声，揉了揉撞疼的地方，这家伙怎么使这么大劲儿啊。

汤宇诚也不再理会任苒，痴痴呆呆地不知道在想啥。

"你知道校园招聘会吗？"放下暖瓶，程间忽然问。

"出去聊天。"杭英抬头打断。

任苒扯了一下程间，两人走到外面的方厅，"没听说过。"

"咱们学校居然没有校园招聘会。"程间摸摸鼻子，"虽然是新迁过来的，可对我们很不利啊！"

"什么是校园招聘会？"

"就是一家或者几家用人单位，只针对这所学校的毕业生，到学校专门举办的招聘会。就业率会相对高一些。而且这些单位一般都不错。"

“你从哪里知道的？”

“欧阳说的。他不是定了去机械部了吗？实习的时候，听说机械部有校招，不过不是在咱们学校。他跟着帮忙，才知道我们差了很多。”

“学校可以慢慢发展，可是我们只有四年。”任苒明白了，“虽然我是不积极毕业的那种，但是这种……被落下的感觉真的很不好。”

“我们可不可以自己办？去找用人单位什么的？”程间眼光闪闪，瞬间被理想主义的光芒笼罩。

任苒没笑话他，反而觉得这时候犯傻的程间有一种可敬的冲劲，是让她感动的：“你可以先问问郝书记他们。而且校招这种事，应该全校规模更合适，所以连书记那里也应该知道些什么。他们做了那么多年学校工作，不可能不知道校招。何况我们也不是完全的新学校，好歹爷爷也是哈工大，当年的万吨水压机也是咱们的爹搞出来的。怎么都不算无名之辈。我想学校迟迟在校招这里没动，可能也是有原因的。你先了解一下，再行动也不迟。”

程间定了定神，他是个很现实的人，短暂的激动之后就有些后悔。但是任苒居然这么认真地给他支着儿，没有意料中的嘲讽讥笑，让程间着实有些吃惊：“好，我下午正好要为书展的事情去一趟校办，侧面问一下连书记。”

“厉害！”任苒由衷地跷起大拇指，不过理由却让程间哭笑不得，“还会侧面问，我正面能问出来就已经很费力了！”

“你那叫审讯。”程间揉了揉任苒的头。手感真好，毛茸茸的，难怪女生都那么喜欢绒毛玩具。

任苒甩了甩头：“别揉了，我好不容易昨天洗了头，还想多撑几天呢，你揉来揉去的，出油怎么办！”

“懒猫。”

程间好心情地调侃。

杭英出门上厕所，看到窗边一大一小两个人。鲜亮的天光为他们镶了一道银边，闪闪发光，好像天使。

这才是恋爱吧？

杭英仓皇跑进水房，好像在躲什么怪兽。

第十六章

一盆水，从天而降

杭英把寝室变成自习室以后，连任苒都抱着小说去教室看了。没办法，谁让她看到高兴的时候，会手舞足蹈，情绪失控。教室里顶多有人骂两句“神经病”，但是寝室里杭英可能就直接拿枕头砸她了。

当然，最重要的原因是：万一杭英真没考上研究生，大家都不愿成为那个背黑锅的。

第 108 次会议，在下晚自习后回寝的路上召开完毕。让杭英回归教室似乎变成了世纪难题。想到一直到明年 1 月份（也可能是 2 月份），大家才能享受到寝室的温暖，四人组连走路的力气都没了。

“那不是汤宇诚吗？”颜漾打断大家的抱怨，向前努了努嘴。

从眼镜湖到四舍只需要穿过小食堂和二食堂的夹道。汤宇诚飞快奔跑的身影在劳累了一天的疲沓学生队伍里显得格外突出。二食堂的灯光把他的背影照亮，熟悉他的看戏四人组一眼就看得分明。

“他跑什么？”晓茹问。

“平时像个呆瓜，这时候怎么跟兔子似的？”任苒答非所问。

“看看吧。”林念很务实。

看戏四人组突然变身猪猪侠，飞快地跟上去，跟刚才讨论龙王爷的懒散样截然不同。

跟着汤宇诚跑到四舍楼下，四人组惊呆了。

地上摆了许多蜡烛，汤宇诚气喘吁吁地在蜡烛中间摆花。蜡烛还没点燃，周围也没多少人围观，显然汤宇诚还没开始正式行动。

这里必须介绍一下四舍奇特的地理位置。

S大的四个巨型天井式宿舍都靠着学校的围墙。女生宿舍曾经发生过外面的变态爬过围墙，直接从二楼滴雨檐的窗户爬进女生楼的惊悚事件。据那个变态被抓住后的供述，他也不知道这是女生宿舍，就是顺路钻进来看看。

四栋宿舍楼不仅依山而建，而且是沿着围墙交错而建。就是一舍靠围墙封闭的那段楼的延长线画出来，就是二舍的门口大台阶，二舍的封闭楼外侧延长线画出来差不多就是三舍的门口，以此类推到四舍。这样的好处是每栋楼都有一侧是朝向大海、无遮无拦的，坏处就是这一侧势必要对着一处由封闭楼外侧和围墙圈起来的废弃的三角地。人们一般都是在大门口止步，很少有人会沿着楼外侧跑到蔓草丛生的三角地折腾。三角地里填满了建筑垃圾和长满刺儿的野草，谈恋爱的都不来。

任苒她们寝室正好在这一侧的把头位置，既能看到大海和楼下的废弃三角地，也能看到围墙外的道路。

汤宇诚就在三角地上摆起了蜡烛鲜花阵。野草不知道什么时候被清理干净，地面干干净净的。四人组远远看着，面面相觑。

学校曾经带着学生们在暑假过后清理过这些废弃地的野草，那叫一个痛苦难受，不仅扎得人全身痒痒，好像还有什么过敏物质。回来后好多人鼻涕眼泪喷嚏了好几天。

汤宇诚自己清理的?

爱情的力量果然强大。

地理和自然的恶劣条件，让这里平时没什么人来。汤宇诚捯饬半天，也不过是四人组在悄悄围观。

“他这是要告白吗?”任苒想起社会新闻。

“他拿的是喇叭吗?”林念眼尖。

“老大在自习啊!”晓茹惊呼。

“开门都嫌声大啊!”颜漾声音发抖。

“这要是喊起来——”任苒看向其他三人。

“老大会不会杀人?”林念战战兢兢勇敢地说出来那个可能。

四人组掉头就跑，必须在杭英发疯之前拦住她。

汤宇诚你个大傻蛋，能不能长点眼，看看你喜欢的人在忙什么、追求什么? 怎么跟个瞎子似的穷折腾!

六层楼，十段楼梯，每段若干台阶。平时都是气喘吁吁爬楼的四人组连吃奶的力气都用上了，几乎不带歇气儿地一口气冲上来。

刚到楼梯口，就听到大喇叭的声音:“杭英，我爱你!”

完了!

四人互相看一眼，加快脚步，沿着长长的走廊，跑过十几个寝室门，终于冲到了尽头。

门开着——

四人紧急刹车，同时看到杭英爬上了窗边的桌子，踩着桌子，端着脸盆，脚边还放着一个脸盆——

哗——

一大盆水从六楼凌空而降。

任苒第一个冲到了窗边，向下一看——

歪了。摆成心形的蜡烛灭了一半。还有一半烛火在瑟瑟发抖。

杭英又举起一盆，大家还来不及说什么。

哗——

“杭——”

不用看了，话都说了一半，肯定是浇到汤宇诚身上了。

楼下终于安静下来，杭英站在桌子上拎着脸盆，发出粗重的喘气声。

良久，林念指着楼下说：“好、好多人。”

大概是被烛光和喇叭声吸引，蜡烛鲜花告白阵周围已经围了好多人。

汤宇诚站在鲜花中央，垂着手，头发贴着头皮，像一只落汤鸡。

“有点过分了吧？”任苒小声说。

杭英一个眼风扫过来，任苒立刻闭嘴。

“杭英！”楼下大喇叭暴起，众人吓了一跳，居然还敢喊，“我爱你！”

嗖——

一只脸盆从六楼的窗口里飞出来，大概是回答。

“那是我的脸盆。”任苒心痛，小声指控，却被林念掐了一把。

杭英深吸几口气，搬着小桌子去方厅看书了。

方厅这会儿正是大家洗漱来来往往的时间，杭英居然这时候出去，可见也是气晕了。

等杭英出去了，晓茹指着窗户说：“那傻子还在那里站着呢。”

林念：“为什么还不走？”

颜漾：“杭英都甩脸盆了，他还想听啥？”

任苒：“可能一定要见到杭英本人吧。书上都是这么说的。不过杭英肯定是不会去的。”

任苒还在摇头叹气，就见那三人一同看向自己，惊恐地问：“干什么？”

“你去！轰走他！”

为什么又是我！

任苒站在蜡烛鲜花告白阵旁边，悲愤地检讨自己到底做了啥缺德事，难道上辈子把银河系炸了？

程间也听说了，匆匆赶来，正好看到任苒。

——坏了！

——她不会又被她们宿舍推出来当枪使吧？

每次碰到这种麻烦事，她们宿舍的外交代表必定是任苒。明明一个笨得被人卖了还数钱的家伙，怎么就这么“堪当大任”呢？

旁边有人窃窃私语：“太过分了吧！不答应就不答应，干吗要泼人家水啊！”

“就是！还扔脸盆，万一砸着人怎么办？”

“几楼的？”

“没看太清，挺高的。”

任苒已经走到汤宇诚身边：“喂！喂！”

汤宇诚扭头：“是你？杭英呢？”

任苒比画了一下周围的满地狼藉：“肯定看到了啊！不过她有几句话让我告诉你。”

“什么话？”汤宇诚迈过玫瑰花，欺身靠近任苒。

“嗯，这里不太合适。要不我们找个地方聊聊？”

“行！”

汤宇诚完全不顾身后那些花钱买的东西，拽着任苒就往外走。

“是她吗？”围观群众吃惊地看着和汤宇诚拉扯的任苒。

“她就是杭英？”

“正主下来了！”

任苒想让汤宇诚松手，想告诉大家自己只是代表。但是汤宇诚的手像钳子一样，根本掰不开。

“去哪儿？”程间挡在汤宇诚和任苒前面，沉着脸问。

“闪开！”汤宇诚阴沉沉地开口。

群众哗然：“我去！居然还是三角恋！”

任苒立刻扬高声音：“杭英有话让我带给他。”

她的声音很高，周围的人都听到了：“不是正主啊！”

“那个男生是谁？”

“男朋友吧？”

“下楼报信儿……还有带男朋友的？”

“这是什么情况？”

“被拒绝的反杀惨剧要上演了吗？”

人群忽然骚动起来，充满血腥味道的想象在三人周围弥漫起一团红色的狂躁气氛。

汤宇诚的眉头皱得更紧了，绷紧的嘴唇抿成了一条线。程间眼皮下垂，看到汤宇诚的两手已经握成了拳头。

任苒张口要说话，被程间打断：“我知道一个地方很清静。我带你们去。”不管哪里，只要赶紧离开这个地儿，赶紧脱离围观就好。这样说话也能安静一下，至少这小子不会突然发狂。

任苒也看到汤宇诚的异状，赶紧点头。看汤宇诚愣愣地站在原地，不耐烦地上去抓住他的手，拖着就跑。

现在轮到任苒拖着汤宇诚狂奔——也算不上狂奔，反正在汤宇诚试图慢下来表示怀疑的时候，任苒总是不顾一切地跟上程间的脚步。

程间扭头看了几次汤宇诚的手，克制着把那双手剁了的冲动，把他们带到一舍一层的一个空的宿舍，“这里是学生会开会的地方，今天没会。而且这里也不熄灯。”他看了看任苒，“我有时会在这里看书。”

难怪这家伙那么忙也没落多少课。

任苒认真地露出恍然大悟的神色，倒让程间有点哭笑不得。姑奶奶，你现在不是应该先松开汤宇诚的手吗！

三人坐好，任苒清了清嗓子，对汤宇诚说：“我家老大说了，你这样折腾让她没办法专心考研，她觉得你这是故意捣乱！其心可诛，其行可恨，希望你立刻原地爆炸！”

汤宇诚没说话，程间忍不住问：“这是杭英的原话？”

“不是，她什么都没说。我们宿舍总结的。”

程间翻了个白眼，果然狗嘴里吐不出象牙。这哪儿是劝和的。嗯，也许这正是杭英的目的？

汤宇诚问：“其实我不管怎么样，杭英也根本不在乎，对不对？”

“对，她眼里只有考试复习这件事，没有你。”任苒认真地肯定了汤宇诚的推测。

汤宇诚的脸变得灰白。

“不过，我们知道老大当初是求你做他男朋友，帮她清理复习环境。按照我们的理解，我们老大如果能开这样的口，至少说明，你在她眼里还是有存在感的。”

汤宇诚一愣，眼里蹿起一串小火苗，靠近任苒追问：“什么意思？”

程间突然站起来，一伸手拉住汤宇诚，向后一拽，摁到椅子上：“让她把话说完。”

这人真烦，动不动就靠女孩子那么近！男女授受不亲不懂啊！活该你追不到女孩子！

程间内心戏一时之间丰富起来，眼神复杂到任苒一而再再而三地看他，反而忘了自己之前想好的话。

她想说啥来着？

第十七章

自己挖坑埋自己

任苒出来的时候，大家一再叮嘱她：务必把汤宇诚爱的火苗掐死熄灭，星星之火都不留！再这么折腾下去，别说杭英要疯，她们四个也活不长。

所以，任苒一直顺着汤宇诚的话说，让他知道自己没戏。刚才那句“但是”后面说了一大堆，不过是为了告诉汤宇诚，你的存在感是基于能帮助老大考研而存在的。现在你自己把这个基础破坏了，你如果有存在感也是令人讨厌的存在。

现在任苒被程訚美色所扰，忘了！

存在感？

对啊，汤宇诚在老大心里是有存在感的，否则老大也不会找他当临时男友。

有存在感意味着什么呢？

意味着在乎啊！

老大在乎汤宇诚，那为什么现在这么烦他呢？

——因为你方法不对嘛！

这个结论就非常“任苒”了。爱看言情小说的她，把爱情当成空气，直接跳过“爱的产生”进化到“怎样爱”的阶段。

如果是晓茹，答案就是刚才被任苒忘了的那个；

如果是林念，答案就是她现在不喜欢你；

如果是颜漾，答案就是赶紧去找合适的吧。

但是现在的谈判代表是任苒，事情只能按照任苒的思路发展。看到任苒在那里茫然地想了一会儿，熟知她的程闾心中咯噔一下，脱口而出：“你别乱说啊！”

任苒翻了程闾一个白眼，认真地对汤宇诚说：“说明你采取的方法不对。”

“你们女孩子，不是喜欢这些浪漫的东西吗？”汤宇诚皱眉。

“每个女孩子都是不一样的。”任苒严肃地说，“我喜欢的未必是杭英喜欢的，杭英在乎的，未必是我看重的。那天你问的是我，就这么套到杭英身上，能正确吗？”

汤宇诚微微点了点头，双手乖乖放在膝盖上，微微前倾问道：“那我该怎么办？”

任苒眨眨眼，感觉好像有点背离初衷了。可是，事已至此，也没法倒车，只好硬着头皮支着：“你知道老大为什么考研吗？”

汤宇诚点点头：“因为她男朋友为了留京，和他们学校的一个女生好上了。”

任苒点点头，接着话尾总结，“所以，我们老大考研，不仅是为了自己的将来，更是为了打脸那个负心男。”任苒豪气地一挥手，“士可杀不可辱！你说，这种人该不该打脸？”

“该。”

“该不该支持老大考研？”

“该！”

“那你做了什么？”

汤宇诚语噎。良久才讷讷地说：“我、我打了他一顿。”

嗯？任苒和程间面面相觑，怎么回事？

汤宇诚就把杭英离京之前发生的事情又说了一遍。

任苒隐隐觉得杭英这次回来，不是简单地想专心复习。因为太明显不过了，汤宇诚之前就一直在她身边，并没有打扰到她什么。为什么把曹和金打了，她就回来了？

是因为心疼曹和金？几个月前大概可能，现在肯定不会。

汤宇诚看任苒不说话，追问：“我之前做得不对，那我改。你告诉我，我该做什么？”

任苒心里想着别的事，顺口答道：“我、我哪知道！反正你不要弄得老大连复习都没心思就好。”

程间心中一动：“自习室的人那么多，也没见杭英轰谁，怎么汤宇诚就不能坐她旁边啊？”

任苒瞪了他一眼，这也是任苒想问杭英的。

但是没必要再鼓励汤宇诚了，任苒清清嗓子：“我觉得吧，老大是不想谈恋爱的，但是你出现得比较突然，所以她心里乱了。你又步步紧逼，她手忙脚乱的，当然只能把你完全屏蔽掉，一了百了。”

汤宇诚抬头，眼里似乎燃起一把大火，逼视着任苒：“那么，告诉我，该怎么做？我听你的！”

我？

任苒下意识地指着自己，又看向程间。程间今晚的白眼翻得眼睛都疼了，就没见这么会挖坑埋自己的。

任苒只好继续实话实说：“我是女生，我怎么知道该怎么追女生。而且，我也没被人追过，怎么告诉你啊。”

汤宇诚的火焰迅速熄灭，双肩都扣到了一起，看着像只被遗弃的小狗。

任苒哎呀大喊一声：“我就见不得这个！你明明喜欢她，当然应该尽力去争取了，就算将来被她完全拒绝了，至少你尽力争取过，未来的日子想起来才不会后悔，对不对？”

程间一愣，看着任苒的眼神变得深邃起来。

汤宇诚却是因为这句话又燃起希望：“所以，你知道该怎么做？”

“我当然不知道该怎么做！”任苒扫了一眼程间，“我自己的经验都是失败的，告诉你也没用。”

“那你说得好像很有办法。”汤宇诚居然开始抱怨了。

任苒没理会，托着腮帮子边想边说：“书上说，爱一个人，不是为了满足自己的欲望，而是为了让那个你爱的人幸福、快乐，让她感到满足、安全。”

汤宇诚和程间互相对视一眼，这些话听着很陌生，很酸，但是好像很有道理。

任苒继续说：“所以，你现在要转变思路，不要想着如何让老大爱上你，而是如何用你的爱帮助老大。”顿了一下，她特意强调，“你虽然暗恋我们老大三年，但是你扪心自问，这三年，你的暗恋可有一丝半毫让我们老大感到满足、安全甚至幸福？”

汤宇诚诚实地摇了摇头。

“这就是差别！爱不是说出来的，而是做出来的。”任苒眨眨眼，赶紧补充，“呃……帮助行动表达出来的。”

“好，那你告诉我，怎么帮助行动表达出来？”

任苒挠头：“那你就——先离我们远点吧。”

按照任苒的说法，汤宇诚不会再来骚扰杭英了。

杭英试着出去上自习，前后左右找了很久，都没看到那个熟悉的身影。松了口气的同时又有点淡淡的失落。

上自习的学生除了书包和书，还有一样必须要带的——保温杯。毕竟久坐的人都有点虚，如果继续喝凉水，看书就可以直接去厕所了。

看到杭英终于可以正常上自习了，晓茹她们也松了口气。大家互相招呼着准备回宿舍开始“正常生活”，却发现任苒一本正经地拿出了课本。

“你也上自习？”

“啊！不可以吗？我原先可是经常上自习的。”

大家不疑有他，招呼一声就离开了。

任苒松了口气，主动挑了一个离杭英比较远，但是可以看到她的位置。

安静的图书馆自习室宽敞明亮，杭英是真的很认真。到了十点半左右，杭英才第一次站起来，看样子是去了厕所。任苒留下是不希望汤宇诚闹什么幺蛾子，她有种感觉，汤宇诚对自己那番话的理解很可能与自己的本意有差别。

但是差别有多大，她现在留下来，准备观察一下。

果然！

杭英前脚走，汤宇诚不知道从哪里突然冒出来。拿起杭英的保温杯就冲出去了，动作快得任苒都来不及阻拦。任苒站起来，刚走到门口，就见汤宇诚端着保温杯满脸喜庆地进来。他看到任苒，神秘地点了一下头，露出心领神会的表情，擦肩而过。

任苒一脸蒙圈，他又领会啥了？眼珠一转，看到杭英从厕所里出来，任苒吓得跳回自习室，迅速钻进自己的座位藏了起来。汤宇诚已经不知道躲到了哪里，杭英回到空荡荡的座位前，一如既往地坐下翻开书本，拿起保温杯，呷了一口润嗓子——

啊！

杭英一口喷出，烫得伸出了舌头。

任苒那么远都看到保温杯口冉冉升起的热气。

这——汤宇诚那个笨蛋居然给老大的保温杯里灌了开水。

老大从来都是自己调好温水的啊！

杭英周围找了一圈，也没看到什么可疑人员。

任苒几乎钻到桌子底下了，自然没被找到。等她爬出来，杭英已经重新坐下开始复习了。保温杯的盖子开着，袅袅白气从杯口慢慢消散在空气中。

任苒擦了擦汗，悄悄嘘了口气。提心吊胆地等到中午，肚子饿了，杭英还在看书。她知道杭英为了更有效地利用时间，一般会错开就餐高峰，等到大家差不多都吃完了，才去食堂吃一点。饭是不能不吃的，不仅要吃，而且要吃得荤素搭配营养均衡。要不然长达一年的复习期，身体是扛不住的。

只不过饭菜的口味就不敢保证了。

任苒陪她吃过一次，凉腻硬是主要特征。这种饭任苒不想吃第二次。收拾好东西，任苒悄悄走出自习室。

"任苒！"

刚出图书馆大门就被人叫住，果然是汤宇诚那个阴魂不散的家伙。

"你还好意思找我！我问你，杭英杯里的开水是不是你灌的！"任苒怒目圆睁。

汤宇诚一脸内疚："我从来不用学校的热水器，哪儿知道热水会是开的！"

"废话！热水不开，还叫热水吗？旁边那个温水你就不知道兑点！笨！"

"下次，下次一定注意！"

"还有下次？"

“这个，你把这个带给杭英。现在给她，回来我请你吃饭。”

汤宇诚把打包好的饭盒塞给任苒。

“这是什么啊？”

“杭英的午饭。还热着，你趁热送去。”

“可是我也饿啊！”

“我请你吃饭！你想吃什么我请什么！”

“我要吃烧烤，啊不！火锅！不行，自助。就是金三角那家新开的煎烤涮一体的自助。”

“行行行！没问题，我请。你赶紧送进去，别凉了。”

汤宇诚连推带搡地把任苒推进去，任苒撇撇嘴，行吧，执行任务去。

第十八章

从对立到相互成就

“你给我买的？”杭英显然不信。

任苒这才意识到自己露出了马脚，嗯嗯啊啊的不知道该怎么回答。

杭英皱眉：“是不是汤宇诚？”

“不是不是！”任苒坚决否定，额头隐隐冒汗。

“任苒，你不喜欢吃吗？”旁边插进来一嘴，抬头一看，是程间隐隐发怒的脸。

这家伙来干吗？他不是去布置书展的场地了吗？

“不喜欢就不喜欢，随便送人干什么！”程间指着桌上的一次性餐盒。

任苒两边看了看，迅速抓重点：“那个啊！太油腻了！我最近没什么活动，实在吃不下，就想着和老大一起吃呢。不是不喜欢啊……”后面的声音弱弱的，还小心地瞥了一眼程间。

杭英看了程间一眼：“任苒基本不吃肉，你还买锅包肉，是你自己吃剩打包的吧？”

老大威武！

任苒立刻站直了，就差叉腰了。

程间挑眉微笑：“不信我给你买的？好吧。那就一起去吃，想吃什么点什么，这总可以了吧。”

“可以可以。”任苒想吃炒饼了。

杭英眼皮一耷拉：“算了，不打扰你们了。这个我吃了，你们去吧。”

任苒还要卖乖，被程间悄悄一扯，立刻醒悟，麻溜儿跑出了图书馆。

“多谢多谢！”

到了外面，任苒赶紧向程间道谢。

“你能不能长点脑子！一激动就答应别人，就不能张嘴前先掂量一下自己能不能做到。”程间就差戳任苒的脑门，恨铁不成钢的样子像极了高中班主任。

“我哪想那么多啊！”任苒为自己辩解。说完了又发现，好像证实了程间说的话。

程间连骂的力气都没了，睇一眼任苒，无奈地说：“走吧，吃饭去。”

“对了，汤宇诚呢？他还欠我一顿大餐呢。”

“我让他走了。以后自己的事情自己处理，别老麻烦你！”程间不耐烦地打头先走。

任苒跟在后面念叨：“那也得以后啊，我现在这顿找谁啊！”

“涮白菜能花几个钱，值得你念念不忘，你缺那顿饭吗？”

程间突如其来的怒火吓了任苒一跳，这又是为啥？

对上任苒茫然的神色，程间有种金刚拳打上棉花套的无力感。

“懒得理你。”

也只能恨铁不成钢地骂一句算了。

按照程间的嘱咐，任苒把事情经过一五一十地跟寝室里的其他人说了。

林念："无论如何，老大可以上自习就行。"

晓茹："可他这样还是骚扰啊。"

颜漾："只要别让老大发觉就好。"

任苒："但是做起来很难啊！"

三人怒视任苒："你还想帮他？"

任苒："绝对不敢！我以后就憋宿舍里。除了上课，哪儿都不去，我连电话线都拔了。"

电话线是不可能拔的，但任苒的确没什么机会去帮汤宇诚了：书展要开始了，所有管院的学生干部都被叫上，不管做不做事，现场待命。

下午，挑好的书运到院办。

因为书展地方有限，挑选的书以经济管理类为主，搭配一些名人传记。每种书都不超过三本，贵的也就一本的样子。运来的书要清点，要登记，然后还要复查，确定没有疏漏。这些记录要在书展结束后，结合卖出去的记录和剩下的存货与龙媒对账，少一本都解释不清。

蒋雪柳细心，这件事就由她负责。任苒混在人堆里，帮着打下手。点着点着，一个念头浮出来，捅了捅身边的程闾："书店自选书，可是门口都有报警器。咱们就这么摆着，万一谁出门的时候带走两本没结账，你怎么防范啊？"

程闾愣在那里。

任苒吃惊："不会吧？这么简单的问题，你们居然没想到？"

"没想到什么？"蒋雪柳走过来问。

"偷书啊。"任苒大大咧咧地说，"我刚才去厕所，顺手拿了一本《洛克菲勒传》，你们都没人找我要。喏，就是这本。"

她拿出去又拿了回来，登记的时候顺手先登记上了。

"你怎么随便拿书？"蒋雪柳怒道。

任苒冷哼："我要不说，你能知道？我好心提醒你欸，不识好人心。"

"你们别吵了！这是个问题。我先跟郝书记商量一下，你们继续登记吧。"程间打断她们。

任苒问："要不要我过去啊？"毕竟这个问题是她提出来的。

"不用了。"程间的眉头皱起来。

——你说啥？告诉郝书记，你差点偷走一本书？

这话程间没说，蒋雪柳在旁边闲闲地说出来。

任苒瞪了她一眼，却没有反驳。她知道自己又给自己挖坑了，不是每个人都像寝室里的舍友对自己心怀善意，也不是每个人都像程间一样对自己充满包容。

事实上，即使是同学，也不乏时刻给你穿小鞋使绊子的人。

祸从口出，在大学也一样适用。

忙活到宿舍要熄灯了，任苒才回到寝室。

寝室里弥漫着诡异的气氛，杭英已经回来，正在洗漱。任苒刚问了一句"怎么了"，就被晓茹一个噤声的手势拦住了。

任苒耸耸肩，拎起暖壶准备洗漱。暖壶沉甸甸的，看起来很满。任苒突然想起来，轻轻地"咦"了一声，"我打水了吗？今天是该我打水吗？林念，是你们组还是我们组？"

林念摇摇头："不是我们。"

任苒看向颜漾："我也没打。"

五个人，十个暖瓶。除了杭英拎出去的那个，任苒逐个试了一下，都满了。

她想起来了，今天的确该她和杭英打水。但是她忘了，杭英基本已经不打水，平时都是大家轮流代替杭英跟任苒配对。

"谁打的？"

"田螺仙子咯！"

晓茹意有所指地看了眼杭英的床铺。

杭英推门进来，大家立刻都不说话了。

等到杭英搬着小桌出去，任苒才压低声音问林念："怎么回事？"

"汤宇诚中午上来，我在宿舍里。他说帮咱们打水，然后就真的把所有暖瓶都打满了。还叮嘱我，别跟老大说。"

"宿管阿姨让他上来？"

"他说跟阿姨说咱们宿舍都考研，没时间打水。他只是中午过来，别的时间不来。阿姨答应了。"

任苒不说话了。

良久，晓茹问："你们觉得老大知道吗？"

任苒："就算知道也懒得承认吧？"

反正只要不烦到她就好。

"有个男朋友真好！"颜漾忽然很忧伤地感叹了一句。

"是爱你的男生，老大不承认的。"林念的补充让大家都绝望了。

是啊，即使有男朋友，也未必能像汤宇诚这样无怨无悔地付出。

看戏四人组之前还恨汤宇诚恨得牙根痒痒，现在已经把他当暖男标本供起来了。

不知道杭英到底知不知道，反正第二天及以后的日子里，杭英的保温杯就经常是温水常满的状态，中饭和晚饭总是莫名其妙、热气腾腾地出现在她的桌上，而寝室里的暖瓶每天中午都能神奇地自己装满。看戏四人组因为缺少上下楼的运动量，不约而同地出现体重增加的现象。

但是麻烦事并不因此而减少。

任苒坐在院办的办公室里，悄悄扫了一眼周围的人，低头掩饰着打了个哈欠。

"任苒，你说说吧。"程间一点颜面都不留地点名，"这个问题是你发现的，你也经常会遇到，有没有进一步的想法？"

如何防止书展的书被偷，现在成了拦路虎。

程间甚至专门去了一趟龙媒书店，和许先生真诚地谈了一次，也没有任何结果。倒是许先生提出了最坏的办法，实在不行不办也可以。

都准备好了，就差这临门一脚，怎么能不办呢？

程间坚决反对——事实上，除了任苒同意，大家都反对。

现在被点名，几乎没人同情她。

任苒根本不在乎有没有人支持自己，她觉得缺少承办能力就不要强求，这不是一件很正常的事吗？

于是她就实实在在地举起了手，然后就被所有人鄙弃，甚至有点激怒程间。

“我也没经常遇到。”任苒辩解，“我从来没遇到过。”

“那你那本《洛克菲勒传》是怎么拿出去的？”蒋雪柳低声嘀咕。

任苒白了她一眼，继续自己的发言：“我觉得，防止偷是肯定防不住的。我们也不可能这时候去买一个感应门。既没时间也没钱。所以，应该换一下思路。”

“什么思路？”程间皱眉，又开始胡说八道了？

“具体的呢，也不太成熟，就是个想法。偷是肯定防不住的，那就只能在偷不走上做文章了。”

扑哧，蒋雪柳笑了。

程间眉头皱得更深。这是学生干部自己的讨论会，老师没有列席，但是会议的结论或者建议都要汇报的。

程间握着拳头堵在嘴边，轻咳一声才说：“说详细一点。”心里却抱怨：胡说八道就胡说八道吧，你自己圆去，圆不了，我这次也不帮你！做什么事都没个正形，天天不着边际地胡思乱想，也该你吃点不靠谱的亏！

任苒很镇定：“一般书店都会每种书摆出两三本，这样方便大家翻阅。可是，这样一来，也导致了同种书一旦被拿走一两本，很难及时发现。所以，我们干脆就每种书摆一本，再多派一些人守着摊位。这些书仅供翻阅，不卖。”

“不卖？”蒋雪柳忍不住插话，“不卖我们折腾什么书展！”

“你等我把话说完不行啊！”任苒也不客气，瞪了蒋雪柳一眼。然后继续说，“我们可以让有意向购买的同学交钱留下宿舍房号，然后在每天晚上九点以后，送到相关寝室。我只是个初步的想法啊！细节你们别挑我。”

“可是，这样一种书就只能一个人翻阅，其他有兴趣的人就会忽略掉。”程间说。

“所以我们需要辛苦一点，尽量把可能受欢迎的书以简报的形式将内容简介写出来，贴到墙上。这样即使一时看不到，也会因为简介而产生兴趣。甚至我们可以进行预约翻阅的登记。我就是说个大概哈，别跟我计较可能性。”

“我们的空间并不大，那么多书，怎么可能贴出那么多简介？”蒋雪柳问。

“可以像晾衣服一样挂在晾衣绳上啊！就像灯谜会一样。”任苒随口就来，大家却没觉得是胡说八道。

程间一摆手：“大家谈谈吧，我觉得是个方向。看看怎么能实施起来？”

大家七嘴八舌地挑剔这个计划有多么荒谬，任苒却闭嘴再也不说话了。她知道，自己一开口就是靶子，还是老老实实装死，不要拉仇恨了。

不过，程间似乎真的在考虑可行性。当大家一个接一个提出困难的时候，他又一个接一个把困难变成问题抛出去。

有人说，摊位围着人，就算一种书一本也根本看护不过来。

程间就问：人多是个问题，能不能控制一下人数？

于是就有人回答：可以限流，仿照奢侈品店的做法，满多少人后就暂时关门。后面来的可以排队等待。

这时就有人说：大家下课就那么点时间，你一限流谁有耐心等你啊！

程间就问：是应该保证同学们来参观的积极性，有什么办法既能满足大家的好奇心，又能保证想看书买书的人不受限流的影响呢？

这时就有人说，反正就那么几本，可以在开始的时候邀请各院系错开来参观。凑热闹的散去，再来的就是想看的，肯定不会出现太拥挤的情况。

就这样一个个问题抛出来，当会议结束的时候，一个似乎可以执行的方案已经浮出水面。

任苒冷眼旁观，非常佩服程闾控场的能力。

能辩论算什么，真正的语言高手应该是像程闾这样的，把尖锐对立的争吵，变成互相成就的讨论。

第十九章

认真工作

杭英照例把小桌搬到方厅，开始准备晚间的复习，却看到任苒也搬了一个小桌出来。

“你干吗？别捣乱啊！”杭英戒备起来。

任苒叹气：“我也是很爱看书的！只是我们看的书不一样而已。”

这倒是实话：教科书和言情小说的区别。

杭英背了会儿英语，瞥见任苒在纸上画了好多线条：“你干吗？机械制图？”

上学期学校突然抽风，搞了个拓宽学业的活动，要求理科生有文学素养，文科生增加理性思维。文学素养好说，学校大学语文都是现成的。可这理性思维就比较扯了，到了任苒他们班，居然被告知，开了一门增加理性思维的新课，叫作——

机械制图！

天知道老师怎么想的，会让连图纸都没见过的文科生去做机械制图！

你们以为是画画吗？当然不是！制图啊！理科生自己都烦的制图课！连图上的字都要求是仿宋体！宋体都不行！

手写的仿，宋，体！

天！任苒最讨厌的就是这种穿着束缚紧身衣的思维方式。

反正消息传出来，机院的孩子们就跑过来问任苒：你们系是不是得罪谁了？

任苒自己都反思，是不是旷课旷得太出名，还是通过考试让老师觉得文科生的课业负担太轻？

这个理由当时得到了程间的深切赞同，任苒气得想踹他一脚。反正她是死也不会上的！大不了挂掉！

到了期末老师语重心长地表白自己，为大家挑选了最简单最容易考过的一个内容，还是开卷。

在欢呼和期盼里，老师搬来一台缝纫机，让一堆文科生对着缝纫机画图——不对，制图！

结果不言而喻。

第二学期就汛然无声了。

任苒连考试都没去，直接挂科。问起来笑嘻嘻地说真的不会，心里却是另一番独白：老子宁可去背法条，也不愿对着缝纫机画图——制图！

"没有，我在画那个书展的场地。"任苒回答，表情倒是很严肃。

这时候偶尔翻了两眼的制图原则倒是记了起来，一笔一画长度尺寸，大小比例，任苒做得很认真。

"怎么这么认真？上次见你这么认真地参与学生工作，还是校级辩论赛的时候。"杭英来了兴趣。

方厅里很安静，两人低声说着话，头顶是女生洗干净正在晾晒的衣服。

"我觉得，程间挺不容易的。"任苒说，"你说为什么有人就那么有干劲，做什么都能认真起来？”

“我觉得你才奇怪！怎么就有你这种人，一定要有兴趣才会去做。没有兴趣的时候，宁可饿死也不勉强自己。你是怎么做到这么任性还能混到现在的？”

任苒瞠目结舌：“我、我很任性吗？我觉得我挺有自控能力的啊。”

杭英做了个“你让我去死”的表情，决定说点别的：“说吧，你这么认真地搞这次活动，是不是因为程闾？怎么，春心萌动，死灰复燃了？”

“肯定是因为程闾，却不是因为死灰复燃。我早就知道，自己不是那家伙的菜。”任苒说，“我今天开会，觉得他真的太——怎么说呢？我能感觉到他的认真和努力。而且他不杠精，别人再怎么挑衅，他都不急。能够很稳地把事情沿着有效的方向推进下去。就是那种不受个人情绪影响，就事论事的态度，我真的很佩服，我觉得自己应该帮助他。”

杭英仔细看了看任苒：“你——真的想开了？”

任苒若有所指地看了一眼杭英：“不是男生和女生在一起就要谈恋爱的。还有工作、学习、兴趣，这个你比我更清楚，对不对？”

杭英嗫嚅：“我其实……唉，是的！不过能这样想的人毕竟不多。反正你每次帮程闾的时候，总能找到各种理由。”

第二天，程闾找到任苒和蒋雪柳，让她们抓紧时间把每本书的简介弄出来。

蒋雪柳说用毛笔写根本不可能，又占地儿又没时间！任苒说打印吧。校门口打印社的老板和自己很熟，能拿到不错的折扣。程闾问她会不会排版，最好弄得好看醒目一些。任苒点头说我先弄出个样本，拿回来你们同意了，我再照做。

低头看看表，任苒先走了。

蒋雪柳看着任苒的背影有些发呆：“这家伙——吃错药了？”

程闾扬了扬手里的纸：“不止呢！”

“怎么了？”

“刚才她交给我一个简单的设计图，是书展摊位的规划设计。减少每个摊位前人流的厚度，同时在有限空间内增加摊位的实际容纳度。”

“她设计的？”

“对。画的图糟糕透了。”程间笑着抱怨了一句，“一会儿我去找工设的人商量一下。看看怎么改。”

那就是可以采纳？

蒋雪柳目送程间离开，良久才拍了拍自己的脸：“见鬼了！”

为期两周的书展顺利地举行。

现场设置的回字形摊位略显拥挤，但是有效地疏导了人群。走廊也充分利用起来，挂着图文并茂的书籍简介。有些人没机会翻到实体书，直接按照简介登记买书。

这期间，书展的活动也陆续开始，各院系专场、主题活动，甚至展会最后三天，还搞了一个打折优惠的售卖活动。

效果非常好。

在清点之后，许先生特意向院里表达了以后继续合作的意向，并且在京伦饭店宴请了组织活动的老师和学生，表达谢意。

不过任苒没去。

她的胃病在这次书展快结束的时候犯了。

为了完成将近千本图书的简介制作，她熬了三个通宵。之后补了半天的觉，就投入现场的布置工作。展会最后的打折活动是她的临时动议，和程间一起找到许先生，只用了两个小时就拿到了两折的特惠价格。

为了这三天，任苒和程间还有其他的学生干部要把定价和账目再盘点一遍。挨骂自然是难免，任苒嘴上不说，心里别扭。着急上火，最后一天胃病犯了。

她是中考的时候得了慢性胃炎，高考前犯过一次。没吃什么药，就是凭着热气腾腾的大白馒头慢慢养好。

那是在家里，爸妈专门热好了端到她跟前。

现在在学校，同学们都上课去了。任苒肚子疼得厉害，等不及大家给她带饭。于是摁着肚子，准备爬下去去食堂找食儿。

门被敲响，来人是程闾。

“我听颜漾说热馒头管用？这是食堂刚出锅的，趁热吃吧。”程闾把饭盒放到桌子上，找了个凳子坐下。

任苒赶紧抓了一口咬在嘴里，慢慢地嚼，慢慢地咽下，再继续吃。大概十分钟以后，才吃了四分之一，可是胃已经明显没有那么疼了。

任苒长嘘一口气：“谢谢啊！颜漾呢？她说帮我带饭，怎么是你？”

“咱们班第四节有课，等她们买上就都凉了。”

“你旷课了？”

“是请假。这不是书展要写个总结嘛，我去院办写总结了。顺便就给你带来。”

“你吃了吗？”

“没有啊。”程闾左右看了看，准确地拿起任苒的餐具，抓起另一个馒头就着菜吃起来。

任苒这才发现，这是程闾的饭盒，自己用的是程闾的勺子。而且，她也不太明白，程闾怎么就能从一大堆差不多的白饭盒里找到自己那个，拿出勺子的。

还没想明白，脸就先热了。

大概又是自作多情了吧？

许先生很欣赏程闾，有意邀请他来自己的广告公司。但是程闾听说不能落户，还是拒绝了。任苒颇为遗憾，程闾顺便告诉她，许先生也问过任苒的意思。不过那天任苒没去，就没有多说。

任苒撇撇嘴："我爸妈说给我找工作，这事儿不用我操心。"

"你要回老家吗？"程间忽然停住，问道。

"是啊。要不然呢？北上广深？我是独生女，我走了，我爹妈谁照顾。"任苒理所当然地讲。

"应该是谁照顾你吧！"程间揶揄她。

这个话题没有继续下去，但是在接下来的聊天里，大家都显得有些心不在焉。

直到吃完饭，任苒才问程间："你一定要去北京吗？"

"也不一定。上海也不错。还没太想好。"程间难得地露出茫然的神色。

"企业、机关，或者什么单位，你有想法吗？"

"好像都行，又好像缺点什么。"程间实话实说，"还有一年，可以再考虑一下。"

任苒点点头，两人分手道别。

任苒摸摸肚子，突然想起来好像快一个月没有借小说看了！但是胃那里好像有个无底洞呼呼地冒着冷风，万一走到半路又受风了更难受！

爸妈不在的时候，自己一定要照顾好自己。

下午第二节有导游概论，大家中午吃完饭就不回来了。任苒一个人在床上翻来覆去地烙饼，甚至翻出课本扫了两眼。

真是奇怪，明明都是汉字，为什么课本和小说就好像两种语言体系出来的呢？

正琢磨，门又被敲响。推门进来的是拎着暖瓶的程间，外面还有一个男生说话："那你就拎进去吧，我还有事，先走了。"

"汤宇诚？"任苒扒着床边问程间。这个时间才送来热水，好像晚了？

"他今天上午有个面试，回来晚了。又急着给杭英送午饭，所以打水慢了。我刚才上来的时候，正好碰到他。”

“他面试啥？才大三嘛！”

“听他说的意思，好像是做兼职。计算机专业的，兼职的机会比较多。”程间露出淡淡的羡慕神色，“对了，这个是给你的。我也不知道你看过没，书店老板说这六本你肯定没看过。还有四本，老板说你总是借着看，没有腻的。我就都给你带来了。十本，够吗？”

“够了够了！”任苒跳下来，抱起十本书翻了翻，谄媚得装个尾巴就能摇了。

程间好笑地看着她，想说什么又不知道该说啥，一伸手，把那头鸡窝似的头发揉得更乱了。

程间也要赶着上课，放下书就走了。

任苒心满意足地抱着书看了一下午，消灭掉四本的时候，林念和晓茹回来了。

“颜漾呢？”

“老朱请客。”

“又请客？”

“说是这次书展各班的班长辛苦，大家凑一起放松一下。”

任苒哼了一声，把自己看过的书递给林念，放到桌子上让大家挑：“颜漾最近老提老朱，你们有感觉吗？”

卧谈会是恋情风向标。女生的卧谈会也是荤腥不忌，而且已经困了，白天可以忍着憋着的事情，到了卧谈会上都会不由自主地漏出来。

“昨晚上她还说老朱有能力呢。”晓茹补充，顺手递给任苒一包面包，“放你床头吧。万一我们不能及时给你带饭，你就垫补一些。”

“嚯！谢啦！我以为你不管我死活呢！”

“我怕你死了没人骂！怎么那么讨厌呢！扎紧口，小心别招了耗子！”

林念一边找书一边说：“颜漾说她喜欢老朱。”

啥？

斗嘴的两个人同时停下来。

林念诧异地抬头：“你们没听见吗？就是昨晚。她说可惜老朱不喜欢她，如果老朱喜欢她，她说什么都要答应。”

“我好像睡着了。”任苒皱着眉头回忆。最近太累，睡得很快。

“我模模糊糊有个印象，你这么一说，好像还真是。”晓茹突然瞪任苒，“都怪你！带得咱们宿舍风水都不好了！一个个都单相思！”

“这也怪我？”

任苒无语。

第二十章

好同学

老朱是工贸的同级学生。

20 世纪末的时候，S 大的管理学院还只是一个新兴的专业。本科专业只有管理工程、会计、旅游和工业贸易四个。到了大学，一个专业好不好一看就业，二看帅哥美女。管理学院大概是先天优势，男男女女“素质”都挺高。工业贸易专业有几个拔尖的美女是校花级别，但是天生低调，专注学习，比起旅游会计知名度稍差。

美女聚集的地方，似乎也是帅哥聚集之处。工业贸易的男生只平均身高一项，就超过了管院的平均水平。好在他们专业实在也有数个“吐鲁番盆地”，足够大家平息一下心中的绿色火焰。

老朱是帅哥之一。但让他出类拔萃的，不是五官颜值或者学业能力，而是他那种在大学已经罕见的“痞帅”。

高考就是个大筛子。其中最主要的被淘汰的种类，就是有痞气的人。除非作弊，大多数甚至绝大多数承受住高考的洗礼，进入大学的男生，都是——基本都是老老实实学习的人。

三年呆若木鸡的学习生涯，足以磨掉一个人的棱角，何况只是小小的痞气。真的痞气十足的人，也很难耐得住三年寂寞枯燥且压力巨大的学习生活。

所以，痞气十足的老朱，一站三道弯地第一次出现在新生队伍里时，就引起了几乎所有女生的侧目。

男孩不坏，女孩不爱！

传说老朱有官方背景，但是大家都关注颜值气质，背景这种信息除非用心否则也没人多问。

任苒先入为主地看上了程间，对老朱就没了感觉。颜漾和林念一起对老朱花痴过一阵子，但是很快林念就看不惯老朱万花丛中过的作风，粉转黑了，颜漾也不怎么再提。

大二下半学期，颜漾当了班长。几个同级的本科班经常在一起搞活动，班干部之间也接触多了起来。到了大三下半学期，颜漾嘴里提到老朱的次数就多得令人发指。

老朱并不是班干部，但是跟他们班的班长关系不错，有事就掺和，比上课用心多了。在财务方面，更是有一种挥金如土的大方。作为同学、朋友，老朱真是很讲义气，很负责任。

但是作为情人……

“这么多年了，颜漾还看不透他吗？”任苒问林念。

第二天上午没课，杭英上自习，颜漾去院办开会，任苒歇病号，林念和晓茹在宿舍里蹭小说看。

林念眨眨眼：“看透了，不过控制不住吧，她有时候挺轴的。”

晓茹扒着自己的床边，接过话茬：“我听说英语系的那个学生会主席老找老朱。”

“钟玉霞啊，长得一般。”任苒评价，“老朱眼光挺毒的，历任女友审美都高分。”

“但是人家会化妆啊，”晓茹说，“而且会撩啊。材料的那个宣传部部长，上学期跟钟玉霞分手的吧，已经挂了两科了。”

任苒：“就是迎新晚会唱《忘情水》的那人吗？我去！这种帅哥都被钟玉霞攻陷了！”

晓茹：“重点是已经被甩了。”

林念：“被甩了还念念不忘。”

四个人互相看看，自忖没这能力。

任苒：“那颜漾没戏。”

晓茹：“早死早超生吧。”

林念：“就怕拖着。”

任苒和晓茹同时看向林念，林念追加一句：“我说的是真的。老朱习惯对人好，可是颜漾是那种你给她一点好，她能记一辈子的人。”

慢性胃炎其实就是胃部有溃疡口，就像口腔溃疡一样，多吃蔬菜多喝水补充维生素，别老刺激它，慢慢都能好。

但是，当程间把善存买回来，送到寝室给任苒的时候，全宿舍都诧异了。

洗漱的时候，连杭英都加入了逼供大军。

晓茹：“坦白交代，你和程间到底是怎么回事？”

任苒：“肖晓茹，你这么杀气腾腾地问我，是不是自己有啥想法？”

晓茹：“收回你那套辩手的油嘴滑舌！我问你和程间是怎么回事，不要避重就轻！”

任苒：“我喜欢他，他不喜欢我。大家都知道。”

杭英：“你怎么知道他不喜欢你？”

任苒：“他自己说的。说我‘怎么可能’，听听，全世界女人都死光了，也不会是我的意思嘛。”

颜漾：“那他最近干吗老来看你？又是送饭，又是送药，不上课也要抽出时间给你借书还书！”

任苒：“我是工伤！大姐！你们看清楚！要不是搞书展累的，我能胃病发作吗？我当初参加还是被他逼的！难道不该照顾一下我，表示一下内疚吗？”

要不是被逼着去跟许先生道歉，也不至于后面掺和那么多事。

林念：“以前不可能是因为你幼稚，现在通过书展证明你很有创意，也有能力，他还觉得不可能吗？”

任苒张张嘴，不说话了。

晓茹：“有道理。”

杭英：“事物都是发展变化的。”

颜漾：“赶紧说。”

面对四张嘴八只眼，任苒两手一摊，义正词严地说：“这我哪知道！要不——明天我问问他？”

晓茹吃惊：“你又来了！

杭英：“不怕被拒绝吗？”

颜漾：“大概率是婉拒。”

林念：“你可以去试试。”

众人：“为什么？”

林念无辜地看着大家：“难道你们不想知道吗？”

“万一她被拒绝呢？”晓茹问。

“又不是我们被拒绝，有什么好着急的。”林念实话实说。

对哟！

恍然大悟的众人立刻看向任苒：“你去问！就明天。”

“不去！”

任苒断然拒绝，跳上床铺，一扯被子蒙住了脑袋。

黑暗里，去问问的念头像夜空的月亮，照亮了梦中绮丽的世界：程间，是不是真的对我动心了？

嘿！嘿！

任苒还没来得及问，已经有人帮她问了。

毕竟是校草级别的优秀学生，感情走向一向受人关注。只是这个问的人谁都没想到，是蒋雪柳。

她也是开完会半开玩笑地问程间，最近听说你在追任苒啊？什么时候的事儿啊，怎么瞒着大家？是不是展会的时候开始的啊？

柳眉弯弯，眼波粼粼，染着唇蜜的嘴唇在日光灯下闪着珍珠般的光泽。

刚开完会，大部分人都没走。一听这话，人们心领神会地安静下来，看过来或者没看过来的，耳朵都爬到了两人身侧。

程间脸一红，轻咳一声："谁说的？净胡说。"

"别瞒了。这些天任苒不舒服，你进进出出四舍，连宿管阿姨都说你一定又谈恋爱了。"

程间之前有个女朋友，是计算机的，也算是宿管阿姨记录在案的人物。

程间尴尬地笑了笑："那个啊，任苒因为书展累得犯了胃病，我觉得挺内疚的，做点力所能及的事。这不是应该的嘛。"

"那我也挺出力的，怎么没见你做什么力所能及的事？"蒋雪柳眼波流转，嘴角含笑。

程间一时语噎，低下头收拢东西，气氛略微有些尴尬。

旁边突然有人蹿过来，竟是老朱："我也挺出力的，看摊送书累死我了！程间你有啥私人表示啊！"

"我请客，走，我请大家吃烧烤！"

"走啦！程间请客！"老朱一嗓子吼出来，呼啦一屋子人拥在一起。

蒋雪柳瞬间沉下脸，幽怨地瞪了一眼程间。

吃完烧烤已经半醉，蒋雪柳早就离开。老朱搂着程间的脖子："哥们儿，谢谢我不？要不是老哥我救你，明儿你的绯闻女友就上S大报纸了。"

程间哭笑不得，但也只能连连点头。

老朱抹了抹嘴，又吧嗒了两下，凑近了神秘地说："你跟哥哥露个实话，那任苒真不是你女朋友？"

"真不是。"

"人家小姑娘大一堵宿舍门口，捧着个绒毛玩具跟你告白，喜欢你喜欢得不得了，你就一点都不动心？"

程间艰难地咽了口吐沫，伸手拿起一串烤好的气泡鱼递给老朱："有啥动心的？大家都是好同学，一起学习一起做事，干吗非谈恋爱。"

"也是！就你这古板性子，谈恋爱也就是牵牵手，亲吻都说人家姑娘不自重。你说你谈恋爱图啥？真是耽误时间。"

程间那个计算机女朋友就是因为情意浓重时不自禁地主动索吻，被满脑子想着如何竞选班长的程间不耐烦地推开。事后姑娘抱怨，他也只能尴尬地说人家不自重，来掩饰自己的心不在焉。

此事从未与人说，所以别人只道他古板，只有他自己知道其中尴尬。

程间听了不置可否地一笑，肉串送进嘴里时却迟疑了一下：眼前不期然地浮起那个举着白色绒毛玩具的小女生。

虽然事后她说那个绒毛玩具是她之前买的，只是顺路带来，但是程间去了那么多次四舍，却从未在任苒的宿舍里见过那只绒毛玩具。

那时只道是女孩子捉弄自己，但之后的那张脸却是烙在了心底。三年了，他早就不是那个高中刚毕业的毛头小子，可绒毛玩具后面的那个女生，似乎一点没变。

不知道她的胃好点没？

程间努力把思绪集中在具体的问题上，绕过了可能让他心烦彷徨的问题。

吃完饭，走到校门口那一溜商店前，程间犹豫了。找了个借口让同学们先走，自己进了商店。

“那个白色的河马，能让我看一下吗？”记得任苒拿的，是个人头差不多大小的绒毛玩具。

这个商店里没有，程间却在一堆钥匙挂坠里看到了类似的物件：“这个怎么戴了个蝴蝶结？”

“这个叫姆明，分公母的。你是送女朋友吗？正好买个小女生的嘛。”

程间想了想，掏钱买了一个。回去的路上却想：任苒拿的那个是个公的，她不是说送她自己的吗？

“我说我喜欢你，你啥时候答应过！”

“我说我喜欢你，你说不喜欢，我强迫你了吗？”

任苒说过的话，一句句浮出来，程间以前一直以为是她天性喜欢恶作剧，没事耍着自己玩儿。难道——

脚下不知踩着什么，程间一个踉跄，差点栽进眼镜湖。原本想把姆明送进四舍，哄任苒开心，却攥在手心里，拿不出来了。

老朱根本就是故意打探。

颜漾私下里偷偷拜托老朱试探一下程间的心思。她是真怕任苒一激动又跑去二次告白，那要是被拒，估计任苒这辈子就只能从小说里寻找对男人的信心了。

颜漾就老朱打探来的消息先在宿舍内开了个会，除了任苒，大家都知道了。

“说不说啊？”颜漾问大家。

晓茹看看杭英，太残忍了。

林念叹口气：“说吧。她在我们这里难堪，总比在程间面前难堪强。”

等到大家煞费苦心地以玩笑对话的方式，在任苒面前把老朱的转述说出来时，任苒只是愣了一下，然后一拍大腿："我就说嘛！男生和女生，除了谈恋爱，就不能干点别的事儿吗！爱来爱去的，累不累啊！不喜欢就不喜欢咯，又不是第一次知道。我、我之前不也试过吗，人家都没接话。"

人家都沉默着，实在不知该如何安慰。连晓茹都看不下去了："任苒，对不起。虽然我不喜欢你那么鲁莽地跑去和男生表白，可是，我相信你坚持了三年的感情是真的。你别太伤心了。"

"没有。你都说了，坚持三年了，都习惯了。不过，我现在会慢慢放下的。我拿到录取通知书的时候，就想着进了大学一定要找一个我喜欢的男生，谈一场轰轰烈烈的恋爱。结果人是找到了，恋爱没谈成，做了三年的狗头军师，还被你们笑话了三年。哎呀！不用不好意思，我都习惯了。反正，我想要的爱情，书里都有，够了。"

任苒看了看大家，使劲搓了一下鼻头："哎那个我去看书了。今天于晴的新书被我抢到了，等我看完了再给你们哈。"

在一片寂静中，任苒咯吱咯吱地踩着梯子上了床，拉上帘子，静静地看起书来。

宿舍里熄灯了，只有任苒帘子里的应急灯还亮着。

杭英在方厅上完自习，回宿舍准备睡觉时，发现任苒那里还亮着灯。

"不睡了？"

"嗯。"

带着鼻音的回答让杭英微微失神，轻轻叹了口气，钻进自己的床铺里。

杭英看着天花板，想起白天撞见汤宇诚时他手忙脚乱的样子。

他指着一边放着的笔记本，努力地想解释清楚，只是想在自习室写代码。还说如果不是自习室人满为患，他一定不会坐在自己能看到的地方……

杭英不自觉地笑了一下，这人怎么这么笨。那些热水，那些饭菜，自己真的不知道谁做的吗？

比起任苒那样一厢情愿的感情，自己其实还是很幸运的。爱人的，总比被人爱的，辛苦许多吧？

汤，宇，诚。

杭英在心里认认真真地念了一遍这个名字，觉得发音居然非常好听！

第二十一章

一封告白信

任苒很快去上课，和程间见面像平常一样打招呼。但是，一层淡淡的尴尬横亘在两人之间。

第一次被拒绝，还可以当朋友。第二次还被嫌弃，再豁达的人，心里也会觉得难堪吧。

程间把那只白色的河马挂件放到行李深处，看不见就不会想起，想不起就不会烦恼，不烦恼就可以当作什么都没发生，什么都不知道吧。

转眼到了 5 月份，将要毕业的老生开始抛售带不走的东西。为期一个月每周周末举办的跳蚤市场如期开始。

学校里的宣传栏除了各种商品交易信息，也出现了提醒和警告大家不要下海游泳的信息。

“你也在呢。”任苒扭头一看是程间。这是两人自书展以来，离得最近的一次。

旁边围着的人越来越多，任苒被挤得不由自主地倒向程间那边。程间轻轻一托，任苒赶紧道歉：“抱歉啊！呃，你们看吧，我先走了。”

任苒转身像后面追了一伙坏蛋似的，使劲挤出了人堆。

“看什么呢？”老朱从信息栏上没找到好玩儿的东西，回头看到程间有点发呆，吼了一嗓子，“看见美女啦？”

“哦，没有。你看完了吗，看完走啦。”程间又恢复一本正经的样子。

武定全站在老朱身侧，看着程间若有所思。

老朱嘀咕：“学工处那个杨处长，昨儿我还看他游泳去了呢。一过‘五一’，这家伙就下海，准准的。”

“杨老师身体不错，人也挺幽默的。”程间说。

杨处长还兼着行政法的课，不过本校的行政法还只是专科，不太受重视。谁知道后来能发展出一个庞大的文法学院呢。

“我说，找机会去海边玩玩儿呗？”老朱提议，“弄堆篝火，弄点吃的，多爽！”

武定全眼前一亮：“就是！都大三了，玩一次少一次！”

程间沉吟了一下：“我……想想。”他看了看兴奋的两个人，“刚入学的时候，你们拆了人家废弃的渔船木板烧篝火，幸亏没人抓到证据，要不就惨了。”

“唉，吸取教训。这次，我们会小心的。”

走到小食堂门口，程间忽然站住：“我要回去拿个东西，你们去吃吧。”

“那你不吃了？”

“不吃了。”

看着他们走进去，程间退后两步，快步跑到水房门口，堵住任苒：“不是汤宇诚帮你们打水吗？怎么你自己来打了？”

任苒向后退了半步，程间眼神一黯，还是固执地伸出手，把暖瓶接了过去。

任苒说：“杭英心疼了。她说汤宇诚兼职已经很辛苦了，还要每天打两趟水，太不人道。现在就是他负责四壶，而且只送到楼下。我们负责剩下的六壶，没轮到的负责把水拎上楼。”

“听起来比较合理。”程间点头赞同。

任苒“哼”了一声，跟在后面没说话。

程间走了几步以为身后没人，回头看了一眼，诧异地问：“怎么这么安静？”

任苒内心斗争激烈，一贯的伶牙俐齿居然使不上，突然一指旁边：“欸？有书啊！你帮我把暖瓶放到收发室，我看完书再过去拎上楼。”

也不管程间听不听，任苒撒丫子跑了过去。

也不知道是哪个学院的，大概是一个宿舍的书都摆了出来，而且里面还有很多文学类的书。

“欸？怎么还有《小说选刊》的合集啊？这杂志很古板的。”任苒一边翻一边说。

“你看过啊！”摊主笑着说，“这是我从去年的跳蚤市场买的，翻了几页就看不下去了，果然不好看。”

任苒唰啦啦地翻着：“师姐学什么的？咱们学校看这种书的不多。”

但是，不管怎么变，要求每天被机械物理力学压得喘不过气的学生抽空去体会《小说选刊》这样枯燥的“现代文学”，就跟让文科生对着缝纫机做机械制图一样。

“我学法律的。”

任苒惊讶地抬头，羡慕地说：“天啊！那你是去律所吗？”

女孩子羞涩地笑了笑：“只是专科，我打算继续考个本科证。工作不急着找。”

两人一边聊着，任苒一边翻着手里的书，突然一张纸片从书页中落下来。

任苒停下聊天，好奇地去捡，旁边伸出一只手捡了起来。扭头去看，却看到近在眼前的程间的脸。这一次，任苒怀疑自己的镜片带了放大功能，程间的嘴边怎么毛茸茸的？

正发呆，程间把纸片递给她，笑而不语。

任苒正专心研究程间脸上的绒毛，突然绒毛变成了清晰的眉眼，还有眼底清晰可见的笑意，任苒的世界轰的一声爆炸了。

拿着纸片看了半天，才勉强看清上面的字。

这是一封信，一封告白信。

子润：

请允许我这样称呼你。一直以来，我都叫你“哎”“同学”或者全名，但是在心里在梦里你的名字‘子润’日日侵蚀着我的舌尖。

明天我就要离开学校了，请允许我在这里以“子润”称呼你。

子润，子润，我这一生大概也只有这一次让你听到这个称呼了。

这两个星期，我一直犹豫着一件事：要不要告诉你，我爱你。

对不起，我知道你的世界并没有我的存在，但我真的很想说出来，想让你知道，我的世界全部是你。

我知道这样会打扰到你，我不应该如此自私。所以，我一直控制着自己。四年，从未流露一丝半分。

在我爱你这件事上，我唯一自信的就是，我知道你不知道我爱你。

可是，再有一周我就要离开学校了，我忽然开始质疑自己：我坚持的这件事，对吗？

在我最美好的年纪，遇到了最美好的你，把我最纯真的感情，全都寄托在你的身上。而你，并不知道你是如此的美好，不知道你的年华里曾承载了另一个人最珍贵的回忆。

我会遗憾的。

所谓遗憾，就是过去了无法弥补。无论将来是否重逢，无论我们是否有缘，遗憾就是遗憾，无法弥补。

我数着被子上的针脚，在说与不说之间数了一晚上。我看着窗外的星星，祈祷一只海鸥出现成为告诉你的征兆。

我数出了无数次偶数，看到了五只海鸥从窗前飞过，但我依然在食堂与你擦肩而过。你给我或者我们全班同学带来了毕业的通知，我看到你眼中的星星，我冲动地张开口，却习惯性地变成了哑巴。

四年了，当我终于决定告诉你的时候，我却已经习惯做个哑巴。

这就是命吧?

注定我在入学的第一天对你一见钟情，注定我在离开的最后一次见面哑然失声。

我爱你，我想让你知道，我说不出口。

然而我终究是爱你的，于是我写下了这封信，明天走的时候会塞到你的信箱里。

希望你知道，曾有一人，默默爱你。

那时，我已经离开。

这封信，将是一个美丽的开始和结束。

如果时间可以重来，我想做的应该是在大一的时候，敲开你的寝室门，大声地对你说:“公子润，我喜欢你！”

可是时间不能重来，我唯一还能做的就是在离开的那一天把心事放进你的信箱。

谢谢你的展阅。

祝余生安好，愿世间有一人爱你、寻你、陪着你！

孟露

任苒擦了擦脸上的泪，吸了吸鼻涕，递给摊主:“不好意思啊，我看了。”

摊主卖了几件旧衣服，收好钱才有时间过来，接过来扫了一眼："不是我的。从哪里拿的？"

"你的书里。"

"哦，是不是之前的主人的？这杂志我也没怎么看。"摊主好奇地展信细看，脸上慢慢浮起淡淡的哀伤。看完之后叹了口气："真是的！有什么不能说的呢？都走了，对方也不知道，太不值了！"

任苒摇了摇头，认真地讨论："你确定她真的把这封信放进邮箱了吗？我觉得，她可能连放进邮箱的勇气都没有。"

"所以干脆把信随便夹进书里，还把书留给后面的新生？"

任苒突然扭头问程间："你们男生收到这种信，会怎么处理？"

程间明显愣了一下，小心地说："我从来没收到过，怎么知道？"

摊主笑了："同学，你男朋友求生欲好强啊！这本书还有这封信就送你啦，你愿意留着就留着，不愿意就送给别的同学。我觉得，这事儿可以传下去。提醒一下师妹们：有话就说，四年转眼就过了。"

程间不知道任苒是否听到摊主的那声"男朋友"，犹豫了一下，站起来走到放暖壶的位置，遥遥看着任苒，等着她选完书。

任苒不客气地收下书和信，又到别的摊位流连忘返，看样子得看一阵子。

程间抬头看看阳光，光线灿烂，温度适宜。他这样一个不喜欢等待的人，在这样的阳光下多站一会儿也觉得很享受。

任苒低着头挑选。程间忽然觉得眼前的景象很眼熟，似乎他已经见惯了这样的场景。总是在不同的时间、不同的地点看到任苒低头挑着书，或者边走边看书。

如果三年前的告白不是恶作剧……

从水房到四舍是个高高的上坡，两侧是一个个小摊位，卖什么的都有。任苒终于选完东西，跑了过来。招呼上程间，顺着坡上去，一边走一边看。

程间问任苒："你平时都叫我什么？"

"喂！哎！还有——程间。"任苒不喜欢这个大斜坡，尤其上坡，对她这种懒人每次都有爬山的感觉。

程间低头看了一眼身边动来动去的黑脑袋："我都叫你什么？"

任苒站住，仔细地看了一眼程间。程间脸一红，正想说算了，任苒开口："你都叫我任苒啊！有时也叫'喂''哎'什么的，怎么了？"

"没事。那你爸妈叫你什么？"

"苒苒。幼稚！"任苒嘟起嘴，"真不知道他们怎么想的，这么肉麻的名字天天喊，都不怕别人笑话。"

程间想了想，正儿八经地说："挺好听的。"

"真的吗？"

"真的，苒苒，挺好听的。"

任苒突然全身一麻，莫名其妙地身子就有点软。赶紧站住做大喘气的样子，才躲过一劫。

程间没有回头，拎着暖壶低头往前走。走出十米开外，才突然发现任苒没跟上，停下来回头等她。

任苒快步跟上，就听程间问："你刚才看信哭什么？"

任苒松了口气："就是爱而不得！跟小说一样，替人伤心呗。"

程间顿了一下："你呢？你要是……碰上了呢？会怎么办？"

任苒左顾右盼地看着周围的摊位，心不在焉地问："啊？你说什么？什么怎么办？"

"没有，没什么。"

程间忽然能理解写信人的感觉了，有些事真的说不出口，一点都说不出口，哪怕是最隐讳的一点暗示。

任苒蹦蹦跳跳地看着，反正暖瓶在程间手里，她乐得轻松。钻进一处人堆，才悄悄地揉了揉耳朵。

那种事……就是爱上一个人吧？她碰上了怎么办？

大一不就已经捧着绒毛玩具敲了你寝室的门，然后被你拒绝了嘛！全天下的人都知道啊！

“程间，我喜欢你。你愿不愿意做我的男朋友？”

周围是起哄的男生，他们拽着程间，嘈杂地重复着任苒的话。

“就她？怎么可能！”

程间手足无措地被并不算很熟的舍友包围着，只看到门口一个白色的河马一样的东西，和那东西后面半拉毛茸茸的头。

搞，搞什么恶作剧！这年头，都是女生来戏弄男生了吗？

程间心中惊疑不定，那边任苒站在门口维持着微笑，声音依旧清脆：“不可能就不可能吧！反正我说啦！”

她跑了。程间松了口气，觉得自己躲过了一劫。感情不应该是一件很慎重很隐私的事情吗？这么大张旗鼓，简直太不严肃了！

任苒第二天开始旷课，程间并不在意。后来任苒一直旷课，早操也想着法赖皮。三爷问他，是不是失恋了？

程间想，就算是玩笑，应该也很没面子吧？

任苒有亲戚在报社，爱看书大概是家风所致，反正她后来顺利进入团总支，和程间共事。程间发现，任苒很懒，但是很守承诺，如果努力，会是个很好的工作伙伴。但是也许是太聪明了，她不太喜欢和很多人一起共事。程间常常可以看到她在开会时嘴角挂起轻蔑的微笑，注意到她眼里一闪而逝的不屑一顾，那些应酬她都懒得敷衍。

任苒还在旷课，程间却成了监督她的人。

看不到不强求，看到了就念叨：上课了，开会了，别迟到，老师点名。为了让任苒承担起学生工作，也有各种小算计。只是结果，必定以一顿大餐终结一切。

程间也不知道，自己居然这样念叨了三年。

拎着水壶，程间低头微笑，他好像并不觉得麻烦。

任苒偷偷扭头，透过人群的缝隙，看到身后拎着暖瓶安静等她的程间。

任苒满脑子都是一件事——他知道我喜欢他吗？

第二十二章

吉光片羽

在四舍门口，程间就把暖瓶交给了任苒，没有送上楼。任苒不客气地表达了遗憾的心情，脑袋顶上的头发再次惨遭蹂躏。

任苒照例把这封信交给大家传阅，一阵唏嘘之后，颜漾带回一个令人兴奋的好消息：这周末要在海边搞一个篝火晚会！不只是本班，还有工贸、会计和管工一起参加。当然，都是同级的。

大一大二都是大课，四个班天天像一个班一样上课，根本不分你我。到了大三才开始有专业课，但大课一点没少，像是必修课和选修课的区别。大家也没有你是学会计的，就跟我旅游的不搭界的感觉。搞活动更是经常一起，热热闹闹的。

“我不去了。”杭英淡淡地拒绝。

大家郑重地点头，谁也不敢劝。

“我可不可以不去？”任苒弱弱地举起手。

“你凭什么？”晓茹怒道，“又搞特殊！”

“周末……我想去看电影。”任苒眼光闪烁。

大家狐疑地看着她。

颜漾说：“上次篝火晚会，是你出主意拆了人家的渔船的。后来船主找到学校，我们都没揭发你。你不觉得欠我们些什么吗？”

任苒：“我只是说了一句，可不是我拆的。”

林念：“当时大家都拆不开，是你绕着渔船走了一圈，找到那个破洞，让男生从那儿开始拆的。”

杭英：“而且一开始拆下来的木头点不着火，也是你说这木头湿，让大家再去捡点枯枝烂叶，说把火烧大了，把木头架在火上就能烧着。”

任苒：“其实你们压根儿就不会烧，那木头根本不湿。”

林念：“反正你出的主意，我们都照做了。”

颜漾：“那艘破船现在还有两根木头插在沙子里呢。刚才我去看了。”

晓茹：“你去看了？”

颜漾：“找地方啊！顺便看了一下，老朱还说这船太值了，这么多年都没烧完，是咱们管院的传家宝。”

任苒：“你和老朱一起去海边啦？”

颜漾：“收起你那色眯眯的样！我们是纯洁的同学关系，还有好多人呢！”

任苒：“可惜！”

林念：“你去不去？”

任苒：“不去。”

颜漾：“程间肯定去，你不去吗？”

我就是因为他肯定去，所以才不去的。

那封告白信的主人并不知道吧？就算是说了，遗憾也不会少一分。爱而不得，永远都是痛苦的。唯一的解脱，就是远离他，忘掉他。

虽然程间像一块磁石，只要出现在任苒的面前，她就无可控制地笑出来，靠过去。但是她还是努力减少看到他的机会，比如旷课，比如躲开这样的班级活动……

一直到大四要毕业的时候，任苒才知道，那封信对程间有多大的震撼。几乎是在看到这封信的第一眼，程间就想到了任苒，想到了自己。这封信仿佛打开了一扇大门——

如果……那么……

如果自己……那么任苒……

在如果那么的指引下，程间完整地创造出了一个只有他和任苒的世界。

但是，程间掩饰得很好。

即便是任苒，也没能从那些一闪即逝的东西上找到关于这封信的一点痕迹。

能发现程间异样的，只有和他朝夕相处的舍友。

送任苒上楼后，程间有点茫然，还有点疲惫。作为一个标准直男，他想不到另外一个可以更准确描述他的状态的词：惆怅。

但是，他知道该如何解决——回宿舍睡一觉。

在直男眼里，没有什么病是一杯白开水解决不了的，没有什么难题是睡一觉不能克服的。

但是，刚刚吃饭回来的大林抓住他，一脸诡笑地问："说吧，刚才撇下老朱他们，你去哪儿啦？"

"本来想回宿舍拿东西的，"程间意识到自己这一觉没可能了，也知道大林这表情就说明他看到了什么，虽然有些不耐烦，但还是压着情绪说，"碰见任苒，聊了一会儿——帮了点小忙。"

"帮女生打水挺勤啊！那你的暖壶咋每次都让哥们儿帮你拎呢？"

"平时都是你用，我没找你收租金已经够义气了。"

"别绕圈子，我问你，你是不是春心萌动，终于意识到那个傻妞的好了？"

“你说什么！”

“别不承认！我早就觉得不对劲儿了。说不喜欢人家，只要那傻妞来上课，你总是坐人家前面或者后面。你说你要是真不喜欢她，就离她远点。你不怕离那么近，那傻妞又缠上你啊？我就没见你离远的时候。还有，学生会那么多干部，傻妞出了名地懒，你老没事找事去她那里碰壁，天天气得喘粗气，很享受啊？就她那工作态度，早就该除名了，每次改选都能留下，别以为我不知道你做了什么。弄个你不喜欢却喜欢你的人，天天在学生会里守着，你到底是想见还是不想见啊？”

“别傻妞长傻妞短的，人家有名字！”

“哟！心疼了！你知道我说的是谁，对吧！”

程间不吭声。他觉得自己应该站起来就走，可是他选择安稳地坐着，大林的“胡说八道”让他心里泛起一种隐秘的快意。

大林从左边换到右边，继续问：“啥时候的事，你不是不喜欢她吗？怎么发现她的好了，哪里好了，让哥们儿听听呗？”

大林两眼放光，就像在录像厅看午夜录像。

程间尴尬地把他推远一点：“她一直挺好的。都是同学，你不要乱讲。”看大林一脸不信的表情，程间脸一沉，“你别那么猥琐好不好，一起上课一起工作，就不能有点正常的接触和帮忙了？你别用那龌龊的心思瞎琢磨！”

程间站起来，拿了东西走出寝室。出了门，听到身后传来大林不屑的重重一哼，加快了脚步。

“信你才见鬼！”大林嘟嘟囔囔，“每次都说你来打扫卫生，三年了，扫帚都没见你摸过。信你才见鬼！”

周一，本周末举行篝火晚会的消息就已经传遍了。

任苒刚和林念坐下，武定全抱着书包过来，坐到了一边，好像很随意地问林念："周末你去吗？"

林念一边看书一边说："去。"

任苒扭头问："去哪儿？"

林念的耳朵瞬间红透了，脸上更是如滴血一般。

任苒抬头，武定全正往这边看。看到任苒，立刻轻咳一声，拿出自己的书。

任苒在林念和武定全之间来来回回看了几遍，忍不住大叫一声："不会吧！"

林念嗖地站起来："我去趟卫生间。"飞也似的跑了出去。

任苒盯着武定全，武定全被她盯毛了："看、看我干吗？"

"你不出去看看？"

"看、看什么？"

任苒仔细研究了一下那张就差没刻字的脸，终于决定还是先放过他们。

用脚踹了一下晓茹的椅子，晓茹愤怒地转头："干什么！"

"林念是不是桃花开了？"

晓茹看了一眼武定全："你才知道？白看了那么多小说！"

任苒低声哀号："你们都知道？"她被抛弃了吗？

颜漾示意她别喊，"都没说破，回去跟你说。上课吧！对了，"她很神秘地压低嗓子，眼神闪烁，"听说有人为程间喝醉了！"

"谁？"

"反正不是你。你要是真喜欢，就自己抓紧点。都这个时间了，错过可就没了！"

"我已经争取过了。失败了啊！怎么可能再去碰钉子！"任苒很坦然地说，声音并没有控制太多。

今天是"旅行社管理"，讲课的老师是个年轻且英俊的已婚男老师，姓付，人很风趣。大概是真做过导游，所以没什么老师的架子。私下里跟大家称兄道弟，任苒也很喜欢他。

付老师讲课不拘泥于课本，经常讲些他以前遇到的真实案例，任苒权当故事听了，难得上课上得津津有味，一堂也舍不得落下。

付老师进来以后，林念才跟着进来。随便找了个远离她们的位置坐下，晓茹立刻回头又送了一个大白眼给任苒。

任苒无可奈何，只能嘀咕一句："再翻你那眼珠子下不来可咋整！"

咣！

桌子被什么东西敲了一下，发出巨大的声响。

付老师看过来，任苒立刻弯腰做捡东西状。于是，付老师叮嘱大家上课只要带课本笔记本就好，没必要带什么铅笔盒。桌子小，摔坏了挺贵的东西多可惜。嗯，最后还加了一句，都上大学了，买铅笔盒的钱用在喝酒、找女朋友上多好。

大家哄堂大笑。

任苒悄悄松了口气，看着空空的手，忽然想起自己好像忘带笔了！这堂课——老天保佑不用做笔记。

身后有人捅她，一支笔递了过来。

"谢——谢谢！"任苒接过来，脑子有几秒钟的短路。

身后居然是程间！

程间低头认真看书，好像刚才递笔只是任苒的幻觉。

他怎么知道自己没带笔？

任苒不敢打扰认真的程间，心头却如小鹿乱撞。

第二十三章

将逝·单纯

“你不参加篝火晚会——为什么？”程间挑了挑眉。

任苒知道这个动作的意思，表示他有点生气。她有点害怕程间生气，不知道为什么。

“我就是不想参加啊，懒嘛。嗯，大姨妈，我大概应该那几天来大姨妈。就算没来，也会因为大姨妈来变得精神不振，智商减退。”任苒两眼看天，毫不介意露出一脸“我在撒谎”的表情。她知道自己在激怒他，不过，她更知道这种激怒只是一种试探，试探程间会对她容忍到什么程度。

这是任苒在被拒绝之后，最乐意对程间做的一件事。

程间眼皮一耷拉，静了静，才说：“既然如此，那之前的准备工作，你参加吧。”

“我不参加。”

“我没问你的意见。”

“凭什么啊？我又不参加，干吗还干活？”

“你是班级一员，有义务为班集体做贡献。”

“扯吧！我只要按时上课，保证咱们班出勤率就已经是做贡献了。”

程间忽然不说话了，任苒心虚地斜着眼看别处，一条腿下意识地抖着。

程间叹了口气：“以前你说不做就不做，随便找个借口搪塞，都可以。这一次，我是强迫了你。但是我是怕你将来会后悔。”

“有什么后悔的？”

“我们都大三了，实际上再有两个月就大四了。大四上半学期准备毕业论文各种招聘面试，下半学期就是安排就业和毕业。你觉得，你还有机会做我现在逼你做的这些事吗？”

“那不正好吗？我正不喜欢呢。”

“如果你真的不喜欢，我不强迫你。但是你最好想一想，想明白了告诉我。”程间转身要走，又顿了一下，“如果你真的不喜欢做学生干部，不喜欢做这些事，你会在关键时刻使劲儿，让自己留下吗？你扪心自问，就算有我帮助你，最后出力的是不是你自己？”

那还不是因为有你！

任苒腹诽，却不敢说出来了。

任苒心里郁闷，沿着S大市场前面的小路一直走到了海边。下午的海边，海浪轻拍，凉风习习，微微有些粗糙的沙滩寥落无人。

任苒脱了鞋，在海滩上漫无目的地走着。

这里的海滩并不是平坦得一望无际。沙滩上间或有一艘艘待修的小渔船，偶尔还能看到一两块黑色的大块石头。沿着海滨开车十分钟左右，就是著名的鸽子窝。到了那边，就是彻底的石头滩了。

所以，这一带并不是适合游泳的海滨浴场。但是经常有学生图省事，从这里下海，在海滩附近玩水。

出事，在所难免。

海风吹得很轻柔。一朵白色的百合花骨碌碌地滚到任苒的脚下。

任苒愣住了，这不是应该在海边出现的花朵。

精致的花瓣已经被粗糙的沙粒磨得千疮百孔，有些小洞已经变成了黄色。任苒抬头找了找，终于在靠近海滨公路的草丛边发现一捆白色的东西。

走近了，才发现是一扎白色的百合花。

任苒没有动，看了看四周，并没有发现卡片一类的东西。在海边，这些东西并不少见。尤其是 4 月份，或者是父母，或者是恋人，或者是夫妻，或者是子女，为自己曾经牵挂的人，在他们消失的地方，献上一束花，或者烧上一些纸，寄托哀思。

这些花很美，但是附近的人从来不碰，因为它们是哀伤的象征：那些已逝的、不可追回的情。

海浪悄悄地向海滨公路走来，到了涨潮的时候。任苒远远地看着，想起程间的那句话："到那时，你还能有机会做我现在让你做的事吗？"

不仅没机会做那些事，甚至连见面的机会都没有了。

大学生涯就要结束了。

有人还能留下一封告白信，自己呢？能留下什么？

"学生，你怎么自己在这里。"一个赶海的老人从旁边走过，"这里人少，不太平。你是 S 大的学生吧，赶紧回去。"

任苒点点头，转身往回走。

对于旅游城市来说，在旅游的淡季，就是人少得可怜的时候。白天无人的海滩是常见的景象。

任苒穿上鞋，三步并作两步跳上公路的路基，沿着海滨公路往回走。

老人看她走开了，才摇摇头，转身向相反的方向走。等潮水落了，正是捉虾抓贝的好时候。

可是对那些学生来说，贪图嬉戏的结果可是要命的。

老人还记得，就在刚才那个地方的附近，有一个男生被人打死了。据说是喝醉的工人，趁着晚上要欺负他女朋友——

唉，年轻人，太不懂得珍惜了。

任苒站在最靠近海滩的小饭店门口回望大海，铁灰色的海面正在慢慢变小，这是退潮了。她没打算留在这所城市里，这里终将成为她生命中的一个短暂停留。未来交通固然便利，然而并不知道能回来几趟。

这海，也不常见了。

一阵伤感涌上心头，任苒的眼睛有点酸涩，心里变得空荡荡的。

这片海，那朵花，还有赶海的老人，终将消失在她的身后。同时消失的，还有现在朝夕相处的同学，恨不得炸了的四舍，以及每天都不愿意进去的教室和——程间。

大学时期，将要画上句号了。所有的一切，人、物、事都会在句号前戛然而止。

任苒忽然觉得，自己耿耿于怀了三年的失落和不平，在这个句号面前变得无所谓。面对海阔天空，她能想起的依然是初见程间的惊艳和他温柔的笑。

没必要再躲了，因为这一切都在慢慢消失。

这条路不长，但慢慢走也需要时间。

学校遥遥在望的时候，已经有学生成群结队地钻进这些小饭店。

前面的明顺不管什么菜都一块五，量大油多非常划算。任苒犹豫着要不要顺便解决自己的晚饭，掏了掏兜，没有带钱包。

“任苒？还没回宿舍呢？”颜漾迎面走来，满面春风。

任苒一眼就看见她身后的老朱和另外两个工贸的男生：“我随便转转，你们这是——”

“周末不是篝火晚会嘛，我们去试试哪家的肉串好，最好能谈个好点的折扣。”颜漾的声音都比平时高，“你也来吧，你的嘴刁。”

任苒笑着推辞：“你去鲁星看看，他家的鱼贝还可以，但是肉串我觉得不够新鲜。”

老朱过来问：“肉串谁家好？”

“前面的胖姐烧烤，挨着山东堡那个石牌子的。肉新鲜，给的分量也足，不过他家的蘸料我不喜欢。我喜欢白石桥金子烧烤的苏子。”

“哟嗬，你这嘴够刁的。合着哪家都不能让你吃得满意了。”

“是啊，总有遗憾。如果讲老板好说话，东西差不多的，应该是东云阁。老板叫锁柱，老朱你们常出来吃的应该认识吧？”

老朱一挥手：“不认识。”

任苒微微有些尴尬，颜漾插话，“那是咱们班聚餐的地儿，我也认识老板。先试试别的，不行再找那家。任苒，咱们一起去吃。”她凑近了抱住任苒的胳膊，低声说，“你来和我做个伴儿。”

任苒本来满心的惆怅，一点食欲也没有。低头看到颜漾眼底流转的渴望和担忧，忍不住点了点头。

颜漾轻轻地松了口气，拉着任苒走进前面的大众烧烤。

兜里一分没有，蹭人家饭吃，怎么吃怎么划算。再多的惆怅，没有肉串解决不了的。

大众烧烤也有苏子，但是老板给得少。任苒贪吃，几乎没啥面子地一趟趟要。老板也很有韧性，或者是见多了穷学生的不要脸，不着急不着慌，每次都给一点点。

一顿饭吃下来，任苒几乎就来来回回地跑了。边吃边消化，四十多个签子摞在一起，愣是没觉得撑。

任苒是喝酒的，颜漾酒量也不错，大家凑到一起，当然要点酒水。

这次是公费吃喝，颜漾开始点的啤酒是一块钱一瓶的卢堡。老朱说上贵的，换成一块五一瓶的公牛。颜漾有些犹豫，磨磨蹭蹭不吭声。任苒眼瞅着老朱的脸耷拉下来，对颜漾说：“卢堡很苦的，恐怕带去了也没多少人喝。”

颜漾看了一眼任苒，才叫老板换了啤酒。

白酒上的青老，小口杯，老朱和那些男生可以一口一个。颜漾和任苒则小口小口地呷酒，有时候颜漾也会和老朱他们碰杯，那就一饮而尽了。

任苒今天心情到底有些不快，没有主动站起来。他们也就说着他们的话，没勉强任苒。到了后来，颜漾也不怎么理任苒，几乎都是一口一个地喝起来。

啤酒没怎么动，倒是口杯，乱七八糟地摆了一桌。

结账还是颜漾去结的，脸颊红红的，带着明显的醉意，但是脚步很稳。任苒知道颜漾酒量好，也懂得节制，并不担心她。但是老朱已经喝得有些高，三个男生跌跌撞撞地出门，颜漾顺手就把老朱的胳膊搭住了。

同学醉酒是应该搀扶的，但是那是男生啊！

旁边不还有两个男生吗？

任苒在后面目瞪口呆地看着，印象里颜漾可是个还算矜持的姑娘。虽然平时也跟男生打打闹闹，但界限分明，很懂分寸。

今天真的是喝多了吗？

颜漾身高一米六八，在女生里也算高的。老朱压在她的肩膀，也不过微微低头而已。

任苒琢磨了一路，一直到一舍门口，看到颜漾把老朱交给那两个男生，任苒才松了口气。

“我以为你要把他送到楼上呢！”回宿舍的路上，任苒边走边说。

“怎么可能！”颜漾两手捂住脸，呵了口酒气，“今天值了！”

“你……打算怎么办？”

“什么怎么办？就像今天这样啊，有机会在一起就在一起，能多凑一凑就多凑一凑呗。还能怎么样？”

“你不喜欢他了？”

“喜欢不喜欢很重要吗？反正我和他是根本不可能的！马上就要毕业了，想那么多不耽误事吗！”

也许是真的喝多了，颜漾说出平时不可能说的话。

任苒喃喃自语：“我以为我就够疯了，没想到你比我还疯！”

颜漾笑了笑：“能疯多久呢？你也是，别老端着了。难道你将来还打算嫁给程间吗？！”颜漾一把钩过任苒的脖子，浓重的酒气吹过来，“我告诉你，大学里的恋情，十有八九都没好结局！但是我们大学都上了，还能不谈场恋爱吗？就算不能两情相悦，至少可以多多在一起吧！感受一下和他在一起的快乐，不好吗！”

颜漾的眼睛波光粼粼，好像眼镜湖的湖水，充满了夜的诱惑。

任苒苦笑：“我上大学的目标就是找一个我爱的人，谈一场轰轰烈烈的恋爱。可是现在成这样，只能说明，人家不配合，我也不能强求吧？”

“那就换一个啊！”颜漾口齿不清地说。

换一个？可以吗？

第二十四章

变身

任苒气喘吁吁地追上程间，终于在学士餐厅门前不远处拦住他。

程间像平时一样，身边围着一大群人。这个人似乎走到哪里都能招一群人，总不见他独自一人的时候。

“程间！”任苒叫住他。

程间停下脚步，回头见是任苒，满面笑容：“什么事？”

声音温柔，令人沉醉。任苒面红耳热，迅速看了一眼他周围，低下了头。

再抬头的时候，只剩下程间一个人了。

“我、我想、我问问你，你有没有女朋友？”

“没有。”

“那、那你介意不介意，暂时做一下我的男朋友。就是临时的，毕业就散了那种。”任苒磕磕巴巴又急切地说，“你看我大学一直都没谈过恋爱，对吧！就是因为喜欢你，老是看不上别人。算下来，你也应该负点责任吧？那你就、就当补偿一下我——毕业就不算了。我就是想尝尝谈恋爱的滋味。”

任苒一口气说完，用光了所有的勇气。低着头，实在没有胆量抬起来。

“不好。”程间清冷的声音从头顶传来。

任苒兜头一瓢水，愣在那里。

就听程间继续说：“非常不好，也不可以！因为，这本来应该是我说的话。”

任苒猛地抬头，吃惊地看着程间，大脑一片空白。

他的话？什么话？

“你愿意做我的女朋友吗？”

任苒慢慢地咧嘴笑了！

欣喜、欢喜、狂喜充满了她的身体，就像一颗正在被充气的气球，慢慢地膨胀起来。她飘飘然、欣欣然，喉咙里痒痒得不行。

她想大声说可以！

她想让全世界知道自己多快乐！

她想笑！

大声地笑！

哈哈哈！

她用尽全身的力气，终于解锁了喉咙的封印。

“我愿意”三个字并没有出来，笑声却真切地击中耳膜——

睁开眼，周围一片黑暗——窗户透出一点点天光，太阳正在冉冉升起。

第二天，任苒找了个机会单独和颜漾在一起的时候，又把昨晚的话确认了一遍。

谁料，颜漾眼波一横：“你要是问我，我就说没说过。”

任苒眨巴眨巴眼睛，指着颜漾：“虚伪！”

“说吧，你这么问，有什么事？”

任苒搓了搓手，有点不好意思，又有点炫耀地说：“我昨晚做了个梦，梦见程间求我做他女朋友。”

“哦，我知道。你笑得那么大声，估计咱宿舍都知道了。放心吧，梦都是反的。只要你不骚扰人家，估计毕业前你都不会遭到程间的骚扰了。安心吧！”

任苒气得干咽了一口唾沫，忍了忍，绕到颜漾另一边：“要不是你昨晚跟我说什么及时行乐的事儿，我能死灰复燃做这种梦吗！”

“那、那是醉话！醉话你也信，自己傻还能怪别人聪明？”

“不跟你争这个。”任苒迅速把话题从人身攻击掰回来，“你说，要是我让这梦想……成真呢？”

她咬住下唇，露出“只要你点头，老子就豁出去”的疯狂眼神。

颜漾仔细看了看她：“你这梦想，顶多成真前半部分，估计到程间说不行就戛然而止了。到时候你哭着回来，谁劝你？不过这也许正好应了梦都是反的，梦里笑醒，梦外哭唧唧。”

任苒抿紧嘴唇，咬着牙说：“可是不试试怎么知道呢？”

颜漾考虑了一下，终于认真了：“你要是想试试，我不拦着。但我是这么想的，你参考哈！这要是不说呢，比如我喜欢某个人对吧，我不说，我心里知道。平时该怎样就怎样，但是靠近的时候我心里高兴，偶尔有机会——揩个油偷着乐。可是你要是说明白了，对方拒绝你了，你可能连揩油的机会都没了。”

“揩、揩油？”任苒傻了。

她横冲直撞地喜欢人家那么久，居然从没想过“揩点油”？

“反正就是这个意思，你看书多，可以换个好词儿。”

颜漾的凤眼忽闪忽闪的，像极了祸国殃民的妖女。

嘿嘿！嘿嘿嘿！

任苒像梦里那样笑起来，终于忍不住放声大笑，笑得肚子都疼，弯下了腰。

颜漾被她笑傻了，手足无措地闪到一边，四下看看有没有人，随时准备撇清关系。

任苒擦了擦眼泪，伸手搭住颜漾的肩膀：“班长！我服你了！与君一席话，胜读十年书！”任苒竖起大拇指，在颜漾面前一比画，“太牛了！就照你说的办！唉，我怎么才听见呢！要是当年就想到这一点，现在得攒出一桶金龙鱼了！”

颜漾忽然有点担心了，轻轻一推任苒：“你可别太过分。程闾那种人可能不喜欢太过分的，你要是把自己弄得跟个霸王花似的，估计他得烦死你。”

“放心，怎么也不会霸王硬上弓。”任苒单手握拳，自信地说，“我会小心的！”

斯文小姑娘一夜之间融会贯通，变身高衙内了！

“你们说什么呢？鬼鬼祟祟。”晓茹走过来，狐疑地问。

“没什么。”颜漾快速否认。

晓茹的目光落到任苒的脸上，任苒笑了：“我俩在商量如何揩男生的油，要参加吗？”

“没个正形！”晓茹一脸鄙夷，压根儿就不信。

任苒还不放过她：“喂，别这样。马上就大四了，你再这么正经下去，大学就没机会谈恋爱了。”

“你以为谁都跟你一样是恋爱脑吗？”

“哦，你觉得你不是吗？”

“我当然不是！现在最该担心的，是我们的专业合适不合适，要不要规划一下未来，还有——”

咚！

哎哟！

一个黑影斜刺里蹿过来，一脑袋撞到晓茹身上。肖晓茹被撞得原地转了一个圈，顺手揪住始作俑者，一起在惯性的作用下倒地。

呃——

任苒和颜漾面面相觑。眼睁睁地看着晓茹一下子推开那个撞倒她的男生，飞快地跑了。

那个男生只是扭头冲两位点了点头，就揉着脑袋跑了。

任苒咽了口唾沫："老颜，刚才你看到啥了？"

"你说。"

"我怀疑晓茹的初吻没了。"

"不用怀疑，就是碰没了。"

刚才那一撞，把两人的嘴撞在了一起。

任苒揉了揉自己的嘴："会不会很疼？"

颜漾一时没回答，看着男生消失的方向若有所思。

"怎么了？"

"那个男生，眼熟。"

站在第一第二食堂和中间的小食堂前面，身后汹涌的吃饭大军正源源不断地分流而入。任苒停了下来。

颜漾不得不一个急刹车返回："咋啦？去晚了就没饭了。"

"你说程间他们去哪里吃？"

"我哪知道！再不去我们自己就没饭吃了！"

"那我换个问题，老朱在哪儿吃？"

嗯？

颜漾缓缓地调整了一下姿势，摸着下巴看着眼前两大一小的建筑，若有所思，不再提显而易见就没了的午饭。

末了，两人对视一眼，颜漾一摊手："程间我不知道，但是老朱肯定还没起床。"

任苒一努嘴，一股香风若隐若现地传来，老朱和一个女生手挽手走进了学士餐厅。任苒怀疑自己有特殊功能，相隔将近百米的距离，居然能闻到香水味儿？

这到底是美人香水，还是人形化工厂？

颜漾一指新食堂："我去那边，你不去算了。"

"哎哎哎！等等我！我是那种重色轻友的人吗！一起一起！"

任苒拖着断了一根带儿的书包，上面绑着装着饭盒的饭袋，丁零当啷地追了过去。

等到两人端着凉了的鱼香豆腐丝和白菜丝儿坐到饭桌前，啃着凉透的米饭时，颜漾说："还不错哈！我以为你剩下的日子就是追着程间跑了。"

任苒挑了两根豆腐丝塞进嘴里："怎么可能！我的人生需要丰富的体验，爱情只是其中之一。"

"还有别的？比如？"

"友谊啊！大学四年，就算谈恋爱，也是一对一，大不了多换几次，也不会有很多。但是同学一招就是一个班，这么多人，将来要是有个啥事，帮起忙来可是比谈恋爱划算多了。"

颜漾拿着筷子头敲了一下任苒："你就不能说点好话啊！看了那么多言情小说，也没让你超凡脱俗一点？好同学四年的友谊，就是用来帮忙套现的？"

任苒不好意思地躲了一下，才嘿嘿一笑，叹了口气："我是独生子女，没有兄弟姐妹。所以，你可能不理解，对我来说，朋友就是我的兄弟姐妹。不认识，不相识，无所谓。认识了，相识了，结缘了，就是一生一世。我自己这样认定，自己心里知道，自己这样做，其实不需要别人回应或者评价。但是如果说出来，我怕吓着你们。可能还有一些人会觉得我是傻子。友谊嘛，大多数人不就是用得着靠前用不着靠后的吗！我这样的，是有些过了，所以，不说也罢。"

颜漾有个妹妹，听了任苒的话，脸上有些愧疚，轻轻踹了一脚任苒："谁用得着靠前用不着靠后了。赶紧吃饭。"

任苒笑了笑，这个话题就此打住。

我们挥手告别过去，爱情我所欲，友谊亦我所珍惜。

行行且行行，朋友，请珍重！

第二十五章

一本正经地胡说

进入 5 月份，除了春暖花开各班活动，以及例行的送别老生的组织工作，围绕五四青年节也有一个主题月活动，今年是演讲比赛。

任苒记得很清楚，去年前年大前年这个月都是辩论赛。自己大一是辩手，大二就成了主席。

还记得大二总决赛的时候，作为主席，她激情洋溢地赞美了反方一通之后，宣布胜出是正方，引起轩然大波。

反方的小姑娘颁完奖当场就哭了，任苒本来准备离开，就停下来安慰他们说："你们拿的论题就不好，注定会输。"

任苒本来是好心，而且这个题目她自己也是很有一些意见的。

没想到别在领子上的麦没有关！

在场的每一个人都听得一清二楚。当时正方的小孩就围过来！紧接着他们那个学院的人也冲上了舞台，让任苒解释清楚。

人群中时不时地响起"黑幕""作弊""内定"的声音。

评审席上的老师们惊呆了，程间的汗唰地湿透了衬衫。

那场的辩论题目是：青年人应该爱国轻己。反方据此自定。当时现场反方的论题是：青年人应先爱己再爱国。

任苒倒也镇定，拍了拍麦，才说："你们立论就犯了大忌，无论整个论证过程和表现如何精彩，注定会错。我刚才充分肯定了你们表现精彩的地方，但是这个冠军不该是你们的。因为你们站在沼泽里，再怎么努力，都注定下沉。"

人群安静下来，这个的确有道理。但你出这个题目，先天死人，怎么辩？辩论赛出个不能辩的题目，你们是不是玩儿内定的花招？

反方的小女孩是个大一的姑娘，站出来脆生生地问："那你说怎么办？辩论不就是正反对立吗！还是说这个题目根本没有可辩性？"

不是说大一就幼稚，实在是在整个辩论中，这孩子犀利有余，却思路偏窄，容易走钻角尖，或者被别人下套。

任苒心里叹息：小姑娘，你觉得你戳中痛点了吗？错了，你连我是哺乳动物还是软体动物都没分清楚，到哪儿找痛点啊！

所有人都看着任苒，连评审团的老师们也因为这个意外有些不知如何是好。

程间悄悄走到控制室，准备随时掐断麦克风。

就听任苒说："这个题目当然是公平的，但是有相当的难度，这才是决赛题目应该有的水准。它不仅考你们的论证过程、证据准备、逻辑水平、临场发挥，还要考你们的立论。不仅是如何切入一个问题，甚至包括如何寻找自己的王国。你们做到了吗？"

周围很安静。

评审席上的老师有点蒙圈。他们就是抓阄抓出了这么个题，题目是从品德课本上抽签抽了个主题，怎么就这么高深了？

"那你说，该怎么立论？"小姑娘嘟起嘴，很可爱。

任苒双手交叉身前，一脸淡然地说："如果我是反方，我会建议命题的立论建立在爱国轻己不应该只是青年人的责任，听清楚争辩点不在爱国爱己的前后顺序，这个没什么可辩。要辩就辩主体。当然，这只是一个思路，未必可行。但是，我会和我的队友首先在如何立论上做文章，而不是被人牵着鼻子走。"

她一本正经地说，程间微微一愣，眉头一皱却是忍不住笑了出来。

评审团里的杨老师素来率性，上课也要戴一顶小红帽，此刻听了任苒一本正经地胡说八道，扑哧一声笑了出来。好在周围人声嘈杂，才掩盖过去。

并不是每个人都能立刻反应过来的，甚至在很久以后，还有人认为可以在主语上做文章。

反方那个小姑娘喃喃自语："这、这也行？不是青年节吗？"

任苒继续一本正经做人生导师状："给你的题目要求里说必须是青年吗？我怎么记得题目只是要求反方是根据正方的命题自拟呢？这是本次比赛的特点，你们没有利用上，是被惯性思维引导！这恰恰是辩论赛中的大忌！审题啊，同学！"

人群中甚至有人点头，趁着人们互相争论的空当，任苒悄悄地离开了现场。

辩论赛就是游戏，谁也没把那些命题当作真理指导自己的人生。但学校官方很在乎意识导向，每次出题都审了又审。不过，对辩论赛这种形式，一直以来老师们还是很认可和支持的。

但是到了今年，连续三年举行的辩论赛改成了演讲比赛，任苒曾经扪心自问，是不是自己的胡说八道让老师们觉得有点失控了？

任苒也就是听说这个消息之后稍微想了想，就抛到了脑后。大一上半年就接触了院系的辩论赛，之后是校级，又市级，然后省级，课没上多少，辩论赛相关题目的检索书籍没少看。

到了大二下半学期时，她其实已经很疲惫了。

听说不必再准备的时候，竟有一种解脱的感觉。

所以，当听到程间说“你去做咱们院演讲队的教练”时，任苒心里在爱情和偷懒之间狠狠地纠结了一阵。

“我可以不去吗？”最终，她还是选择了偷懒。

晚上在卧谈会上，说起自己的这个问题时，林念一针见血地指出：“你虽然一直很喜欢程间，但最喜欢的还是自己。”

晓茹说：“还行，没连自己想什么都忘记了。”

颜漾说：“你这个好色之徒，有点不够纯。”

那个时候，任苒有点不好意思告诉她们，自己最后还是答应了的……

不过，她提出了一个条件：不做教练，就是顾问，而且让程间和她一起做顾问。程间答应了，她也就答应了。

窗外繁星满天，月影无踪。任苒心里桃花朵朵开，浑然不觉自己这行为是何等的假公济私。

这个消息瞒不了很久，第二天下午大家就都知道了。在被众人狠狠地唾弃了一顿后，任苒跟在程间身后，屁颠屁颠地去了一舍学生会的办公室。

“好色之徒！”

“假公济私！”

“羡慕！”

最后一个是颜漾，晓茹和林念扭头看她。她两手一摊：“不是吗？”

林念脸一红，瞪了颜漾一眼。

晓茹嫌弃地看她：“你怎么跟任苒一样厚脸皮了。”

颜漾笑眯眯地把手指放在嘴唇上，晓茹瞬间瞪大眼睛，一跺脚跑了。

第二十六章

终于活成了前辈

今天是第一次和演讲队的小同学见面，但是他们已经自己准备一周多了，演讲比赛是在本周五晚上举行。

一进门小朋友们都起来了，看起来恭恭敬敬的样子。

程间一本正经地说："跟大家介绍一下，这是咱们学校的最佳辩手，代表学校参加省里辩论赛的任苒同学。"

哗——鼓掌！

任苒掉头往后走，被程间拎着脖领子拽了回来："不跟大家打个招呼吗？"听起来声音咬牙切齿的。

任苒很没出息地讪笑："别、别这样，都是偶然，凑巧了。"

她真的很讨厌很讨厌这种场合啊。

做前辈什么的，听起来就好像很老的样子。

"师姐好！"小朋友们很热情，眼神表情都很真诚。

但是任苒却觉得脑袋蒙蒙的，眼前花花的，除了知道这群孩子长得高矮不齐，别的啥也分辨不出来。

直到演讲题目拿到手里，任苒才感觉到自己的脑子好像转起来了。

演讲的题目肯定是在青春、校园、未来之间打转转，具体到本院的这支队伍，任苒仔细瞅了瞅：“不负青春，继往开来”。

嗯，这个题目。

“师姐觉得我们这个提纲怎么样？”有个高高瘦瘦的男生小心地问。

任苒看了看手里的两张稿纸，写得很详细，讪笑：“你们继续讨论，我先看一下。”

大家好像都松了口气，继续该干什么干什么。任苒努力想看清楚眼前的字，但是越看眼越花，越看头越沉，一页纸没看完已经上下眼皮打架，勉强撑着不露出犯困的表情。

脚尖一疼，任苒悚然抬头，看到程闾正扭头跟别人说话。难道不是这家伙踩了自己？不过这一疼，搞得倒是不困了。

任苒继续听大家发表意见，除了微笑和点头，也没贡献出啥有价值的东西，直到会议结束。

任苒站起来下意识地想伸个懒腰，猛地被人胳膊肘撞了一下，左右一看，除了程闾也没人靠自己那么近了。

好吧，忍着吧。

正无聊地跟每位小同学打招呼，到了最后一位，任苒盯着他脱口而出：“我、我是不是在哪里见过你？”

那个男生顿时手足无措起来，一双眼睛飘啊飘，既没问为什么，也没否认，活像一只被猫抓住的耗子。

程闾送走其他人，回头看见这景象，也知道有事情，问任苒：“怎么了？这是大二旅游的卢飞扬，咱们的嫡系学弟。”

任苒依旧死盯着他：“你——咱们是不是在哪儿见过？”

程闾不动声色地为学弟解围：“都是一个专业的，而且，飞扬也在学生会，不定在哪里见过面。”

任苒摇头：“学生会那种地方，就算熟人我都可能记不住长相，别说陌生人了。”

实际上，不同级的班级，基本上没有一起上课的机会，除非有讲座。但是作为一所刚刚迁过来百废待兴的理工专业为主的大学，文史类的讲座几乎没有。

程间没办法：“那你走不走？再不走宿舍该熄灯了。”

哦！

任苒跟着程间默默走开，卢飞扬在后面负责锁门。出单元门的时候，任苒又扭过头去看了一眼那个瘦瘦的身影，熟悉的感觉非常强烈，她甚至觉得这个孩子一定什么时候给自己留下过深刻的印象！

——到底是在哪儿呢？

“怎么了，对一个学弟念念不忘？”路上程间打趣她，“整个晚上就见你打瞌睡了，最后看到学弟就这么精神？”

任苒摇头晃脑很认真地说：“我真的好像在哪里见过他。像我这种‘脸盲’，如果不是特别的事件，几乎不会记住任何人。”

“你是说，这个男生对你做过特别的事儿？”

“嗯。”

“什么才算特别的事件？”

“很强烈的刺激。”

“哦，比如呢？”

任苒想了想，才后知后觉地问程间：“你什么意思？我要是知道什么事件，怎么可能到现在都想不起来。”

程间轻轻地哼了一声，不再追问这个问题。

晚风习习，凉意已经渐渐消退。

程间想起一件事：“明早查操，要不你去吧。”

啥？

任苒立刻被钉在地上，随即猛地弹了起来，追上程间，扯着他胳膊不管不顾地问：“好不容易可以不上操了，你让我查操？”

原则上全校都应该上操，早上六点半起床去体育场跑圈。各院系学生会的体育委员会准时出现，清点本班出勤人数。同时，各院系及总会也会有专人随机抽查寝室是否有人偷懒。

但是随着制度的施行，出勤的情况也出现了分化。连学校都很少回来的大四基本就不适用，大三偶尔还会查，但是面对师哥师姐，多少有几分面子。学校要求不严的时候，头一低当没看见退出寝室，风声紧了，提醒一下，赶紧出去就好。至于打卡，经常出现一人替全班打卡的情况。

有老师在的时候，体育委员会比较严格，让回去多叫几个人，老师不在的时候，就闭眼过去了。

任苒大一为了不出操花样百出地躲，到了大二更是找了个特赦，如今大三了，让她每天早起去检查别人？

“程间，我是不是哪儿得罪你了？”任苒恍然大悟且严肃地问。

程间笑了笑：“这不是排班吗，大家都轮了好几遍了，就你没出过工了。”

“我是团总支的！”

“出操检查的时候，团总支和学生会的一起排班。不信你去问郝主任。不过他可能更奇怪，这么多年你怎么连这个都不知道。”

“你的意思，我还得谢谢你掩护我这么久？”

“所以，考虑一下报恩。”

任苒嫌弃地向后一闪，嘴巴直接撇到了耳朵后面。

程间也不催她，好整以暇地等着。掩护了那么多年，也不在乎她现在去不去。不过刚才看她那么在乎卢飞扬，程间有一种好心喂了狗的感觉。

那就不帮了呗！

你去查操吧！

程间什么都不解释，就那么闲等着。

任苒深吸一口气，换了一副笑脸："头儿，能不能商量一下？"

程间看了看前面四舍灯火辉煌的大门："走吧，再不回去就晚了。"

任苒亦步亦趋地跟在后面："我现在是不睡懒觉了，但是上操这种事——我有社交恐惧症，我一见人多的场面就紧张难受，会晕倒的。"

"哦。"

"我体质特别差，走路都喘气，我怀疑我心脏有问题。"

"哦。"

"明天、明天我还要——对，明天我们宿舍查卫生的轮到我了。我得留下来等查卫生。"

早上除了查操，到了任苒大二的时候，学校又多了一项规定，早上各寝室要查卫生。卫生检查内容五花八门，有时候允许挂床帘，有时候又不允许，有时候桌子上可以放东西，有时候又要求啥都不许放！

无论怎么变，每个寝室早上留一个人，接待查卫生的同学是规矩。

后来，就变成了寝室里的一项福利——毕竟可以晚点起床，还不用绕圈。

程间扭头看了一眼任苒："是吗？那就后天。"

"后天周五。"

"周五不放假。"

任苒挠了挠头，烦死了！真恨不得把程间扔进开水房烫掉一层皮啊！

现在正是晚自习结束的时间，学生们从四面八方拥向宿舍，以四舍为多。因为去四舍的不仅有女生，还有送女生的男生……大多数都是走着，也有一些条件好的骑着自行车。

任苒晃晃悠悠地走着，没注意从四舍有一辆自行车冲了下来。丁零零的车铃烧包似的划破黑夜，人们纷纷让路。

“小心！”程间一把拽过任苒，堪堪闪过那辆车。

任苒抓着程间的衣服站稳，知道发生了什么事，正要扭头骂那个骑车的。忽然觉得有点诡异——

沿着自己的手往上看……是锁骨，然后下巴，然后——

那对亮晶晶的应该是眼睛吧？

任苒对自己的近视眼没什么信心。

突然她松开手，向后一跳，大声喊：“哎呀！我想起来了！”

程间本也有些尴尬，尤其是他很清楚自己还抓着任苒的手。掌心还停着温凉的感觉，来不及体会就被这么一嗓子喊破了，说不清的懊恼席卷而来。

此时任苒在程间一米开外的地方像只咬自己尾巴的猫团团转，嘴里还大呼小叫：“是他！就是他！我想起来了，就是他！”

程间非常不高兴，恶声恶气地问：“谁啊？”

任苒向前迈小半步，神秘地张了张嘴，又闭住了，咽了口唾沫，才说：“不能跟你说。”

程间心底那个火一股一股地往上蹿：“你到底要不要回去？不回去我先走了！”

任苒眨眨眼，连忙点头：“回，必须回。”

两人一路再也无话，只是一前一后看着非常尴尬。尤其是程间在前大步如飞，任苒在后连跑带颠，在这男女生组合都是充满暧昧气息的晚上，显得那么违和。

到了四舍门口，程间说了声到了，往旁边一闪，那意思就是不挡你路了，赶紧进去吧。

任苒向前迈了一步，又转过身，小声问程间：“明天，不能商量一下吗？”

"不能。"

"那我要是病了呢？"

"拿假条。"

"要是大姨妈来了呢？"

"你来一个试试！"

任苒彻底没词儿，蔫蔫地往回走。走两步回头一看，程闾已经没影了。

看来自己是被这家伙盯上了！

查操跟上操不一样，查操的人都是有汇报记录签字的。不一定提前定好谁，但是当天早上一定要有人去跟老师对接。如果老师不在，要点名签字交表。一个班就那么一个人，去就是全部，不去就是零，目标太大了。想浑水摸鱼是不可能的！

拖拖拉拉地上楼，突然有人喊她："任苒，你磨蹭什么呢？"

扭头一看，是林念和颜漾就着伴儿上来。

任苒突然想起刚才那件事，兴奋地向下跑了两级台阶，抓着颜漾的胳膊说："我看到那天撞到晓茹的那个人了！我知道他是谁！"

第二十七章

小师弟

“原来是咱们的师弟，这个卢飞扬，我知道，是学生会文艺部的干事。”颜漾歪头想了想，“应该是他。”

“没听说过。那又如何呢？”林念茫然，“只是撞了一下，然后不小心撞到嘴巴而已。”

任苒语噎，只好说：“有道理！”

到了寝室门口，颜漾掏出钥匙开门，突然顿住：“不对！这个卢飞扬，我不只是在学生会见过他！”

推开门往里走，任苒跟在后面问：“在哪儿见的？”

颜漾放下书包，皱着眉头想，终于在拿起牙杯的时候想起来了：“这一阵子，我老在上学路上见到他！前后左右的吧，老瞅着他眼熟。有时候，还能在咱们班后门见到他。还有，他有几次还到专业教室上自习，就在晓茹后面。”

到了大三就分了专业教室，后来教室紧张，就取消了。但是专业课都在那个教室上，大家都把书本放到那个教室里，基本上强制性地把那个教室“据为己有”了。

如果碰到有不知情的外班人，大家就会直接用盯视让他感到不自在离开。如果这招不灵，就干脆在黑板上写“本教室下节有课”。然而这节还空着，有人继续不走，那就不好意思了，大家会突然变得话多起来，互相熟稔地打招呼聊天。这招最狠，杀遍天下无敌手。

这招是伤敌一千，自损八百的招儿。像杭英这种争分夺秒的人，绝对受不了一分钟的嘈杂，所以从不来专业教室上自习。

任苒一脸茫然，她去教室上课都不带魂儿的，能认清教室不走错就不错了，哪里顾得上周围有谁。

林念问：“他想干什么？”

颜漾哼了一声：“我看他完全是别有用心。”

任苒也想起一件事：“那天他撞过来，好像周围有起哄的，你们听到没？”

光想着晓茹的初吻没了，谁也没在意身后的动静。现在回想，好像还真的有些别样的喧闹。

这个问题就复杂了。

要真是偷偷暗恋师姐的小师弟，她们可以打趣一下晓茹。可要不是呢？晓茹一定会把她们都砍了。

“算了，咱们平时留心着点。”颜漾最后拿主意，“正好可以观察一下那小孩。”

晓茹在宿舍里排行老三，任苒年纪最小。

任苒捶床：“小孩？万一成了姐夫可咋整！”

熄灯以后，大家也知道了任苒第二天要去查操的事情，纷纷把自己经年不用的闹钟拿出来，调到了最大声。

这时候，电话响了。睡在下铺的颜漾去接，然后大声喊：“任苒，程间的！”不等任苒下床，颜漾摁了免提。

任苒一哆嗦，这家伙晚上阴阳怪气的，这会儿打电话又有什么幺蛾子？

程间清冷的声音在安静的宿舍里回荡：“任苒，你明天如果迟到，这一个月的查操就都是你的了。”

电话中传来长长的忙音，就像任苒无处安放的惆怅。

六点半的早操，查操的同学六点就要到。

杭英也听到了。她每天五点起，同情地拍拍任苒的床帮，信誓旦旦地保证会叫任苒一起起床。如果叫不醒，就把冷毛巾摁她脸上。

最后，杭英温柔地说：“明天还得早起，快点睡吧。”

结果是任苒一晚上都没睡好。

任苒六点二十出现在操场，程间已经在那里准备好记录表。上面有几个早来的同学的签到，任苒笑着打招呼：“早知道你在我就不来了。”

程间把记录本拍到任苒手上，“哼”了一声归队。

任苒一看左右无人，厚着脸皮跟上，笑得极谄媚：“能说说我哪儿得罪您了吗？大家关系那么好，有话好好说嘛！”

程间活动着手腕脚腕准备接下来的晨跑，眼睛看着别处，一副目下无尘的德行。

任苒摸摸鼻子，看同学们都来了，赶紧去忙活。跑操开始以后，各班检查出勤的同学就去总会负责同学那里交表签字，倒是不必跟着跑。对任苒来说，算是不幸中的万幸。

就在她百无聊赖的时候，看到旁边交表的人，眼前一亮：“卢飞扬？今天你查勤吗？”

“啊，师姐好！”小卢很有礼貌。但是立刻涨红到耳朵的脸是怎么回事？

任苒歪着头研究着，可能她魅力不够，从来没有男生在她面前脸红过。这次突然看见一个红到耳朵的，任苒感到非常新鲜。

这小子，心里一定有鬼吧？

小卢十分尴尬地在任苒的注视下把表交了，看任苒还盯着自己，更不自在了。点点头，连跑带颠地冲进自己班的队伍，跟着跑了起来。从外面看，那支队伍突然有点乱，里面好像推搡了一阵，很快又变得整齐了。

任苒背着手站着，看着看着，冒出一个念头。

等到跑操结束的时候，立刻追着卢飞扬跑过去。卢飞扬正和几个男生一起准备回宿舍，任苒大呼小叫地从后面追过来，人声嘈杂，大概没听见，那几个男生不知道大声说着什么，使劲儿拍打卢飞扬。

任苒加快脚步猛跑两下赶到前面，叉手叉脚地拦住，用颜漾的话说："活脱脱一个拦路抢劫的女匪。"

当时任苒是顾不得了，缺少锻炼的她此刻连说话都费劲，呼哧带喘地说："卢、卢飞扬，我要去图书馆查一下演讲的资料，但是我们班周末活动，也需要我做一些事，你能帮我个忙吗？"

几个男生猛地被一个师姐拦住，又惊又怕，听清楚之后便松了口气，卢飞扬更是赶紧点头答应。

任苒说："下午下第一节课以后，你到专教354找我。我告诉你做什么。"

"好的。"小卢乖乖地答应。

任苒退到一侧，欣慰地看着他们离开。

是骡子是马，拉出来遛遛不就得了。

"你在搞什么鬼？"颜漾走过来。

任苒看看她周围："晓茹和林念呢？"

"林念拉着晓茹去餐厅占位置了。我负责过来问问你在搞什么。大庭广众之下调戏学弟？"

任苒笑得很贼，凑近说："我正想找你呢，你别告诉晓茹和林念哈！"她压低嗓门，把自己的想法这么那么地说了一遍。

颜漾狐疑地问："可以吗？"

"正大光明啊！"

“晓茹会同意？”

“她并不知道。这男生没说呢。”

颜漾深吸一口气：“行！出了事儿，你兜着！”

任苒推了推眼镜，露出为难的神色：“别啊！大家都是朋友！”抱着颜漾的胳膊，拖拖沓沓地往食堂走去。

她没注意一直跟在后面的程间，程间从兜里掏出因为跑步收起来的眼镜，慢慢地戴上。所有的情绪，就此默默地掩藏在镜片后面。

第三、四节课是旅游英语，这是大三上半学期新开的专业课。授课老师是位非常优雅的女教授，姓纪。

据说纪老师早年是个外交官，后来服从安排被调到东重教英语。旅游专业是个新专业，估计又是不知道怎么教这个专业英语，所以纪老师被调来教旅游英语。

也许是当过外交官的缘故，纪老师看上去总是衣着得体。头发尽管是鬈发，却是一丝不苟，似乎每一个弧度都是精心设计过的。但是纪老师说话却没有那种刻意的矫情，轻轻的，很温柔，能让人不由自主地放松下来。声音不大，却能让你听得清楚，而且她的声音带着些特殊的磁性，听起来有一种百转千回的感觉。

任苒大一的时候，因为旷课被大学英语的老师抓住。后来她去上课，那老师还不放过她，当着全班同学的面说她连四级都过不了！

任苒当时就站起来，说我要是过了呢？那老师说，你要是过了也是因为来上课好好学了。任苒一摔课本，稀里哗啦地装进书包里，一声不吭，拎着包就从前门走了。从那儿以后，英语课她就不上了。

英语老师倒没计较她旷课太多的问题，反倒告诉同学们：“任苒连这个期末的英语都过不了！”

后来任苒期末考了 79 分，再后来任苒第一次考四级，61 分低空飞过，大二下半学期，任苒六级，以 60.5 分再次通过。

不过那时候，大学英语课已经结课了。那个老师怎么评价，任苒不知道。她只知道，那个老师是英语系的，连带着整个英语系她都不喜欢。

还有最要命的一点，她非常清楚，自己的英语完全就是学了对付考试的。

纪老师上课第一件事就是教给她们一个单词："Silver Tongue"（银舌头）。在解释含义的时候，纪老师说你们班有个名副其实的 Silver Tongue，然后让任苒站起来重复了一遍这个单词，说她得过最佳辩手，她的比赛我都看了，非常精彩，完全当得起 Silver Tongue。任苒当时就闹了个大红脸，但是心里还是美滋滋的。

从那以后，她旷啥课也不旷纪老师的课，甚至当这学期旅游英语被排到了上午第三、四节课，任苒也没想过旷课的事儿。同学们也很奇怪，大学英语不肯上的家伙，居然专业英语上得这么勤快，果然是物以致用。

只有任苒自己知道，她不过是爱屋及乌，喜欢一个老师自然就不会错过她的课。

任苒甚至私心里把纪老师当作偶像：等自己四五十岁的时候，也要留纪老师这种发型，成为像她那样优雅的人。

所以今天，任苒依旧老老实实地上完课，然后拎起饭袋，准备去吃饭。

从教学楼出来，到眼镜湖那段土梁需要经过一片柳树林。那里是个小山丘，本来没有路，被抄近路的学生大军踩出了两条最便捷的土路。

任苒还没踏上小山丘，就被程訚叫住。

颜漾、林念和晓茹停下来等她，就见程訚过来对任苒说："找你有点事。"

三名群众露出了然的表情，笑眯眯地示意任苒快点去。

任苒没多想，跟着程间走了两步，发现不是食堂，也不是小食堂，“去哪儿啊？”

“我请客，你吃不吃？”

“中午敛！”

“怎么，你现在积极得连免费烧烤都不吃了？”程间揶揄她。

任苒眼前一亮：“去！必须去！我要去吃大众烧烤！”

第二十八章

念兹在兹

真的坐进烧烤店，点完东西，任苒有点不安："上次你请我吃烧烤，吃完以后我就不得不去龙媒道歉，还干了好多活，最后累出了胃病。这次你又请我吃烧烤，到底为什么？"

老板端来腌好的肉串，但是火苗不壮，还得再养养。趁着这个空当，又鉴于最近程间阴阳怪气的德行，任苒小心地问出自己的疑问。

"当然是公事。"程间小心地把上面的炭火挑开，更多的氧气涌入，火苗从最底下蹿了出来，"听说你下午要去图书馆查资料？"

"啥时候？"任苒一愣，随即想起早上的灵机一动，吃惊了，"你怎么知道？"

"不错啊！我看你开会的时候困成那样，以为你没兴趣呢。"程间不理任苒的问题，直接说自己的。

任苒挠挠头："我也就是那么一说，查什么资料啊，就那高大上的题目，每年校长毕业生典礼讲话拿来改一改，不就挺好用的吗？还用写那么多提纲？浪费时间！"

呵呵！

程闾一边笑一边拿起肉串放到了火上，并没有继续说下去，开始娴熟地操作起烤肉来。

当年陈佩斯在春晚上卖烧烤，烤肉的动作据说是专门跟街上卖烤肉的人学的。

任苒觉得，程闾的烤肉动作才是最吸引人的。

每一簇火苗的热量都补进肉串里，却不让火焰把肉烤煳，在双手干脆利落地掼着肉串时，每一颗盐粒、每一颗孜然，每一点调料都被压进瘦肉的缝隙中，肥肉的脂肪里。不一会儿，就听到吱吱的冒油声，肉眼可见的油滴开始从肉串里沁出来，在火焰的推挤中聚集，沿着重力的方向，向下滴落。吃了油滴的火会呼地冒出一股巨大的火焰。程闾轻抬慢闪，不疾不徐之间，就能把这股火焰巨大的破坏力消弭于无形，保证串上的每一块肉都没有焦黑的痕迹。随着油滴越来越频繁的滴落，这样的火焰越来越多，越来越热，然而程闾双手翻飞，总能及时闪避。

火焰映在程闾的脸上，棱角分明而白皙的脸被烤得泛起红晕，扇形眼睫毛下的阴影越发清晰，带出一条细长而妖娆的眼角线，将他平日略显方正的眼睛拉长，如脸谱里上挑的眼尾，黑亮的眼里映着一簇簇火苗，活泼地跳动着，闪耀着，给人一种说不出的诡艳。

忽然，程闾抬起头问任苒："你看什么呢？"

任苒一僵，下意识地一挥手："嗯，看肉熟了没。"心里却在想：怎么会有人这么好看？

程闾翻了翻："我记得你喜欢吃火大的，还要再等一会儿。把麻蚶子递给我。"

麻蚶子是一种贝类，并不需要烤制太长时间。这东西吃起来咯吱咯吱的，有一种特殊的鲜味。任苒嫌它咬着费劲，却总爱搭配烤肉吃，因为麻蚶子的鲜味可以冲淡肉本身的腥腻。

被肉食吸引了注意力的任苒终于把眼光从程间的脸上挪开，程间悄悄松了口气，耳朵被烤得热烘烘的。如果任苒再这么看下去，他大概会直接从门口逃出去。

肉熟了，吃了两口，任苒茫然地四下看着，好像还缺点啥？

“啤酒，还是白酒？”程间了然地问。

“啤酒吧。下午还有课，喝白酒醉了就不好了。”

“公牛，卢堡，秦雪，哪一种？”

“你请客，当然要最贵的。”

“老板，来四瓶公牛。”程间说，“我有时候看你自己吃烧烤也是喝公牛，很有钱啊？”

任苒接过酒瓶，一边倒酒一边说：“我家有亲戚在这里上班。我周末会去亲戚那里蹭饭，我妈也会通过亲戚多给我点生活费，所以比较富裕。”

“我说你怎么那么能买书。”

任苒的床上一排书，都是她自己买的，这是大家都知道的。

到了S大，任苒才知道如何倒啤酒——“歪门斜倒杯壁下流”，就是酒瓶口压住杯口，使杯子倾斜，让啤酒沿着杯子壁向下流。

这样不管多大的杯子，都能装满金黄的啤酒液，不给泡沫一点空间。

大一的时候，她还得两只手一起才能倒好，大二的时候她已经可以熟练地一只手完成了，到了现在几乎不用看，随手一撑就可以倒出一杯完美的不溢不洒的啤酒。不仅可以不留一点啤酒沫，还可以想留多少留多少。

看着她一边大快朵颐，一边毫不耽误地斟满酒，程间感叹：“你说你这大学上的，到底学了啥？”

吃吃喝喝，随便聊聊，任苒已经完全沉浸在美食美酒和美色之中，昏头涨脑地把下午的课和事情全抛到脑后了。

酒足饭饱，程间说他还要去校总会办点事，在西门和任苒分开。

任苒茫然地站在门口打了个酒嗝儿，觉得自己好像忘了什么事。

低头看看表，已经下午三点了！

第一堂课肯定是没戏了，去书店借点书吧。脚尖一转，想起卢飞扬，一拍脑袋，抱着书包就往教室跑。

到了教室一看，只有林念在上自习。

“林念，刚才有人来找我吗？”

“有啊！不过你不在，颜漾说让他和晓茹一起去金三角给咱们班采购做游戏的材料了。”

“耶！”任苒兴奋地砸了一拳，“太给力了！颜漾，我就知道咱俩是一国的！”

“你和颜漾在搞什么鬼？”林念问。

“没什么。我先回宿舍了，还有书没还呢。”

“站住，你是不是和颜漾商量好了，故意让卢飞扬和晓茹一起去采购的？”

“又不是只有他们俩，颜漾不也跟着吗，安啦，不用那么紧张。”

“本来赵冰冰也要去的，颜漾说女生够了，就没让她去。什么意思？”

“哎呀，念念美女，您挺了解啊？是不是有啥体会，所以触类旁通？”

往常林念一定会让任苒少贫嘴，但今天她忽然瞥了一眼旁边，脸就红了，低头不吭声。

任苒又嘿嘿笑了两声，林念干脆坐下看书不再理她。

任苒看了看旁边一直一本正经看书，却迟迟没有翻页的武定全，过去敲了敲桌子：“欸欸，书拿反了。”

武定全一愣，赶紧倒过来，却发现倒过来才是反的，瞪了任苒一眼：“胡说什么？”

任苒笑着跳开，指了指武定全又指了指林念，摇头晃脑地说“念兹在兹，释兹在兹”，随即被林念扔过来的纸团打断，于是笑着跑开了。

晓茹一路都在皱着眉头。

卢飞扬小心翼翼地跟着，作为师弟他不太明白师姐为什么要把这个任务派给他。即使他们是同一个专业的，但是素来没有交往。被任苒突然拦住，就热情地交代了这么一件事，怎么想都觉得有阴谋的味道。

可是，瞥见另一侧的肖晓茹，卢飞扬悄悄把嘴角流出的笑意藏好：阴谋又怎样，这样的阴谋他很愿意上钩啊。

晓茹问颜漾："任苒这家伙怎么这么不靠谱？说是一起去，怎么又放鸽子？"

颜漾打着哈哈，实际上她也打算一会儿放了晓茹的鸽子。

晓茹见问不出什么，又看了一眼颜漾身边的卢飞扬："这是咱们的学弟？"

不能怪她眼拙，那天是在教室外面的走廊，灯是坏的，窗户没有，靠着一百米外的另一盏灯，和每个教室开着的门透出来的光产生的采光效果，实在不足以让心慌意乱的她看到并认清眼前的人，甚至连对方穿的什么衣服，晓茹都没注意。印象里就是黑乎乎的一个人影，像噩梦一样扑过来！

颜漾点点头："你没印象了？"

"我应该认识吗？"

"我是说他也经常帮老师的忙，你没见过？"

"我又不是学生干部，见过他干什么！"晓茹翻了个白眼。

晓茹很瘦，一眼看上去并没有什么特殊。但是如果你的视线从她的眼睛掠过，那就不可能再移开了。

晓茹的眼睛介于凤眼和杏核眼之间，内双在眼尾露出，眼头尖尖的好似鸟喙，把本来偏圆的眼睛在视觉上拉成细长。最漂亮的是她的眼珠，清明透亮，灵活剔透；黑的黑，白的白，黑白分明，真应了那句话：两丸儿黑白水银还滴溜溜地转。清亮也就罢了，偏偏下眼睑处就像眼泪擦不干一样，时时浮着一层晶莹的液体。问她是不是哭过，她就一瞪眼说你才哭呢！就是这瞪圆了的眼睛，那层莹液也不过是微微下沉，不溢不流，更显得一双眼珠如水洗一般清澈。

以前看书，说有一种美人，笑怒怨嗔都惹人怜爱，任苒不理解。泼妇见多了，没见哪个惹人喜欢的。但是入学见到晓茹，才知道世间果然有这样的女子，把最美的风情都集中到眼睛里，一颦一笑都是魅力。

晓茹眼睛好看，但脾气真是很大，而且牙尖嘴利，看不顺眼就说，一点不客气。在宿舍里，刚开始和任苒也没什么矛盾，但是两天之后她就开始教训任苒：

不许在床上吃东西！

你怎么能躺着看书！

你居然不上课！

你怎么能看这种书！

两人矛盾第一次爆发是任苒借了一堆言情小说。任苒大方，借来以后谁愿看谁看，别耽误她第二天还书就行。

林念和颜漾都喜欢看，晓茹第一次翻了翻就扔到一边不看了。后来林念看的时候，她有点无聊，就坐在林念身边跟着看。看着看着，晓茹就皱起了眉头："这书都写的是什么啊？"

林念本来就看得有点脸红，突然耳边传来这么一嗓子，立刻把书一合，扔到一边不看了。

任苒正坐在自己床上一边啃黄瓜一边看书，嘎巴嘎巴地享受生活，听晓茹这么一嗓子，立刻好奇地扒着床帮："啥啥？林念你看到啥了？让我看看！"

"你要不要脸啊！"晓茹噌地站起来，面红耳赤地指控任苒，"你、你居然在宿舍里让大家看黄色小说！"

“啊？我这里有黄色小说？快让我看看，在哪儿，在哪儿？”任苒急切地寻着，这东西可新鲜。出版印刷管得那么严，居然就让她捡了个大漏！

晓茹拿起那本小说，指着其中的一页：“你看看写的都是什么？太不要脸了！”

任苒拿过来扫了一遍，顺便把后面也翻了翻：“有啥啊？‘杨威把××推倒，凑近了，亲吻着——’”

“不许念了！你、你快把这书还了，不许看了！”

任苒在晓茹和自己这本书之间来回看了几遍，脸也沉了下来，冷笑一声：“我还不知道，自己身边睡了个卫道士！我偏不还！有本事你别看，还有啊，你可别谈恋爱，千万别让男生亲你，连娃娃都不要生，注意保持你的童贞哟！”

晓茹急了：“任苒你胡说八道！说这话脏不脏，都是看这些黄书！我给你撕了！”

晓茹伸手去撕，任苒也急了，嗖的一下从上铺跳下来，砸得地面咚的一声。下面的林念和颜漾也吓了一跳，赶紧摁住要撕书的晓茹。

任苒顾不得骂晓茹，趁着空当急忙把书拢到一起，放到自己床上，转身怒视肖晓茹，摆出干架的架势，准备今天就把这事说个明白！

第二十九章

正气凛然肖晓茹

那场架当然没打起来，最主要是林念力气太大。一手一个，两个奓毛鸡一样的小丫头都像小仔鸡一样，扎根原地动弹不得。最重要的是，还没开打呢，两人被林念捏住的地方都已经疼得不行了。一汪泪水，有一半来自林念同学的神力。再加上颜漾温言软语，春风化细雨的劝解，两人顺坡下驴，赶紧从战场撤下来，各自查看被林念捏成啥样了。

事后，有一阵子，任苒借了书就自己看，谁也不给。

林念和颜漾憋得不行，两人一合计这样不行。于是在一个没有任苒的午餐时间，趁着晓茹正在严厉抨击学校干涉学生的自由，不给大家吃饭配椅子这件事，引申开去，对以自己的标准强加于人这种行为大加挞伐。说到最后，林念老老实实地说了一句："有人自己不喜欢看的书，就觉得别人也不应该看，这也太霸道了。"

晓茹瞬间不说话了。

虽然那一餐很尴尬，但效果显著。颜漾试探着从任苒那里拿了本书躺床上看，晓茹看到了也只是翻个白眼，没再干涉。

不过，晓茹和任苒之间，算是结下了梁子。就算两人以后又恢复了来往，遇到不顺眼的互相嘲讽却是常态。

“好热！我们去喝点冷饮吧！”颜漾指着不远处的一处冷饮店，不由分说地带着他们走过去，“你们等我一下，我去买点喝的。”

颜漾跑开，卢飞扬赶紧找了个阴凉的地方，招呼晓茹过来坐下。冷饮店里人很多，快没有空位了。晓茹对面有个位子，却是完全暴露在太阳下面。卢飞扬犹豫了一下，站在一边，没有坐过去。

晓茹瞅了瞅，没吭声，安静地坐着等着。

过了一会儿，卢飞扬忽然坐到她对面，趁着晓茹看过来的时候奉上一抹真诚的笑容，问道：“师姐，我要是有什么地方做得不好，你尽管说啊，憋着对自己身体不好。”

晓茹有点蒙，这是哪儿跟哪儿啊？我走累了，跟你有关系？但看他一脸真诚的样子，晓茹淡淡地“嗯”了一声，准备继续看窗外人来人往。

卢飞扬看了看柜台，鲜榨机轰隆隆地响着，颜漾正跟人热火朝天地聊着。

“颜师姐真厉害，走哪儿都有熟人！”

“你说颜漾啊？她就是那样，跟谁都能聊到一起。”

“这是专业素养吧？”小师弟一脸纯真无害的表情。

“什么专业素养啊？”晓茹责任心发作，“是不是有人跟你说，做旅游的都油嘴滑舌？别听他们乱讲。颜漾那是天生的，她幼儿园就能跟看门大爷叉着手聊一中午。她就算学哲学，也是这张嘴。”看小师弟一脸不可思议的样子，晓茹打开了话匣子，“不是每个学旅游的都是这样的。我们宿舍有个叫林念的，一说话就脸红，可是大二暑假，她在老家也能接待旅游团。还有让你来干活的任苒，你看她拿过最佳辩手嘴皮子利索吧？私下里一说急了就上手，根本不动嘴。”

“天啊！那她一定很厉害吧？”

“厉害什么！也就是摆摆样子，女孩子哪有打架的。但是吵架，任苒也就是比林念好一点点。就你们学生会那个主席程间是吧？看着老实巴交的，其实经常给人下套。任苒辩论时候多聪明，抓别人的漏洞好像挺聪明的。但是，每一次都被程间吃得死死的，好像一个智障。所以，我们的专业素养就是爱岗敬业，跟嘴皮子如何没关系。”

卢飞扬露出八卦的样子：“我听说任苒师姐追求程间，所以才愿意被他欺负吧？”

晓茹冷笑一声：“多少年前的事了，早就翻篇儿了。她就是笨，又死要面子，给自己找个说法呗。”

“哦，那就好。程间师兄还挺招人喜欢的。我们这一级，还有下一级，有好多女生都喜欢他。还说他是什么校草之类的。”

晓茹笑了笑，对眼前这个有点八卦，但说话很温柔很纯良的小师弟有了些兴趣：“你们现在都学什么？”

以下时间，就是长辈考校晚辈课业的时间，包括出勤出操都查了个底儿朝天。

颜漾悄悄地溜过来想听听他们聊什么，却看到卢飞扬愁眉苦脸，坐立不安。仔细一听内容，立刻上前打断了晓茹的“关心”。她再也不敢让晓茹单独和卢飞扬待着了，心里也嘀咕，估计这小孩该打退堂鼓了吧？

金三角人潮汹涌，他们挤来挤去终于找到卖材料的地方。晚上游戏最重要的一项是放飞孔明灯，快毕业了，一定对未来有很多话要说吧。

他们买的量有点大，几乎把老板的货都包了。这时就显出卢飞扬的重要性了，出门的时候，小卢同学就是一个人形运输机，跟在颜漾和晓茹的身后。路过旁边的水果店，也不知道颜漾搭上了哪根筋，又要买红薯和土豆，说可以烤着吃。

晓茹怒了：“你没看见小卢都拿不动了，怎么还买！”

“买了我们拎嘛！好不容易出来，总要买齐了才回去啊！”颜漾好声好气地解释。

卢飞扬也频频点头："没事的师姐，我能拎。"手上的痛感时不时地提醒他，小爷在家连醋壶都不提啊！

晓茹一瞪眼，眼底波光流动，卢飞扬立刻把理智和痛感抛到九天之外，本能地说："我听晓茹的。"

这名字叫得有些突兀，可大家都忙着争论，容易歪楼的小事先放过不讨论了。

颜漾微微一愣，嘴角一抖，立刻换了态度："不行，今天必须得买。哪怕我自己拎，也得买回去。要不明天就没时间了！"

"那你自己拎好了，小卢我们走！"晓茹二话不说，干脆带着卢飞扬转身去车站。

卢飞扬连忙向颜漾打招呼，想要跟着晓茹走，却见颜漾冲他比了个胜利的手势，不出声音地说了句："加油！"

卢飞扬一愣，却没时间去问，跟着晓茹向车站走。

上了汽车，人有点多，挤挤挨挨地凑在一起。走走停停之间，人们难免相互挤压。忽然卢飞扬轻轻碰了一下晓茹，向前微微一努嘴。晓茹定睛一看，一只手正从一只口袋里出来，手指间还夹着一个黑钱包！

卢飞扬的意思是，晓茹你看，这里有小偷，小心一点！

谁料晓茹一伸手，胳膊一抬，把挡在中间的卢飞扬挤到一边，手上已经抓住那人的腕子，大喝一声："小偷！"

那人力气也不是白给的，使劲一抖，就把晓茹的手甩掉。但是晓茹也厉害，手攥住那人的衣袖不放："你把钱包扔地上干吗，是你的吗？"

这时大家都看过来，丢钱包的人就在他们旁边，立刻发现掉在脚下的就是自己的钱包，赶紧捡起来塞进兜里，却是一言不发，还一副随时准备跑的样子。

"你不要诬陷人！"被抓的小偷嘴硬。

晓茹也不逊色，脖子一梗，大声说:“我就诬陷你怎么了？走，去派出所过去说明白！”

卢飞扬能感觉到本来向他们挤压过来的人群，这时忽然一滞，很明显那个小偷向四周看了一下，那种莫名其妙的来自身后的压迫感和危险感忽然就消失了。

“了不起啊！去就去！”小偷还嘴硬。

这时车停了，小偷借着力道一甩，晓茹向后一个踉跄，跌进一个温暖的怀里。扭头一看，卢飞扬眼睛亮亮地看着她——好眼熟的感觉。

愣了片刻才站起来，车已经启动了。

尴尬中，卢飞扬向窗外一看，惊呼一声:“原来他们是一帮人！”

晓茹看了看:“现在单打独斗的小偷很少了。”

“师姐你很懂啊？”

“我小时候最想当警察，但是我爸不让，让我学了经济管理，不知怎么就分到了旅游专业。”

“难怪师姐看起来跟别人不一样！”

千穿万穿马屁不穿，晓茹有些不好意思，又忽然想起刚才那一刻，忍不住轻咳两声低下头。

她终于认出来这个男生了！

也许看不到脸，也许记不清衣服，但是相互的触觉，彼此呼吸间的微妙气息，却是终生难忘的。

刚才卢飞扬情急之下伸手揽住差点跌倒的晓茹，顺势带入自己的怀里，相距不过咫尺，展眼抬眉之间声息相通，还有什么记不得呢？

晓茹眼中氤氲更盛，一时之间把卢飞扬看得如醉如痴。

晓茹很想赶紧逃走，可颜漾不在，她得负责把东西放到男生宿舍里。从校门去一舍，最近的路是从体育场横穿过去。

晓茹低着头快步走，卢飞扬惴惴不安地跟着。过了体育场，卢飞扬心一横，快走两步，挡住肖晓茹："晓茹，对不起！"

晓茹脸更红了，脖子也红了。一言不发地立在那里。

卢飞扬说："那天、那天是他们、他们突然推我，我没、没留心，不小心撞到了你。"他站在后门偷偷看肖晓茹，被同寝的几个男生瞅见。等晓茹出来，他不知不觉凑近的时候，几个男生一使劲，就把卢飞扬推了过去。

晓茹艰难地咽了口吐沫，有心否认，可否认发生的事情不是她的风格，但是她又做不到像任苒那样厚脸皮地大手一挥，说句"没事，就当吃了一块红烧肉"就可以过去。

她只能立在原地，紧紧咬住嘴唇。

卢飞扬等着晓茹的驳斥，却迎来一片沉默。随着沉默的扩大，卢飞扬的嘴角也慢慢扯开，心情如吹气球一般开始飘扬。

"晓茹，我——"他准备一鼓作气，攻城略地。这份原以为注定是暗恋的情怀，也许在师姐毕业前还能有所进展？

"飞扬，你在干吗？"是卢飞扬的同学。

肖晓茹脚跟一转，脚尖交错，顺手从卢飞扬手里接下东西，快步绕过卢飞扬，向一舍快步走去。

"和谁说话呢？"

来人不知道自己做了一件多么人神共愤的事情，但他清楚地看到卢飞扬的手指正顶着他的鼻尖，颤抖着——从指到拳，又从拳到指，握住松开，握住再松开……

等卢飞扬赶到一舍，已经看不到晓茹的身影了。

第三十章

卢飞扬

后面的事情，颜漾都不知道。但她清楚地体会到，小卢同学明显就是在讨好肖晓茹。表现得真不要再明显了，最后分手的时候，小卢那一句“我听晓茹的”，简直和表白没什么区别了。

回到宿舍，颜漾把经过一说，林念和任苒面面相觑，当猜测变成真相的时候，每个人都有种魔幻的感觉。

林念定了定神：“可是，卢飞扬多大？”

任苒和颜漾摇了摇头。

林念继续说：“我们毕业走的时候，他才大三吧？”

任苒和颜漾点了点头。

林念说：“这怎么可能！”

任苒眨巴一下眼睛：“会计班的吴冰阳，她男朋友是上届学生会主席，也就是咱们的学长。比她高两届，已经毕业去了上海，没听说分手。”

颜漾想起来了：“英语的汪渡玥，男朋友是计算机的体育部长，去了广州。听说汪渡玥已经在广州找好单位了。她家是齐齐哈尔的。”

林念一挥手："你们说的都是男的比女的大的，可是晓茹比卢飞扬大。"

"那怎么了？"任苒纳闷。

颜漾露出为难的神情："这个就看晓茹怎么想了。而且，还要看这个卢飞扬是一时兴起，还是认真的。"

"不公平！"任苒嘟嘟囔囔。等出了寝室的门，走到楼梯口的时候，任苒忽然叹了口气："没办法，这就是现实！"

林念看了她一眼，似乎知道她要说什么，淡淡地说："小说和现实当然不一样了。把小说当成现实，会害了人的。"

任苒趴在桌子上，歪头看着窗外，老师讲了什么完全不知道。

今天是统计课，嗯，旅游专业的统计课。开学之初，课本发下来的时候任苒就炸了。作为一个数学白痴，地道的文科生，好不容易熬过大一、大二的高等数学，到了大三以为可以松口劲了，天上掉下个统计课。

任课老师姓李，是个很负责任的老师。但是生不逢时，作为理工科的老师，被扔进文科生的圈子里，估计心里对老天爷也是很有意见的。

不过，每个人都有自己的办法化解生活的黑色幽默。

李老师用自嘲化解了这份对他、对同学都很尴尬的课程。这一点，任苒非常欣赏。

自嘲，是这个世界上最高级的幽默，也是做人最难得的智慧。

开学第一课，李老师翻着那本除了数字就是符号的统计书，对讲台下面准备放弃这一门做好挂科准备的全体文科生说："我知道你们不喜欢统计课，不仅不喜欢，而且想学也学不好，否则你们高中的时候，就不会选择文科了。这种先天敌对，我很理解。所以我不要求你们看懂这本书，记住且会用书里的每一个公式，甚至给你们一个案例，让你们应用统计知识进行分析。咱们不搞这些，太难为人了！我们最主要任务就是保证期末大家都及格，顺利毕业——当然作弊除外。因为你学得再好，不能毕业，未来的一切美好都免谈。所以来吧，为了期末及格不挂科，大家打起精神来。"

这个目标简直现实得相当具有执行性。这么枯燥的课，居然很少有人旷课。虽然没几个人听得懂，但是笔记都做得特别好；虽然每道题都不会，但是大家都工工整整地把每道题的解题过程抄得清清楚楚；虽然大家从来不提问，但是老师的每个自问自答都被完整地记录下来。

文科生学理工课目的法宝是什么？

理解？应用？刷题？

错！

是背诵！

懂不懂，背下来。

李老师也不会变化题目为难大家，照猫画虎读题背答案，结果还是可以努力的。

课堂上安安静静的，李老师讲课的声音和大家抄笔记的声音混在一起，更显得趴在一边发愣的任苒格格不入。

下课，李老师走过来问任苒："怎么了，今天的课抄笔记有困难？"

这话问的，听懂听不懂可以说是没长数学的脑子，笔记都抄不好，那真是语文没学顺溜。

任苒笑着摇了摇头，李老师说："有什么问题可以找老师，不用为难。"

任苒赶紧点头，表示自己就是没睡好，这会儿困了。李老师见不是课程的问题，简单聊了两句，叮嘱她找份笔记抄好，就离开了。

旅游专业的老师都很年轻，但是对课程对学生却很负责。

年轻的人总有很多理想，但是当理想被现实打击，年轻人更容易放弃理想。任苒接触到的这些旅游专业的年轻老师，从他们身上，可以看到理想和现实冲撞时的迷茫和思考，但是看不到放弃和沮丧。哪怕现实无解，他们也会用自己的豁达和宽容去理解包容这份残酷。

这是一种无声的教化，也是一种无言的传教，即使一门小小的统计课，学生们也能从老师身上感受到那种温柔坚持的力量。

一个本子放到任苒面前，程间在她身边坐下："怎么没睡好？"

任苒摇了摇头，深沉地说："你不懂，你们男生不会懂的。"

程间早就看到她无精打采的样子，现在又是一副说不出来的委屈样，想了想，指着自己的本子说："好吧，那你慢慢想。笔记抄完了记得还给马老大，这是他的。还有，顺便帮我抄一份。"

抄抄笔记，应该能缓解一下任苒的心情吧？

程间在心里这么想了一下，没说出来。如果他真的说出来，任苒一定会哭。

"你也没抄？为什么要我帮你抄？"任苒宁可懒着替别人发愁，也不愿意替别人抄笔记。哪怕这个人是程间！

"要不下周一你去查操？"程间打定主意的事，基本不会放弃。一出手就是稳准狠地让人不得不答应——尤其对方是任苒的时候。

"算了，我帮你抄。"任苒像被捏住了脖子，啥力气都没了。

"好心提醒一下，学校门口有个复印店。"

"可是那里复印笔记要收钱啊！"

"我没说我要出钱。"

"你要我帮你复印？"

"我建议你抄一抄，这样记得更牢。"

"去死吧！"任苒找了个纸团，使劲砸到程间身上，又深深地叹口气，翻开了笔记本。

周五的演讲如期举行，任苒被抓去给演讲的同学准备服装和收拾善后，反正就是在后台准备着，时刻应对一切可能发生的问题。比如冶金的同学突然肚子疼，他们的预备队员却去洗澡了还没回来，没办法轧钢的先上。一轮下来，位置比较好的英语专业因为前面的调整出场次序变了，于是通过导员向组委会抗议不公平，会影响打分，如果不改，他们就要罢赛。然后工设专业站出来说，如果英语专业的小姐姐愿意请他吃顿饭，他同意提前演讲，帮助小姐姐固定出场次序。

乱七八糟的后台，任苒却是见惯了的，找了个没人的地方想打盹儿。有人走过来问："师姐，我能问你个事儿吗？"

原来是卢飞扬。

任苒赶紧擦擦嘴，生怕自己真睡着流了口水，破坏形象。

卢飞扬问："周六的篝火晚会，我能参加吗？"

任苒眼珠一转："为什么啊？"

"我、我——"小伙子说不下去了。

任苒想了想，字斟句酌地说："你又不是我们班的，这个活动是我们班的班费搞的，平白加了个外人，对同学不公平。所以，原则上，不是本班同学不能参加。"

哦，小伙子一脸失望。

任苒慢吞吞地加了一句："不过，家属是可以的。"

啊？星星从小伙子眼中一闪而过，熄灭得比流星还快。

"而且还必须有人邀请。"旁边突然插入一个声音。

任苒抬头一看，程闾穿了一身枣红色西装出现在旁边："你怎么穿成这样？跟花蝴蝶似的。"

看惯了程闾穿夹克T恤的样子，突然穿了正装，还是红色的，任苒觉得辣眼睛。

程闾也有点别扭，揪了揪脖子上的领带："我一会儿得上去说两句话。"

"那你换套别的颜色的啊。"

"我这是跟人借的。就这个我能穿。"

程闾个子高人瘦，但是骨架大，肩宽腰细，按说是个衣架子，但是学校里的同学哪那么多合适的西装给他，不是肩膀窄了就是腰身宽大得好像法师。

任苒了然地点点头，由此获得一条真切的人生经验：多帅的男生，也不能穿不合体的西装。

“你们聊，我先走了。”卢飞扬看起来情绪很不好，勉强笑着打了声招呼，离开了。

“你不邀请人家吗？”程间问。

“我邀请他干吗？要请也得晓茹请啊！”

“晓茹？”程间重复了一下，眉头一挑，嘴角勾了起来，喃喃自语，“原来是这样。”

“什么样？”

“没什么样。快该咱们院了，你把这瓶水拿过去吧。”程间随手从旁边抄起一瓶矿泉水塞给任苒，“快去！别耽误出场。”

任苒撇撇嘴跑开。

程间看着她的背影，“原来是误会了。”他自嘲地笑了笑，“白损失了一顿饭钱。”

管院的演讲开始，卢飞扬的工作基本结束了。

程间走过去拍拍他的肩膀，叫到一边，递了一瓶水给他，笑眯眯地说：“你想参加我们的篝火晚会吗？”

卢飞扬有些紧张，但还是点了点头。

“必须参加？”

卢飞扬抿紧嘴，又肯定地点了点头。

程间笑了。

如果任苒知道了，会是什么样的反应呢？

至少可以请自己吃一顿吧？

这样是不是就可以把那顿饭钱赚回来了？

第三十一章

篝火晚会

既然参加，任苒就毫不吝啬地唤醒体内对篝火晚会向往的口水。

任苒对篝火晚会充满了期待。倒不是为了那些肉串——又不是烤全羊烤全猪，以肉块的体积根本无法担负篝火的分量；她期待的是埋在篝火下面的土豆和红薯！那些长久埋在烧得滚烫的海沙里软绵绵沙沙甜甜的美味！

阔大的沙滩就像一口巨大的倒置的高压锅，而指向夜空深处的篝火就像解脱了束缚而放肆的祝融，肆无忌惮地烧烤着这天、这地、这世界。被这样的力量炼制过的红薯和土豆不是一般的美味，那是熔炉里出来的金丹。对任苒这样的吃货来说，不亚于修仙的道士炼制了一枚筑基丹。

这样的土豆和红薯注定是不平凡的。

吸取上一次的教训，任苒又专门跑到 S 大市场上拖回了一大袋子。

注意，是拖回来！

不是背，也不是拎，是拖在地上的拖。

装水泥的袋子，满满一袋子，别说任苒，就是男生也背不起来。

任苒拖着袋子往回走，边走边后悔忘了弄辆自行车，时不时地还得关心一下袋子别磨破了。从市场走回一舍需要十几分钟，就算抄近道也是坑坑洼洼，又是土又是石头，为了让袋子撑住，任苒还时不时地全部抱起来，以鲁智深倒拔垂杨柳的架势慢慢往前走。

“你为了吃能做成这样，也真不容易。”旁边传来嗤笑，当然是程闾。

任苒放下袋子，擦了擦头上的汗。阳光落在鼻头的汗滴上，一闪一闪，衬托着两颊的红润，让人没来由地想起海里的珍珠、陆上的红宝石。

程闾连忙低头，顺势两臂一伸，“哎哟”一声没拎起来。

“这么沉！”脸上有些挂不住。

任苒连忙赔笑：“好多人吃呢，你忘了，上次咱们篝火晚会埋的土豆红薯最后都找不到了。”

任苒一边说一边和程闾一人抓一头抬了起来。

程闾很乐意把事情从他刚才逞能失败这件事上转移开，跟着说：“是啊！灭了篝火以后，挖了得有一米五吧？我看你跳进去就只露个脑袋了。最后挠半天，就找着几个土豆，还是小的。”

“对啊！我当时心里都害怕了，别是咱们太吵了，惊着巡海夜叉或者海龙王什么的，拿走了警告咱们吧？”

“就算真有海龙王，那也是海龙王犯馋。偷走几个红薯警告谁？谁怕啊？”

两人说说笑笑，一路往一舍走，任苒想起一件事：“肉串和馒头片什么的都跟老板说了吗？”

“说好了。到时候路过取了就行。多腌一会儿，进味儿！”程闾了解任苒的口味，这么一说立刻得了一个大大的赞赏。

也许是光的缘故，程闾竟然注意到任苒脖子部分肌肉的变化，细微而细腻，像细浪轻拍沙滩，慵懒地带着沙子不经意地流动。

程闾觉得 5 月的阳光热得有点过分，抬头看看，却灿烂得足以打开一个新的宇宙。

“程闾！”有人匆匆追了上来。

任苒扭头一看停下脚步，是蒋雪柳。

“什么事？”

蒋雪柳跑得有些急，扫了一眼灰头土脸的袋子，深吸一口气：“我听说你的意见被郝书记驳回了。”

程闾脸一沉，眉头一皱，眼皮一垂，嘴角一勾，却是笑了。

任苒最怕这家伙露出这种表情，因为这意味着他的心情非常不好，极端差劲，然后随便找个什么理由，就会把触霉头的人整得七荤八素——任苒曾经吃过这样的亏。

“要不我们回去再说吧！”任苒打断蒋雪柳，“先帮我把这个搬回去。我还有别的事。”

“一袋子红薯而已，能有多急？晚上的篝火晚会就算没有这袋子红薯也会开得很好。可是你知道程闾遇到什么了吗？”蒋雪柳有点气急，说话也不客气。

任苒一看两头都急，算了，自己还是明哲保身的好。眼皮一耷拉不说话了。

“事情都过去了，我不想再提。”程闾总结，一伸手要去拎袋子，斜刺里伸出一只白皙的手拦住了他。

任苒立刻斜了眼——

虽然她经常看言情小说，偶尔也会偷偷摸摸钻进路边的录像厅，瞅两眼临近午夜的录像片，但是真的一男一女在她面前出现肢体接触，她还没有见过。

斜眼是斜眼了，但是眼睛睁得大大的，整个人的身子恨不得凑过去看得更仔细。

程间的脸立刻红了，下意识向后一抽，却没抽动。抬头却见蒋雪柳坚定地看着他，眼睛里像着了火："你不能放弃！我知道你不想放弃！我支持你！无论你做什么，我都支持你！"

程间犹豫了一下，肩膀一动，使劲一抽，把手抽了出来。

蒋雪柳这才发觉自己做了什么，尴尬地看看四周，正对上任苒看好戏的眼神，忍不住"哼"了一声，自我辩解似的说："看什么看！你知道程间提了一个多好的建议吗？什么都不知道！天天就知道做梦吃饭，还能有什么正事！"

说完，蒋雪柳也不等任苒反驳，转身就跑了。

任苒摘下眼镜，用衣角擦干净，仔细戴好才问程间："可以走了吗？"

程间似乎也把心情收拾好，点点头，两人就像什么都没发生过一样，再度抓起袋子往前走。

只是这一路，再也无话。

从一舍出来，任苒回头看看空无一人的身后，忽然有些羡慕蒋雪柳。她那么了解程间，知道程间的理想是什么，知道他的困难是什么，还知道坚定地站在他那一边，最重要的是，她敢说出来。

这样大声说出来，比起她自己那个告白可是有意义多了！对程间来说，这才是他最需要的吧？

不过，最近程间似乎不怎么和她斤斤计较了，尤其是龙媒书店的展会结束之后，程间对她好像比过去主动了很多，任苒轻轻握了握拳，够了，这样就很好。像你这样懒散的人，只会拖程间的后腿。他需要的是积极向前，和他一起奔跑的人。

自己？

算了，只要一想起"奔跑"两个字，她全身的每一个肌肉细胞立刻就被乳酸包围了。

任苒懒洋洋地往回走，完全没了抬红薯的精神。刚走到二食堂门口，突然睁大了眼睛——

怎么杭英和汤宇诚肩并肩地走出来了？

汤宇诚不是一直“默默”支持杭英吗？

任苒使劲揉揉眼，确定自己没眼花之后，向前疾走两步，甚至看清了杭英脸上的笑容。

我的个老天天！

铁树开花了吗？

“嗯哼！”任苒突然大声清了清嗓子。

杭英立刻扭头来看：“你嗓子怎么啦？”

“我没事，你们这是去哪儿？”任苒把“你们”二字咬得特别重，眼睛时不时地斜着汤宇诚。汤宇诚笑得很矜持，但是掩不住他的喜气洋洋。

“宇诚要接点开水，正好好久没来食堂吃饭了，就过来吃点。”

“宇诚啊？”任苒贼眉鼠眼地继续，压根儿不理杭英讲了什么。

“你什么事儿！”杭英怒了。

任苒立刻摆出正经脸：“没事！呃，就是问问你们晚上去参加晚会吗？篝火晚会，好多班都来，可以带家属。”说完觉得不解气，又重复了一遍：“真的可以带家属。”

杭英抬起手，感觉像是要打人。

汤宇诚说：“我一会儿还得加班，杭英你不去散散心吗？”

“我也不去了。我上自习。”杭英瞪了一眼任苒，任苒却是笑得像个傻子，一点效果也没有。

汤宇诚对任苒说：“那我们就不去了。你们好好玩儿。”

任苒跟着挥挥手，一百八十度转身送别那一对，笑得见牙不见眼。

果然是精诚所至，金石为开，连杭英都动心了啊。

任苒高兴了一会儿，忽然有些莫名地伤感。

杭英虽然失恋了，但是汤宇诚补位多积极啊；林念和武定全，不知道啥时候开始的，但显然在稳定发展中；颜漾虽然喜欢的人是个花心萝卜，但人家想得明白，过一天算一天，开心得不得了；最可气的是晓茹，一本正经到连有肌肤之亲描述的小说都不让看，自己倒亲上了。

整个宿舍，就自己一个光棍！

自己也不算光棍，只是表白失败而已。

任苒的心情在篝火晚会开始前降到了谷底。

傍晚时分，从学校到海滨的道路突然热闹起来。三三两两的男生女生拿着各种家什儿，从两个校门走出来，在那条通往海滨的唯一道路上集合，然后互相打着招呼，嘻嘻哈哈地走向海滩。

这一次大家提前做好了功课，提前准备好了篝火需要用的炭火和木架。任苒、晓茹和林念三人分开几袋红薯和土豆，还有孔明灯，各自拎着，颜漾则早早地和老朱他们会合去各个饭店里取腌好的食物。

刚走出四舍大门，武定全就分走了林念手里的东西，林念拎着孔明灯跟在后面，冲大家羞涩一笑。

任苒和晓茹收拾好心情下了台阶，卢飞扬骑着一辆自行车过来，说是可以载一人快点到海滩布置。

不管后座还是前座，显然只有一个人可以上。任苒毫不犹豫地把手里的东西统统塞给晓茹，然后把晓茹打包塞到了卢飞扬的后座上。

目送大家离开，两手空空的任苒油然而生一种孤家寡人的凄凉之感。要不是还惦记着上次没吃好的红薯，她大概脚跟一转就不去了。

“你怎么什么都没拿？”

后面有人说话，程间拎着一包晚会用的彩条之类的东西从四舍出来。看任苒啥也没拿，颇有些不满。

“别人都拿走了啊。”任苒说实话，然后手上就被塞了一个大包。

程间说："那你拿这个吧。"

塞给任苒的袋子里大概装的是球之类的东西，鼓鼓囊囊的，不是很重，可体积不小。

任苒"哦"了一声，拎着就走。走了两步，才后知后觉地发现：自己没人追也就算了，在全宿舍都被捧在手心接走的时候，自己居然被自己暗恋过的男生塞了一个大包——帮他拎东西！

扭头怒视程间，却见程间低眉敛首，有点心不在焉。

任苒想起蒋雪柳说什么被否定的话，心里轻轻叹了口气。和程间只是同学，那就尽同学的本分吧。

程间心情并不很好，路上基本没话。任苒跟着他，也难得地沉默。虽然跟不上你的脚步，甚至也许和你的追求都不相同，但是我至少不会挡你的路。

一直走到校门口，碰到第二拨去饭店取东西的同学，程间才重新仰起笑脸，和大家有说有笑地打着招呼。

任苒也挑自己熟悉的话说，眼角的余光却时不时地瞥向程间。

快到海滩时，蒋雪柳跑过来，招呼程间他们去帮忙。

程间没忘记任苒，回身把手里的东西全塞了过来，明明看起来曾经很失落的脸，这时候居然促狭地挤了下眼。

任苒瞬间觉得这家伙一路上都是在装可怜。

可众目睽睽，她能说什么。

吭哧吭哧地抱着东西走开，任苒再次确定：自己上辈子一定是欠了程间很多很多钱。

程间跟着跑开了，扭头看了一眼。拎着袋子走在沙滩上的任苒深一脚浅一脚的样子像极了笨拙的河马，兜里的挂坠突然变得灼热。

他也不知道为什么，离开宿舍的时候把这个本来已经藏好的东西拿出来，还揣进了兜里。

在四舍门口见她怅然地望着舍友一个个离开，身体明显准备后转回寝的时候，程间脑子一热喊住了任苒，然后他把东西塞进任苒的手里。他的想法很简单：这样任苒就必须去海边了。

走到半路，听到身后呼哧带喘的声音，程间才意识到自己可能想得太简单了。再怎么说，有自己这个男生在，也不能让任苒拿东西啊。

一抬眼，却看到严鸿浩从一舍前走过，对他提议招聘会的想法，严鸿浩他们说的话深深刺痛了他——“不知天高地厚”“异想天开”“不要觉得办过一次书展就算接触社会了”“你太单纯了”……

等程间意识到自己沉默了太久时，已经走到校门口，看到了其他同学。

看到任苒走在人群里，听到熟悉的声音，程间这才意识到任苒一直沉默地陪在自己身后。印象里那个伶牙俐齿的女孩居然可以保持这么长时间的沉默，程间也有点吃惊。但无论如何，他已经利用这段难得的安静，重新整理了情绪。

到了海边，也许是天高海阔让人可以敞开心胸，程间忽然生起几分捉弄的心情，一股脑把东西塞进任苒的手里。看她果然露出吃惊而愤怒的表情，却四顾左右不肯说出来的样子，程间觉得莫名开心！

海滩上留下无数乱七八糟的脚印，你来我往的呼喊声甚至盖住了浪潮的声音。

击鼓传花开始的时候，任苒一眼看到蒋雪柳手里拿着的花居然是一束真正的百合时愣了一下。想了想，任苒悄悄从人群中退出来，拔腿跑到几十米开外的海滨公路附近，在草丛里寻找着。

“你找什么？”

“咦？你怎么过来了？”

看到程间的任苒有点吃惊，他不是应该和大家一起玩儿击鼓传花吗？

程间看看天色："天快黑了，你自己来这里，不太安全。"

任苒没想其他的，"哦"了一声，继续找。

"你找什么？"程间又问了一遍。

"我前两天来这里的时候，看到这边有一束百合。刚才在篝火旁边我看有人拿着百合，怕她们拿了这里的。"

"好几天了，百合不蔫了吗？"

任苒挠了挠头："应该也没几天。就是我说不想去，然后你让我好好考虑一下那天。三四天吧。百合不至于蔫了。"

"原来那天你来了这里。这么说你认认真真地把我说的话想了一遍，所以后面才这么主动地去买红薯？"

"说得对的，自然要多想想。你说得有道理。"

程间看了任苒一眼，没有多问。陪着四处找了找，换了个话题："你找这个干什么？"

"怕她们乱拿，拿了不该拿的，不吉利。"

程间直起腰："你什么时候这么迷信？"

"这不是迷信，这是尊重。"任苒正色道，"这里的花，是那些失去亲人爱人朋友的人留在这里，寄托哀思的。对于看不见摸不着的灵魂，你不觉得这些花已经超越了美丽本身吗？我是觉得，这是很庄重很……应该尊重的东西。所以不能乱拿。"

"你想得真多。如果那么重要，为什么要丢在这里，放在家不更好吗？"

"因为人类很脆弱，不能承受太多的痛苦。把哀思寄托在这里，那些亲人爱人就可以继续轻装上路了。但是对于外人来说，这些东西因为加了情感，是不是应该尊重一些？"

任苒忽然情绪有些低落，眼角白光一闪，就听程间说："是不是这个？"

一束残破的白色百合静静地躺在草丛深处。

任苒看了看，松了口气：“没事了，走了。”

远处，篝火已经燃烧起来，更远处海天夜色深沉。

“今天是朔日，没有月亮。”任苒说。

程间看了看四周：“难怪好像有点黑，不过——星星也不是很多。”

两人一起抬头看天，天上好像铺满了浓云，闷热的空气即使在海边也没有流动的感觉。

走到篝火那里，还需要点时间，两个人安静地走着，程间问：“你……伤心了？”

任苒：“伤心谈不上。就是以前看过一段话。说一个人死亡分三个阶段，第一阶段是呼吸的消失，就是最后一口气没了，这时候肉身还是留在世上的。第二阶段，是肉身的消亡。但是亲人和爱人的记忆力还是有你的。第三阶段是真正彻底的消亡，就是最后一丝关于你的记忆也没了，就真的和这个世界没有任何关系了。所以，有时候我就想，那些离开的人，其实在被人惦记和想念的时候，并没有真正地离开。”

程间很想说句“闹鬼”之类的话吓唬她，可瞥见沉沉夜空下那张有些暗淡的脸，他又觉得自己说不出来什么。任苒说的，他不太懂。但是他能感觉到，任苒的所有举动，包括大一的冲动，三年的旷课，还有这一年的改变，应该都和她刚才讲的生死有关系。

程间看向前面的大海，遥远的夜空，又扭头看了看百合的方向，莫名觉得心头沉甸甸的，却又有一种无可无不可的虚无。

第三十二章

海边的晚会

啤酒、烧烤、游戏、欢笑，青春的气息在夜晚的海边被夸张地铺开。海的寂静被推开，遥遥望着这堆篝火边的年轻人，如一头伺机而动的怪兽。

卢飞扬给晓茹满上，眼睛却直勾勾地看着那双淋漓的桃花眼，不能挪开。

晓茹喝了点酒，笑得眉眼弯弯，眼角晶莹剔透，整个眼珠仿佛都浸润在水里。

“晓茹，你真好看！”卢飞扬脱口而出。

晓茹抿着唇瞥了他一眼：“当然好看！必须好看！不过——”她咬住下唇，神色慢慢沉静下来，“飞扬，等到大三结束，我们就分手吧。”

“为什么？”卢飞扬摸不到头脑，“我、我做错什么了吗？”

“没有。你没错，我也没错。错的是这个时间。在错误的时间，我们在一起，谢谢你，让我知道被爱的滋味，可是我没有勇气去承担我们两个的未来。”

“什么意思？不就是我比你晚一年毕业吗？那不是更好。你确定你要去哪里，然后我去找你就是！”

“工作很难找。”

“主要是户口。”卢飞扬自信满满，“如果不要户口，可选择的机会就很多。我本来就没想着户口的事情，只要能和你在一个城市，我会努力打拼——为我们的将来。”

晓茹仔细地打量着眼前这个男生，当初不过是一时冲动，觉得大三了谈谈恋爱也应当。但是相处下来，这个小一届的学弟——其实不过比自己小几个月，其实是个很有想法，也很踏实的人。

未来？

她想起在任苒那看的一本小说中的那句话：所谓未来，其实从脚下开始。

那就——一起吧！

晓茹低头看到卢飞扬握住自己的手，笑了笑，反手握住了他。

那些让我们惴惴不安的未来，在心底深处其实隐隐约约觉得它是明亮的。不管多么冷静的现实的想法，对于还没毕业的我们，都不可避免地带着浪漫的期待。

当这份浪漫遇到现实的时候，就像浪花撞上了礁石。

林念和武定全牵着手沿着海滩慢慢走着，眼看着离篝火越来越远，林念打了个寒战。武定全站住，沉默在他俩之间弥漫开来，原本消散的寂静悄然笼罩了他们。

“你确定要去日本吗？”林念问。

她一向口拙，很少主动发话。这次一反常态，已经是平时的极限了。

武定全点头：“是，我必须过去。除了工作，更重要的是我妈身体不好，我必须过去照顾她。”

“那就，去吧。”

武定全突然伸手拉住林念：“林念，跟我走。我们一起去日本！”

林念冷笑，甩掉武定全的手：“你必须照顾你妈妈，所以一定要去日本。那我的父母呢，他们不需要人照顾吗？我凭什么丢下他们，跟着你一起去尽孝呢？”

武定全着急：“可是，也许，我们总会回来的。到时候——”

林念懒得解释，甩开武定全转身往回走。

本来开心的篝火晚会，在武定全昨天接到的一封信之后，就变成了分手讨论会。他们之间似乎打了一个死结。

程间坐在老朱的另一侧，还时不时地起身来回走动。任苒坐在颜漾身边，专心地吃着烤肉。老林的提议简直是太好了，直接从饭店借了三个大烧烤炉，守着篝火堆，用烤炉烤肉，真是两不耽误。

“酒杯呢？”旁边有人撞了一下任苒，抬头一看是程间，脸上红红的，似乎喝了不少。

任苒递上自己的纸杯，程间把它斟满，自顾自地坐下，从任苒手里抢走了半串肉串。

“你喝了不少啊？”任苒忍不住问。这样的行为，以前的程间就算喝多了也没有。今天怎么了？

程间歪头看着任苒，嘿嘿一笑，看着不远处和老朱猜拳的颜漾，问道：“你怎么不去？”

“不想去了。”任苒喝了口酒，“人太多了，闹得有些心烦。”

“我发现你就是不喜欢人多。人一多，你就特反常。你是不是害怕？”

“对啊！我害怕的。别看我辩论演讲，其实开口说话的时候，我眼前什么都看不清，脑子里也没想过是什么人讲的话。我没有和人对话，我是和语言对话。”

“好深奥！”程间呵呵笑着，不再说话。

任苒想起程间的低落，问道：“我看你最近一直不太开心，有什么问题吗？”

可能是喝多了，程间没有像平时那样闭口不言，喝了一口啤酒才说：“没什么，我不是提议邀请企业开校内招聘会吗，现在想想太幼稚了。”

这“幼稚”二字，怕是别人说的吧？

任苒悄悄看了一眼程间，骄傲如他，受的打击可不轻啊。

虽然开口，程间显然也不愿意多说，沉默着。

任苒想了想：“其实，是别人想得太浅了。”

“怎么讲？”程间来了兴致。

任苒说：“这件事其实别的学校都有，我们没有是因为当我们还是东重的时候，用人单位几乎都是固定的。学生差不多是定向输送，根本没有择业的问题。但是现在我们来到新的地方，学校还多了许多新的专业，但是显然有些人的想法还停留在过去。所以，不是你幼稚，而是有些人的观念需要更新。”

程间坐直了一些问道：“你觉得该怎么做？”

“具体怎么做，我不太清楚。但是我看的那些小说里，如果你要说服别人改变看法，首先最重要的是要拿出证据来。当然，我们现在不是破案，可是我们如果能拿出什么东西摊开告诉别人，看，我们学校的学生已经发生了很大的变化，就业要求或者行业比例跟过去比是不一样的，这个地区的用人需求发生了什么样的变化，包括周边的主要用人单位对生源的需求其实是什么样的，还有很多类似的事情吧，我觉得都可以拿出来详细说明一下。当然，我就是随便说说，具体怎么做，肯定是不一样的。”

程间兴奋得握紧拳头：“对，你说得对！我必须拿出东西来说服他们！”

任苒也不知道自己说的那一堆他听见了多少，只见程间对着火堆发呆，眼睛亮晶晶的，显然在思考问题，就不再打扰他。从旁边的火炉上抽了两条烤得焦黄发干的鳎目尖儿，津津有味地嚼起来。

不需要动脑子的时候，她很乐意让嘴巴动起来。

大概是想得差不多了，程间终于注意到任苒吃得很香。伸手要了几支肉串，心情大好地吃起来。

两人碰了一杯之后，程间想起一件事："对了，武定全和你们林念可能有点问题，大概率要分了。平时你们注意一下。"

任苒一惊："怎么了？"

程间把武定全妈妈来信，让他毕业去日本的事说了一遍。

"林念不会去的。"任苒笃定地说。

"可不是！不过武定全也很轴，认定的事不会改变。"程间喝了口酒，"谈恋爱可真麻烦啊。你知道吗，上一届，就是已经毕业走的那一届，有一对回来了，然后在海边寻死觅活的，真是为情所困啊。"

"林念不会吧！"任苒悚然一惊。

"防着点吧。学生工作。"

两人一时都无语了。

任苒觉得后背凉飕飕的，四下看了看，拿了个口杯打开喝了一口。辛辣的液体一直流进胃里，燃起一堆焰火，整个身体才感到暖和些。

程间看了看，忽然笑了："怎么，你害怕了？你不是爱情专家吗！"

"人命关天，怎么会不害怕。我也不是爱情专家，就是多看了两本小说。"

"感觉你懂得挺多的。开玩笑也开得够大。"程间的眸色变得深沉，看任苒的目光有些异样。

"什么玩笑？你不会是说我拿感情开过玩笑吧？那太侮辱人了，我才不会做这么没品的事！"任苒不明所以，但关乎品德还是要声明一下。

不是开玩笑吗？

那天，你不是恶作剧？

程间心情激荡，赶紧挪开了视线，转身面向大海："没什么。"他需要冷静一下。

任苒看到林念已经走回来，松了口气："其实两个人在一起，合适才是最重要的。如果真的要爱情至上，就势必要有人牺牲。不肯牺牲的，最好不要强求爱成什么样。"

"听着挺深奥的。"

"如果一个人很有上进心，他身边势必要有一个能跟着他一起奋斗的人。否则不成了拖后腿了吗？"任苒如有所指。

程间两手撑着身后，扭头正看到任苒对着火光的侧脸："那倒未必。也许他就喜欢身边的人不求上进，喜欢看到这个世界上还有人能在他的羽翼下自由自在地犯懒。"

任苒眨了眨眼，迟疑着看过去，落入一片深邃的海洋。

木头在火焰中噼啪爆裂，浪花在岸边辗转低吟，星星在天空絮语，她的世界被一片熟悉而陌生的力量深深攫住，无可逃避。

程间轻轻挪动了一下支撑的手臂，他的衣兜里有一个发热的小东西，在跃跃欲试。

送给她！

狂风从耳边呼啸，带起尖锐的哨音。一阵炸雷突然落下，惊呆了海滩上的众人——雷阵雨来了！

程间反应很快，猛地跳起来，招呼男生赶紧收拾东西。任苒也很快加入有些慌乱的收拾大军。

狂风骤起，原本烧得七零八落的木头被吹散。大家拼命往篝火上浇水，希望在这些火星被吹飞之前灭掉它。

幸好，大雨随后而至，最大的危险解除了。所有人拿着剩下的东西向最近的饭店跑去。

任苒确定了沙滩上没有能带走的东西了，拿了两个土豆和红薯，正想再拿，被人一把扯走："别拿了！打雷了！"

不知道谁说的，打雷的时候在海边是很危险的。

真的假的不知道，但是没人愿意拿自己的小命去验证。

任苒被拖得跌跌撞撞地跑到饭馆门口。饭馆里面人声鼎沸，那人脚步一顿，就拽着任苒去了另外一家。

“喂，同学都不在这里啊。”

程间把任苒拖进去，在门口挡住任苒。老板正打算盘，笑着说：“程间啊，你们同学聚会吗？”

程间说：“啊，不是，能借我一把伞或者雨衣吗？”

老板看了他们一眼：“有一件雨衣，够用吗？”

“行吧！”

程间撑开雨衣，拽着任苒一路往宿舍跑。任苒抱着红薯和土豆，不知道这家伙要做什么。但靠近了是炽热的男性的身体，离远了是冰凉的瓢泼大雨，这一点任苒还是很清楚的。不过，她没机会犹豫。程间搂住她的腰，几乎是夹着，一路冲进了学校。

四舍门口，程间放下她，气喘吁吁地说：“你去换件干的衣服。要是想吃烤红薯，我一会儿烤好了给你拿回来。”说完接过任苒手里的红薯和土豆，头也不抬地走了。

任苒低头一看，瞬间脸红了。

她今天穿的是一件长袖衬衫，下面是一条阔腿浅色莫代尔长裤。雨水打湿的结果，是里面的内衣完全显出来了……

与兵荒马乱的海边形成对比的是依旧安静有序的自习室。惊雷炸起时惹来一阵窃窃私语，大雨落下时，没带伞的人跑到窗前观察雨势，想着自习结束时是否能停。

汤宇诚看杭英抬头看了一眼窗外，立刻低声说：“我带伞了，放心。”

杭英迟疑了一下，终是忍不住说：“你怎么知道要下雨？”

“我听天气预报了。”汤宇诚憨憨地说。

杭英抿嘴没说什么，心底却莫名安静下来。

大雨来得快去得也快，自习结束时，雨已经停了。

走出图书馆，一股浓浓的潮气扑面而来，夏天终于到了。

杭英默默地走着，这场畅快淋漓的雨似乎也激活了她心底一直压着的话：“宇诚，我……我觉得有些事我们必须说清楚。”

汤宇诚拎着俩包，走在杭英的身边，脑子还想着刚才的代码。一般而言，杭英是不会搭理他的。虽然他的努力看似很有成效，但是他能感觉到，在杭英心里，始终有一道高墙是自己越不过去的。

但是，他不想强求。既然杭英不说，他就默默地守着，用自己的方法应对沉默和尴尬。

杭英突然开口，他有些怔忡。

杭英说：“我知道你家，你家条件比较好，想必你父母对你也有许多期待吧。可是，我家很普通，我的家庭对我没什么期待。我的未来只需要为自己负责。所以，我觉得我们的未来，不一样。你不用这么费心。”

汤宇诚愣了一会儿，才想明白杭英在说什么：“你是说我家很有钱吧？我家的确很有钱，我妈还说她想把公司弄到上市。但是那跟我没什么关系。我妈也说了，会给我留足够的钱，让我去做自己想做的事。公司将来上市以后，就爱谁谁了，我们只是股东，她也要享福去。”

“你妈妈很想得开啊。”

“嗯，她希望我有出息。但是不一定做企业。她总说做企业太累什么的。”

“那你自己有什么计划吗？”杭英不知不觉偏离了初衷，开始关心汤宇诚的打算。

“我本来就想出国学个 MBA 什么的，之前你不是说要自力更生，我就找了个兼职做程序，现在越来越喜欢这一行了。我打算去美国好好学一下计算机。”

“听起来不错，但是好考吗？”

“不好考。不过我还是想试一试。我觉得这一块我还是挺有兴趣的。”

杭英沉默了，听起来汤宇诚还是要出国的。

汤宇诚顿了一下，嗫嚅道：“杭英，我就算出国上学，也还会回来的。你——能等我吗？”

杭英一时没有说话，汤宇诚等到快哭的时候，就听杭英慢慢悠悠地说：“我肯定是要读研的，如果学得好说不定还要读博。”

那就是——

汤宇诚觉得胸口瞬间炸开了一朵焰火，满天星斗，都不及他眼前的世界更绚烂。

第三十三章

改变

程间做了一个无法宣示出口的梦。

昨晚的大雨变成了无边无际的迷雾，好像一条白色的蟒蛇裹着任苒，在他面前忽隐忽现。

程间的脚仿佛被钉在地上，心里没来由地着急，却无能为力。

任苒面无表情，木然地随着白雾倏忽来去。

那很危险！

程间听见自己的声音。

白雾起了变化，任苒扭过头，依旧是那副惫懒的样子，歪着头看着他。

快回来！

程间喊着。

白雾重新漫卷上来，任苒忽然笑了，轻轻一跳，跳入白雾不见了。

程间着急，伸手一探，却仿佛被什么吸了进去。那白雾茫茫的世界里居然是个镜面般的万花筒，万千界面全是任苒的样子！

她粲然一笑，伸出手，程间不由自主地握住，任苒便从四面八方压了过来……到了近前又变成一团团的白雾。白色的手、白色的胳膊、白色的身体、白色的脚……程间好奇地伸出手，白雾并未散去，却如丝练一般从他掌心滑过。温暖的、柔软的、馨香的，带着雨水的湿润。程间忍不住双手轻合，雾气氤氲中，不知是谁拥抱了谁……

醒来以后，程间悄悄地处理了自己的寝具，决定今后一个礼拜还是不见任苒为好。

任苒没有那么绮丽的梦。她灌了两大包感冒清热颗粒，长长地睡了一觉，连宿舍里那些人是什么时候回来的都不知道。醒来后，除了觉得躺得时间有些长，有点腰疼外，倒也神清气爽，有一种脱胎换骨的感觉。

看看表，已经十点了，她实在不知道自己如此能睡，抑或是药物的作用，在睡梦中顺便让自己晕死了一会儿？

任苒正要伸懒腰，突然听到轻微的哭声，瞬间僵在那里不敢动了。伸出小手指，钩起窗帘的一条小边，搭出一个小洞，就见林念站在电话机旁边正在哭。

“如果不分开，那将来怎么办？”

…………

“我根本不可能去日本！”

…………

“为什么不是你留在国内呢？人家说落叶归根，你妈妈不能回国吗？”

…………

“分手吧！既然你决定了。那我们就分手！”

…………

“不然怎么办呢？你必须走，我根本走不了——这不是谁为谁牺牲的问题！——那你为什么不能为我牺牲呢？我的父母就不是父母了吗？你还有个妹妹，我家只有我自己！”

…………

“好，我们都冷静一下吧！”

电话挂了，林念走回自己的床边。铁床发出轻微的嘎吱声音，林念坐下了。任苒一动不敢动，连小拇指都保持勾起的状态不敢放下来。

林念的哭泣慢慢响起来，在渐渐变大的哭声里，任苒悄悄收回手指，放平身体，尽量寻找到一个舒服的姿势躺着，不知道林念能哭到什么时候。

好在林念并没有哭很久，大约四五分钟，林念就不哭了。屋里响起收拾书包的声音，十分钟后，门开门关，一切都归于平静。

接下来的日子，平时素来形影不离的几个人突然之间不再同进同出。

杭英早已单飞，天空飞来一只叫汤宇诚的秃头鹰追着她飞；

晓茹似乎在有意识地躲着大家，但是又不肯承认，每天看她别扭地编理由，大家也只能好心而识趣地走远；

林念没见和武定全如何腻歪，很明显想独处，看她时不时发呆的样子，没有人愿意去打扰她；

颜漾就比较诡异了，经常和任苒一起出门，走到半路就突然没影。反正任苒也习惯了，一定是找到和老朱搭讪的理由。

任苒这里也有点诡异。

程闾见了她就跟见了鬼一样躲开，这种感觉太不好了。

有几次任苒想问明白，但程闾闪得比猴子都快。想和大家聊一聊，可是到了晚上，大家都排着队打电话，谁也没心思开卧谈会了。

突然落单让任苒有些失落，但很快就释然了。之前她经常旷课的时候，因为与大家的生活节奏不一样，也是常常落单的。只不过后来开始准点上课，节奏一致了才一起做伴。

现在不过是回归原点。

只是这个原点，和从前有点不一样。至少那些曾经单纯的舍友的脸上，已经或多或少多了许多不知名的情绪：甜蜜的、暗爽的、幽怨的、放纵的，还有她自己，大概叫茫然吧？

任苒也有期盼的，甚至时不时地有一点点死灰复燃的期望。不过，这一点点的期待总能由时间证明其荒谬性。久而久之，她也学会了选择性忽视。

转眼到了学期末，紧张的考试周来临。任苒想起程间要拿奖学金的话，盘点了一下已经考过的专业课：这家伙居然专业课的分数都不低！公共课也还可以，连大学语文这种看他上课打盹儿的课，都能得个86分！至少三等是可以了。当然，接下来的旅游英语很重要。

但是程间已经有一个月没怎么和任苒说话了，如果排除任苒主动找他说话的次数，剩下的大概就是一个圈。

可能又是哪里得罪这家伙了。

任苒隐隐约约觉得和那次篝火晚会有关，但又觉得被雨水浇透换来的应该是同情和怜惜，怎么也不应该是拒人千里吧。

想不通就不想了。

但是任苒本着关心同学的目的，在周二放了晚自习后，抓住好不容易来上晚自习的程间问："好久不见啦！"

程间明显僵了一下，并没立刻搭话。

任苒追上去，一边并肩走，一边问："好久不见你，学生会真的那么忙吗？我帮着写了几次资料，没感觉啊。"

"嗯，好多事。"

"哦！也是，还有校学生会那里呢。"

程间是校学生总会副主席，却没有像以前那样接下去，指责任苒，嘲讽任苒，或者说点工作什么的。

没有！

一句话都没有！

就是闷头走路。

任苒也觉得有点尴尬，只好快点结束这段对话，"我就是想问问你，你那么忙，这学期奖学金怎么办？别的课背一背，抄抄笔记，总能过，可是英语就是考积累啊！听力加阅读理解，哪个都不是临时抱佛脚能行的。”

“到时候再说吧！”程闾闷闷地说。

任苒站住，再迟钝的人也能感觉到对方拒绝说话的态度，还想上前问一问。跟在后面走了两步，忽然不由自主地叹了口气，停下脚步，眼睁睁地看着程闾走远。

因为最早的那份情感，因为心里还有一个珍藏的影子，所以总还是不自觉地把他当成一个特殊的人吧？

可在他的心里，自己其实就是一个普通得不能再普通的同学了。

要毕业了，就算不能称心遂意，至少也要留个好印象，总不能日后想起，程闾会觉得那个叫任苒的女同学又聒噪又自恋，长得丑还老骚扰他吧！

这可是一辈子的印象！

程闾走了一段路，人群中杂沓的脚步遮住了身后的声音，等他察觉身后安静了太久，回头看，任苒已经消失在夜色的影影绰绰里……

我是怎么了？

程闾脚步颓然一顿，缓慢拖着向前走。

不应该这样啊！

其实他每天都可以看到任苒。很奇怪地，那么多攒动的人头里，一眼就能找到那颗乱糟糟梳不明白发型的头。看她左摇右晃地摆动，看她扭头向自己微笑，他却立刻转过目光，做出什么都没看到的样子。

太别扭了！

他没做错什么啊！怎么就一副不敢见人的样子？

有几次，程闾走到任苒面前，很想像过去一样自自然然地打个招呼，甚至挖苦她两句，算计她点什么事，却在任苒回头的那一瞬都抛到九霄云外。

他没脑子了。

他发现任苒的眼睛很大，却总是眯起来；他发现任苒是双眼皮，一旦睡眠不足就会双得特别深，那会让她整个人看上去呆乎乎的，忍不住想伸手把她的眼睑摁回去。对，他还发现任苒的脸很小，以至于每次看到任苒，程间都要握紧拳头，阻止自己用手掌去比画一下，看看任苒的脸有没有自己的手大的企图。

程间深深地吸了一口气，用手揉了揉自己的脸。夜风吹来，带着温润的凉爽，人好像也清醒一些了。

已经过了眼镜湖，前面就是去四舍和一舍的岔路口。其实在没到眼镜湖的时候，还有一个岔口。从那里去一舍是最近的，平时他也多走那条路。但最近，他总是在不知不觉中踏上这条路。

“程间，你站这里干吗？”

“任苒！”

程间被身后传来的熟悉的声音吓了一跳，本能地喊了出来。

“是啊！你没事吧？怎么回事，看我跟见鬼似的！我很丑吗？”

任苒被嫌弃以后有点伤心，重新做了一下心理建设才快步向宿舍赶。没想到，在路口又遇到发呆的程间。

“没有，没有！你不丑。”程间说完，脸就着火了。好在夜色遮掩，应该没人看到。

“谢谢啊！不丑就好，我打算做件大事儿！要是真的长得丑，这事儿就不能做了。”任苒酝酿了一个学期的计划，马上就要展开，虽然迫于无奈，但终究是弥补的一个办法。

面对程间，她忍不住说出来一丢丢。因为这事儿能发起，也跟程间有关！

“什么事儿？还大事儿？跟你的长相还有关系？”程间上下左右转着眼珠子，不敢落在任苒脸上。

二食堂的灯光漫射过来，那张巴掌大的脸显得棱角分明。平时有些翘起的鼻子此刻因为明暗多了几分雕刻感，摘掉镜片的眼睛幽深如夜色下的眼镜湖，还有那张微微张开的嘴，唇珠是那么明显……

打住！

程闾赶紧深吸气，无意识地踢着脚下的石子。

任苒丝毫不觉，笑着说：“不能讲！讲了你又笑话我！反正放假就知道了。那我先回宿舍了，你也早点休息，明天考试加油！对了，等你拿了奖学金，一定要请客！”

程闾松了口气，笑着点头，完全忘了夜色中摘掉眼镜的任苒能不能看到。

直到任苒离开，程闾才后知后觉，她平时都戴着眼镜，怎么就摘了呢？然后他才想起，任苒的眼睛好像有点肿，灯光闪过的时候，眼角好像有点红，脸上在灯光下似乎有泪痕。

哭了？

为什么？

第三十四章

受到惊吓的程间

考试如期而至，监考老师还是那个天天说任苒过不了六级的圆润老师。但是她大概已经记不清任苒这个人长什么样，只是对这个名字印象深刻，所以发卷子的时候，还冲着任苒笑了笑。

任苒长得不算漂亮，但属于比较有特色的那种。那时候还不流行猫叔，多年以后同学聚会，大家调侃爱穿橙色衣服的任苒就长了一张猫叔的脸。尤其是大学时，爱吃烧烤爱在睡前泡一碗方便面的任苒长得非常圆润，在全班女生都显出成熟艳丽的味道时，她的婴儿肥始终固执地在她脸上趴着。

任苒理解的考试就是背诵。不管语文数学还是英语，只要肯背，至少能过。

满篇的英文字母，ABCD 是认识的，合在一起只能算眼熟。好在答案都背熟了，凭着记忆里的自动匹配，眼熟的配眼熟，很快就答完一张卷子。只有听力考试有点费劲，但是声音也是可以记忆的。七七八八一通胡抡，答完卷子一看还剩二十分钟交卷。

任苒闲得无聊，四下踅摸，就看到程间——

这家伙居然在看别人的卷子？

可是英语老师呢？

那个说她过不了的老师居然托着腮帮子对着窗外发呆！

到了大三，老师都客气到这个份上了吗？

早知道我死背个啥啊！

任苒伤心不已！

揭发程间是不可能的，她只是伤心自己太用功了。连带着，对程间也嘬起了后牙。

在草稿纸上默写完一份《滕王阁序》，终于到了交卷的时间。任苒留了个心眼，知道老师对“任苒”俩字有心理障碍，交的时候迅速把卷子压到了别人卷子下面，希望自己的卷子不会受名字牵连。

下了课，任苒一蹦三跳地拦住程间：“哈！你刚才在干什么？”

程间一愣，瞥了一眼任苒：“什么？”

冷冰冰的模样让任苒吓了一跳，后面的话瞬间被冻在喉咙：这家伙，谁惹他了？

“呃……”任苒张口结舌。

程间眼皮一耷拉，绕过任苒走了。

任苒讨了个没趣，挠挠头，不知道问题出在哪里。难道是因为发觉自己知道他作弊了。

可是自己不过是问一句，没有揭发啊。

三爷撞了一下程间，才把走神的程间撞回了魂：“你刚才怎么啦？怎么那样对任苒说话？少见啊！吵架了？不会啊，吵架也没见你那种表情啊！”

程间皱眉：“什么表情？我——头有点疼。刚考完试，累了。她说什么？”

三爷一瞪眼："你连人家说什么都没听清？"

满脸的不可思议，程間却觉得无比尴尬。

他该怎么解释任苒突然蹦到他面前，差点没把他的魂吓飞？说出去，谁信啊！他自己都不信！视野里出现突然一个脑海里经常出现的人，瞬间很难分辨那个人是真的还是假的，更难以分辨自己接下来会不会做出像梦中或是想象中做的动作。

程間无从解释，干脆不解释，绕过三爷，加快脚步，自己走了。

这个任苒，都快成他的噩梦了！

"任苒，你和程間怎么回事？"颜漾察觉了异样，找了个机会，抓着任苒问。

"不知道，感觉好像挺讨厌我的。"

"什么时候开始的？为什么？"

"我也不知道。好像就是上次篝火晚会之后。"

"老天爷下雨也不是你的错啊。对了，你那天怎么走那么早，和程間一起走的？"

"啊，是啊。我本来是想把红薯能扒拉几个就扒拉几个，多整点回来，找店老板切一切还能烤着吃。"任苒说起来就气，程間把她的红薯抢走了，就再也没还。

"结果，程間跟疯子似的，直接就把我给拉回来了！"任苒两手一摊，表示了自己单纯的无奈，"回来我就有点感冒，所以擦洗一下，吃了点药就睡了。"

颜漾挠头："真奇怪！你抢红薯也是保护班集体的财产，程間生什么气啊？而且怎么就直接把你发配回宿舍了呢？我们还等着你喝酒呢。"

任苒也莫名其妙，但一直没机会问。现在颜漾问起来，一个月攒下来的郁闷显得特别烦心："算了，不管了。爱讨厌不讨厌吧。我问你，那个小师弟是怎么回事？到底表白没？"

“也没算表白，就是他自我介绍的时候，说是晓茹的师弟。我们才知道他高中就和晓茹一个学校的，就是低一届。”

“后来呢？”

“大家就起哄说是家属啊走一个啊什么的，那孩子就站起来喝，倒是爽快。”

“晓茹没反对，没澄清？”

“没有。”

“所以？”

颜漾一推她：“所以大家都装着没这事儿，啥都看不到。”

“明白明白！一起吃饭，一起上课，有课上课没课上自习，下午还一起运动跑步，我看就差洗澡时候小卢在女澡堂外面等着了。”

“你怎么知道没有？”颜漾翻白眼，“早就等着了！”

“这么虐！”任苒跟着翻了个白眼，“这让我们单身狗怎么活啊。”

颜漾眼珠转了转，趴到任苒身上，低声问：“有没有可能，程间对你动心了，又不好意思？”

“你见过动心以后，看对方就跟看大便似的吗？”

颜漾哑然，任苒推开她：“不过你放心，我已经看开了！姐们儿，我的大学生涯不能吊死在程间这一棵树上。”

“你想干啥？”

任苒严肃看了一眼颜漾，想了想，跑到上铺拿出一个文件夹：“来，看看我这计划行不行？”

颜漾一看开头，晕了，“《男朋友邀约计划》？你、你要贴到哪里去？”

“嗯，具体还没想好，帮我参谋一下。”

任苒的猫眼睁得大大的，仿佛把全世界的温柔和希望都装了进去，萌得就剩“傻缺”二字。

临近暑假，尤其是大三的暑假，很多同学都留在学校准备实习。有的是自己找的，有的则是拜托家里帮忙。

程间从书记办公室出来，脸上挂着掩饰不住的喜悦。

天儿已经很热了，但是6月的海边蝉鸣还未响起，游人已经开始增多，但是校园中还算清静。柳树林变得更加蓊郁，深绿色的叶子仿佛下一秒就要滴出一滴翡翠。

蒋雪柳在树林边的阴影里徘徊了很久，她本想直接去楼里找程间，又怕被人碰见了不好解释。只好拿了本书，装成在树荫下读书的样子。

蒋雪柳远远地看到程间穿了一件简单的黑色T恤走过来，男生怕热，但是在大多数男生都换上短裤甚至沙滩裤的时候，程间还是穿着一条卡其色的休闲长裤，剃成青皮的头型显得格外利落，更衬得原本清秀的眉眼干干净净。

蒋雪柳迎上去，充满期待地问："怎么样？"

"成了！"程间毫不犹豫地点了点头，尽量控制自己的笑意。

"太好了！"蒋雪柳跳了起来，一伸手挽住程间胳膊，"功夫不负有心人，你太棒了！"

程间的脸色僵了僵，下意识地看了看自己的胳膊，轻咳一声抽了出来："谢谢！谢谢你一直支持我！"

蒋雪柳脸红了，不知道是太阳晒的，还是刚才那个无心之举连累的，眼神向四周飘了一下，绾了绾飘落的长发，低头说："不客气！我相信你是最好的！"

程间点点头，准备往前走，蒋雪柳拦住他："程间，我想问你个事儿。"

"什么事儿？"

"这个项目，我、我可不可以参与？这个暑假，我没买回家的票。"

"可是你没联系别的实习吗？"

"没有。我觉得你这个很有意义。"

蒋雪柳的眼睛亮亮的，在最后这一刻直直地看进程间的眼睛。程间下意识想逃，却被抓得紧紧的，不容回避。

程闾感觉到了异样，犹豫了一下说："只是刚刚批准，我还没想过具体的组员构成，不过我会优先考虑你的。没什么事儿，我先走了！"

蒋雪柳微微有些失望，程闾趁机离开。他觉得自己这么做是非常失礼的，至少应该说点场面话。可是，最近不知道为什么，他总有种危机四伏的感觉，尤其是面对女生，不是对方不对劲，就是自己不对劲。

程闾很不喜欢这种感觉，却无法开解自己。跟谁讲呢？

老林最近忙着做导游，天天看不到人影，能抽空回学校考试已经很艰难了；武定全失恋了，买过无数次的醉，张嘴就是狼嚎，听不到半句人话；三爷倒是正常，可他最近只要聊天总能绕到颜漾身上，聊着聊着就无趣了。

程闾看了看手里的项目书，轻轻叹了口气，算了，还是先忙这个吧。至于组员，还是找几个男生吧。

第三十五章

征友启事

蒋雪柳按捺不住兴奋，几乎是跳着舞回到了四舍，却和迎面冲过来的任苒撞了个满怀。

“你慢点！”蒋雪柳心情很好，拉住差点摔倒的任苒，“忙什么呢？约会啊？”

任苒脸也红红的：“没有没有！出去打印点东西。欸，你怎么这么早就回来了？”

现在是下午四点半。蒋雪柳如果不是在教室上自习就是在院办或者学生会办公室忙，她还是校总会的宣传部部长，画得一手好画，每天都有各种宣传任务，很是辛苦。

“我回来——补个妆。”她摸了摸嘴唇，笑嘻嘻地说，“口红忘带了。”

任苒挠了挠脸，这两天太阳大，有点晒爆皮了。

蒋雪柳心思一动，问道：“你假期走不走，打算做什么？”

“没计划呢！不过肯定是不回家了，我舅舅在这里有个酒店。我想实在不行，去他们那里实习。”

“哦，对，你舅舅蛮厉害的。”

“一般啦！对了，你有什么安排吗？”

“我？我没什么安排，都是听程间的。”蒋雪柳的睫毛很长，还涂了睫毛膏，卷翘起来，颇为精致。忽闪两下，便盖住了下眼睑，“对了，他没邀请你吗？“

“邀请什么？”任苒茫然。

“他申请的‘秦皇岛市1993—1998重点企业毕业生需求调查报告’项目已经获得批准，这个暑期他打算去做社会调研。你不知道吗？”

“不知道，好像好多人都不知道。怎么突然做这个？”

“他之前不是想邀请企业到咱们学校做校内招聘活动吗，学校说现在不是合适的时候，驳回去了。他挺沮丧的，对了，就是和你搬红薯那一次。他挺看重这活动的，准备了很多材料，我也帮他弄了不少。被驳回，他挺沮丧的。但是程间后来又提出搞这个项目，说就算是时机不合适，也要做个调查，弄清楚企业需求和同学们的就业需求之间的关系，即使搞不清，也可以留下一些数据，结果就批准了。”

任苒诧异：“就业情况学校每年都有统计，企业招聘需求也有记录，他要调查什么？”

“一手的资料。直接去和企业接触，询问他们的招聘需求和来源，看看实际从咱们学校招聘的人，与他们的计划有什么差异。还有类似的一些数据吧。各专业之间，各年份之间，各种企业之间，甚至如果有条件不同地域之间也比较一下。”

任苒想起篝火晚会那天晚上的话，难道程间真的采纳了自己的想法？只是，不知道他们打算怎么做。

“听起来挺宏大的。这些数据，企业会给吗？”任苒问道。

“不知道，所以要去做一下嘛。你和程间关系一直很好，他怎么没邀请你？”

“我们关系好吗？我这么懒，他怎么可能邀请我！”任苒打了个哈哈，

“倒是你，听说你家里给你安排了一家大旅行社做导游，抢我们专业的生意，怎么就这么放弃了？你……不是喜欢程间吧？”

蒋雪柳笑了笑，大大方方地说：“如果他请我做他女朋友，我不会拒绝。你呢？”

任苒愣了，脸上更加刺痒：“我没考虑过。不过，加油！”

这天儿真没法再聊了。任苒突兀地打断对话，几乎是泥鳅的身段，就从蒋雪柳身边滑走。那种绝对不会让你抓住，再也不想聊的架势，摆得足足的。

蒋雪柳也没心情拦住她，看着她的背影消失在楼梯间，踌躇满志地笑了。

柳树林的位置在图书馆大楼和食堂区之间，出了图书馆穿过柳树林就是眼镜湖，一大一小两个湖之间有一道土梁，过了土梁一左一右就是学士餐厅和二食堂。

从二食堂往后就是一道荒坡，上面全是杂草灌木，走到坡顶一排平房，就是澡堂子。据说曾经有女生晚上洗澡回来在这道荒坡上出过事儿，口口相传，女生都记得不要晚上去洗澡。实在不行，就结伴同行。所以真的学生活动比较隐蔽的区域，也就是柳树林了。偷偷谈个恋爱，伤春悲秋掉眼泪，种种见不得人的事都藏在小树林里面的树后悄悄解决。

任苒在校门口把东西打印好，小心翼翼地揣着，生怕露出一角半角被人瞅见。

路过柳树林，看到里面人影憧憧。本来想绕过去离开，奈何那人影太熟，不由自主就凑了过去。

武定全和林念。

任苒不敢走得太近。毕竟还有天光，稀疏的树林不足以遮挡她的身形。她只是站在树林边，远远地看着。

武定全似乎很懊恼的样子，林念却是定定地站着。

“你让我怎么办！”武定全的吼声隐隐约约传过来。

林念的声音听不到，看那样子应该是低头在哭。

这两人，好的时候没见多甜蜜，分手的时候倒挺缠绵。任苒客观评价，多少有点不能分享的遗憾。

林念大概是哭够了，擦了擦泪，抬脚往外走，却被武定全一把拉住。动作大了点，两人就抱住了。任苒吓得一眨眼，又赶紧睁开，想仔细看清楚，却发现天光几乎都没了。

林念并没有立刻拒绝武定全，就在任苒以为林念要推开武定全的时候，林念抱住了他——

啥意思？

纸上谈兵经验丰富，实战经验几乎为零的任苒愣在那里：林念你脑壳进水了吗？和武定全没戏还不赶紧止损，抱住他干什么？

留个备胎？

林念不是那种人啊！

接下来任苒就没眼看了。两个哭得稀里哗啦的人，抱都抱一起了，自然要贴面做该做的事。任苒恋恋不舍地瞅了一眼，还是掉头跑掉了。

不能看了，看多了对不起自己和林念纯洁的友谊。

任苒揣着打印好的纸鬼鬼祟祟地跑回寝室，颜漾正在看书。

“打印好了！天黑了，我们要不要去贴？”任苒的脸红扑扑的，看起来很兴奋。

颜漾犹豫了一下：“你确定要这样做吗？”

“你留的是咱们班的信箱吗？”

“没错。”

“那就贴吧！”

任苒一副英雄断头的架势，决然挥手！

公告栏有两个。一食堂和一舍之间有一个，二舍和一舍之间对着水房有一个。后来一舍那个整修了，镶玻璃漆木框，整得规规矩矩，成了名副其实的宣传栏。学生们转让二手出租宿舍，副业、买东西、寻物什么的就都集中到二舍和一舍之间，对着水房的公告栏就成了名副其实的公告栏。

上面贴的红纸白纸一张摞着一张，厚厚得都找不到下面的木板。

这个点正是吃完晚饭路灯将要亮起的时刻，任苒和颜漾鬼鬼祟祟地走到告示栏，寻了个空地，把自己那张A4纸贴上。

“你确定吗？”颜漾又问了一遍。

“确定！”任苒咬着嘴唇，“我总不能一棵树上吊死吧？说起来上了四年大学，居然没和男生谈过恋爱，是不是太亏了？”

“但是这法子……”

“我这叫姜太公钓鱼，愿者上钩。总不能一个人都没有吧？”

“我的意思是，你这法子是不是太出格了？”

任苒挠了挠脸上痒痒的地方，大概是出汗了：“管不了太多了！再开学又是实习又是找工作，哪有心思花前月下！反正我们也不违法，做就是了！”

颜漾点点头，狠狠地摁了一遍A4纸的一角，仿佛这样就能把它钉上面似的。

程间和总会几个人在学士餐厅边说边聊，他们也听说了程间的项目，很想参加。程间就把大致的情况和设想介绍了一下。最后初步定下来，各个院系可以派一个人参加，在此之前，他们需要商量一下怎么分工，以及怎么个流程。

吃没吃多少，但是程间很高兴。努力奋斗的事情有了进展是一件令人欣喜的事情。

说说笑笑地走出餐厅，已是月朗星稀。很快一行人就察觉到异样，为什么告示牌那里围了那么多的人？

平时这里人也多，但这么多人，还这么热闹，肯定有事儿！

“天啊，这也太敢了吧？”几个女生从人群中出来，嬉笑着从程间身边走过，“这算是招亲吗？”

招亲？程间眉毛一挑，以为自己听错了。一股熟悉的危机感油然而生，那个非常熟悉的人影浮现在他眼前。

“程间，我们去学生会办公室再讨论一下接下来的事情吧？”说话的是机械学院的严鸿浩，也是校总会的主席，“我知道有个社团似乎也做过类似的事情，但是需要查一下。”

S大新建，学生社团归学生会总管，并无自治机构。

程间“哦”了一声，跟着正要走，人群中有个男声大声地说：“管院的！应该是美女吧？”

程间脚下一趔趄，晃了晃身子，以为自己刚才幻听了。

严鸿浩好奇地问程间：“你们又搞什么活动了？张个榜就吸引这么多人。”

程间摇了摇头：“没什么活动。”

严鸿浩被勾起了好奇心，抓住一个往外走的人问：“问一下，这儿贴的什么，怎么这么多人？”

那人是机院大二的，认得严鸿浩，笑眯眯地打了招呼才尽量详尽地说：“招亲呢！管院一个女生，想在暑假的时候找个男朋友体验一下纯洁的恋爱感觉。假期开始就开始，假期结束关系结束。太有意思了！唉，可惜人家只要大三升大四的，要不我也可以试试。”一侧身，已经挤开几个人，示意严鸿浩可以自己进去看。

严鸿浩兴致勃勃，拉着程间往里走。

程间很想进去看看，又万分不想看到。他觉得眼前这笼罩在夜色里的一切更应该是一场梦，他只要掐一下自己，梦醒了，就什么都没有发生。

他还是被严鸿浩拉着走了进去。

天黑了，告示栏这边没有专门的灯光，好在周围路灯、水房灯，还有食堂的灯，五花八门，照得贼亮。红底黑字大概看不太清，白底黑字加上再大点的字号，看得那是真切得不行！

人群拥挤，程闾一边挤，一边听到周围人说话：

“你要不去试试？”

“不行，我有女朋友了。”

…………

“还要出示学生证和身份证？那我弄个假的不就得了。就怕长得丑，白瞎了办证的钱。”

“管院的女生都挺漂亮的，就咱们学校这满校园的和尚，能有个女生这么主动，您就偷着乐吧！”

…………

“我听说轧钢那边开始排队了！他们班连续两届都没有女生了！”

“冶金也是。说作业可以抄，四级可以不过，女朋友不能让。”

…………

“会不会是骗子啊？冒个咱们学校学生的名儿？”

“骗子？图你啥？你是有钱还是家里有矿？咱们学校最有名的万吨水压机也跟你没关系啊！有关系也带不走啊！能带走数来数去除了几本看不懂的书，就是你床下压着的臭袜子。你还真拿自己当人物了？要真是骗子，骗我也情愿！”

“那要是男的呢？”

“就你那身膘，还有脸上的青春痘，得什么样的审美才能下得去手。”

…………

各种议论纷纷，时不时响起哄堂大笑，程闾满头大汗，终于挤到告示栏前。

一张简单的A4纸打印着一张简短的启事：

启　事

本人管院旅游专业大三升大四女生。因大学三年无人追求，将近毕业之际，不愿留下遗憾。现征求临时暑期男友，体会一下大学里恋爱的感觉。有效期：暑假期间。待暑假结束，一拍两散，各自欢喜，互不纠缠。

要求：本校男生，大三升大四，无女友无暗恋对象。身高一米八〇及以上，脸上青春痘大小合计不超过五个（本人有密集恐惧症），体态正常，心智正常。暑假期间，未经女生允许，不得动手动脚，否则立刻解除关系。财物AA，严禁送礼。有意者请将个人简历送至如下邮箱：

S大×××××××邮箱，匈名不具收。

两天必复。如无回复，即为不可，感谢关注！

第三十六章

孤单的任苒

“荒唐！”

程间气得伸手撕下那张纸。

周围立刻炸了：“哎你谁啊？我这邮箱还没抄好呢！”

“我有我有！”有人往旁边送。

“你哪班的，断哥们儿后半生幸福！我跟你势不两立！”有人往前冲。

程间唰唰两下撕了个粉碎，想扔，一看周围这准备接的架势，立刻转了方向揣自己兜里。

“欸？怎么啦？”严鸿浩笑眯眯地说。他的声音低音中有点尖细，却并不令人讨厌，反而带着一种特殊的磁性。即使这么乱的人群，他一开口，别人也能听清：“这不是你们班的邮箱吗？你认识吧？谁啊？”

周围安静了一大片，原处有人不停地嘘嘘噤声：“女生的同学出来了。好像是旅游的，就是跟严鸿浩在一起那个。”

“那就不是骗子了？”

“我去！那不是管院的学生会主席吗！”

“他就是旅游专业的吧？他们班和工贸的女生都很正啊！”

“哥们儿擦擦口水，你滴我衣服上了。老子还想再穿两周挺到回家呢！”

“谁抄下来了？让哥们儿抄抄！回头结婚了给你封个媒人的大红包！”

“红包你留着吧，老子要自己娶媳妇。”

……乱糟糟的议论让程间脸更红了。

严鸿浩很识趣，没有多问，帮着程间挤出了人群。

进了一舍大门，程间长嘘了一口气。后面还有人跟了过来：“哥们儿，是你们班女生啊？哪位啊？介绍一下！兄弟必有重谢。”

程间扭头，从牙缝里挤出一个字：“滚！”

严鸿浩趁着对方愣神，拽着程间奔了管院的学生会办公室。身后那人骂骂咧咧地喊：“瞧那德行！跟戴了绿帽儿似的！”

看对方没了影子，严鸿浩才停下，玩味地看着程间，似笑非笑地问：“说实在的，很少看你这么情绪化，认识啊？”

程间看了他一眼，勉强笑了笑：“今天谢谢啊，回头我请客。项目的事我再想一下，明天对一对，你看可以吗？”

见他不想说，严鸿浩也不勉强，道别分手。

程间从兜里掏出那张撕得七零八碎的纸团，嘴角一阵抽搐，忽然发现一张写着本班信箱的碎纸片。

程间若有所思地看着，慢慢地嘴角勾起，眼神变得得意起来。

任苒第二天起了一个大早，饭都没吃就跑到告示栏去看。结果只有一个白色的小角在晨风中瑟瑟发抖。

班里的邮箱钥匙由班长颜漾统一保管。一般每天上午第二节的大课间，和下午下第二节课之后颜漾都会给大家发一次信。

任苒望穿秋水地等啊等，颜漾去开信箱的时候，她迫不及待地跟去。想象着来信一定很多，千万不能让本班同学发现异样。

“你都发告示了，咱们班还有不知道的？”颜漾笑话她，“不过昨晚倒是没听晓茹和杭英提起啊！”

卢飞扬和汤宇诚算是寝室外面的耳目。

汤宇诚最近做兼职，每天忙得晨昏颠倒，看起来比杭英还辛苦。

卢飞扬就微妙多了。晓茹的态度很神秘：不承认、不否认、来者不拒。弄得小男孩心里七上八下，见了晓茹，说话都要三思再三思。

任苒顾不上回答，抻着脖子往邮箱里面看：寥寥几封信趴在黑洞洞的窝里，完全没有设想中的那种挤得像瀑布一样涌出来的壮观场面。

“怎么没有啊？”任苒不死心地仔细看。

颜漾负责把所有信拿出来，找了找，还真找出一封给任苒的：“你的。”

任苒兴奋地接过来，看了一眼就没了动力，居然还有邮戳！

懒散地拆开，果然是老娘来的。叮嘱她在外面小心坏人，既然不住在舅舅家，就要万事小心，晚上不要离开学校，老娘等到 7 月中旬值完班就过去看她云云。扫了两眼，看看没有夹带人民币，就又装了回去。

“看老妈的信就这么懒散？你也太不孝了！”颜漾笑话她。

“你不也是！龟笑鳖无壳，鳖笑龟无尾。你说怎么没信呢？是不是有人动了？”任苒还不死心，又伸手摸了摸，好像这样就能摸出一个新世界似的。

“不会啊！咱们班两把钥匙，我这一把，大林那里一把。”颜漾狐疑，“大林拿了？”

“拿还不拿完？”

任苒想了想，不管了，先回教室去问大林。

程闾站在垃圾通道前，推开铁门，扔下去一袋子东西，拍了拍手，长长地松了一口气。

回到教室，大林正一脸不好意思地承认：“那钥匙一直没用过，忘了放哪儿了。”

程间走回座位，随手拽过来一本不知道什么书，仔细看了起来。

后天就放假了。任苒觉得时间紧迫，如果自己行情这么不好，那明天岂不是坐以待毙？

忍不住趴在桌子上低头问颜漾：“你说，我就这么不招人待见？”

坐在她们前面的程间差点没笑出声：那一袋子信——真不知道那些写不出求职简历的理工男，是怎么写出那么厚一摞子自我介绍的。

颜漾认真地说：“你本人还行，就是脑子有点不靠谱，但是不了解的人应该不清楚。唬人也不至于一封信都唬不来啊？”

“是不是告示没粘好，前脚走后脚就掉了？所以没人知道。”

“有这个可能！你早上不是只看到一个白纸片吗？是不是学校老师或者管风纪的看见了，觉得不好给你撕了？”

“多事！你说学校这种棒打鸳鸯队，抓人家谈恋爱干什么？凡是在学校草棵子搞事的，都搞不出来大事来！”

“你怎么知道？”

“我有一回借书回来晚了，不小心走草棵子，真是太扎了！在那地儿谈恋爱，皮肉之苦！能有什么鱼水之欢？”

“你词儿还挺多！”

两人聊着聊歪了，程间一页纸没翻，白眼翻了不少。不过绷得紧紧的脸已经不知不觉松弛下来，甚至露出隐隐的笑意。

下课铃响了之后，程间收拾东西准备离开，就听任苒对颜漾说：“我们今天再贴一回！我当时打印了三张！就怕掉了或撕了！傍晚我再去一次！”

程间嘴角一沉，眼皮耷拉下来。

吃完晚饭，还是半黑不黑的时候，任苒再度装成打水路过的样子，鬼鬼祟祟地贴上了她的找朋友告示。贴好以后，四下看了看，确定没有管风纪的，才放心离开。

一直跟着她的程间没有浪费一点时间，直接走过去撕了下来，低头看看一模一样的字，不自觉地叹了口气，摇了摇头，团成团塞进兜里。

不过，深深了解任苒的程间并没有立刻离开，踱到二舍门口，倚着栏杆观察着告示栏的动静。

果然，一个小时左右，任苒探头探脑地再度出现在告示栏附近。程间“哼”了一声，径直走过去。

任苒看到自己的告示又被撕了，正准备从包里再拿出一张贴上，突然有人问她：“你干吗呢？”

扭头一看是程间，立刻收好藏到身后：“没、没干什么。”

程间一伸手，从任苒背后拿出那张纸，抖了抖：“你都快成大名人了！”

“不可能！”任苒嗤之以鼻，“我一封信都没收到！”

反正被拆穿了，任苒也没啥好顾忌的，夸张地叹了口气，指着自己的鼻子，直勾勾地看着程间，真诚地拷问：“你看看我，我丑吗？”

程间一愣，咽了口吐沫，下意识地去看旁边的水房。

任苒却没觉得异样，“哼”了一声：“居然没收到一封信。给我！”

“什么？”

“告示啊！”

“干吗？”

“贴上啊！”任苒钩了钩手指头，“别耽误本姑娘的人生。青春转眼即逝，不要磨叽。”

程间冷哼，折叠了一下，揣兜里了：“别胡闹了，我找你有正事。”

“正事免谈，本姑娘只想谈恋爱！”任苒有点生气了。

“谈什么谈，赶紧跟我走，有正事找你。”程间不耐烦了，伸手轻轻推了一下任苒。

任苒晃了晃，却出乎意料地倔强，站在原地没动：“不去！还给我，我就要谈恋爱！”

“你羞不羞？”

“不羞！我都二十多了，谈个恋爱怎么了！男欢女爱不正常吗！”

“胡说八道！”

“你假正经伪君子，快还我！”

如果不是因为实在没有了，任苒才懒得在这里跟他费口舌。

“不还，跟我走！”程间也恼了，扯起任苒的手就往一舍走。

任苒一甩手，挣脱了，但是她也感受到了程间的恼火。毕竟是她真真切切从入学之初就一直喜欢到现在的人，任苒挺在乎程间的情绪的，更不愿意在毕业前和程间闹崩。

可是她真的不想就这样纠结着毕业！

一跺脚，任苒咬了咬牙：“不给就不给，大不了我现在再去打印！”说完任苒绕过程间，准备沿着这条路穿过体育场奔校门口。

程间眼前立刻出现任苒拿着一大沓A4纸跟撒传单一样在食堂门口扔开的样子，一个激灵，立刻伸手，也不知道是拽住了手，还是搂住了腰，反正正在向前冲的任苒像萝卜一样被活生生拔了回来。

“哎哟！”任苒叫了一声。

程间自己也被撞得不轻，趔趄了一下。

任苒抬头一看，又是程间，气急败坏地说：“你干什么？就算有正事，不能等我找到男朋友再谈吗！就明天一天了，后天一放假，我到哪儿找男朋友去！”

“你就那么急着找男朋友？”

“当然啦！到了大四一忙起来，我没有男朋友就毕业了！”任苒说得委屈至极，“初中高中不让谈，偷偷摸摸看小说也就算了，到了大学，好不容易没人管了，自己把自己卡住了，现在想通了，时间又不够了。宿舍里的同学不哼不哈地都有了男朋友，唯独我自己——天天看言情小说，连男生的手都没牵过——”

刚说到这里，任苒忽然觉得有一丝异样，低头一看，她是没牵过男生的手，但她现在似乎正在某个男生的怀里！

那“某个男生”似乎也察觉出来，手一松，两人瞬间拉开一个安全距离。

“那你跟我谈吧！”程间一本正经地说。

第三十七章

临时男朋友

“那你跟我谈吧！”

程间不知道自己怎么想的。大概是月亮太圆，影响了智力。反正听任苒“胡说八道”了一通委屈之后，这句话，就那么不经脑子脱口而出了。

啊？

任苒大脑宕机，我听错了吧？

程间是在说人话吗？

“我是说，反正、反正就一个暑假，又、又不需要别人知道，我也正好没事，就陪你、陪你——解决一下问题。”

解决问题？

任苒眨眨眼，这个用词好像没啥错误。

那就是说，这个暑假，程间是自己的“临时暑假男友”。

任苒恶狠狠地咽下一口唾沫，才换回一口人气，问道：“你没开玩笑？”

“这有什么开玩笑的。”程间好像也有点手足无措，脑袋左右晃着，

"当男朋友嘛，又不是没当过。"

任苒瞬间清醒了，记得自己这个是"临时"——假的，忍不住刺了一句："也是哈！真的都当过，何况假的。"

程间脸红，计算机那个女孩追得紧，自己也不知道该怎么办。当时还鬼迷心窍地问了任苒的意见，后来一起爬了一次山，关系就定了。

话是这么说，但这事儿突然这么定下来，两人都有点不知所措了。

任苒快速眨了眨眼，想从言情小说里找出下一步的指点。可人家的前提都是真心相爱，像她这种彻头彻尾的"假货"，到底该干点啥？

没有！

什么经验都没有！

坐以待毙可不是任苒的风格，既然谈开了，那就好办！

任苒抬头，冲程间说："喂，我们接下来该怎么办？"

"什么、什么怎么办？"程间还有点震惊，有点尴尬，又有点莫名的心情激荡。

"当然是你做了我男朋友，接下来该怎么办？"任苒重复一遍。

"该、该怎么办？"程间结结巴巴地重复了一遍。

"我在问你啊！"任苒要暴走了。

程间很纳闷："为什么问我？"

任苒翻了个白眼："当然是因为你有经验啊！"

程间这才反应过来，任苒是问他男女朋友这时候该怎么办。

怎么办？

对面是任苒这个不按套路出牌、脸皮极厚的家伙时，还能怎么办？

当然是凉拌！

"走吧！"程间终于找回了自己的大脑，竭力冷静下来，走到任苒身边，忍着没有去拉她的手，"吃饭了吗？我请你。"

"吃过了。"任苒的口气瞬间委屈下来了，"我要是知道今儿晚上能找一个男朋友，还能请客吃饭，就不去食堂吃馒头了！”

程闾默默地笑了，只要一说吃的，再多的浪漫也能打破，他感觉正常了很多。清了清嗓子：“消夜，冷饮，随你。可以吗？”

任苒雀跃：“果然有男朋友的感觉都不一样，好像找了个爹——”

程闾一愣，任苒赶紧解释：“我是说，我在家我妈不让我吃这些，都是我爸偷偷带我出去吃。”

好吧，勉强接受。

程闾觉得自己的心情格外好，听到任苒的解释，甚至呵呵笑了出来。下意识地伸出手，又把她的头发揉乱了。

并肩走了两步，严鸿浩从对面走过来。眼瞅着擦肩而过了，突然倒退两步挡在他们面前：“欸？好巧！女朋友？”

任苒跟严鸿浩不熟，但“女朋友”三字让她面红心跳，连忙转头去看程闾。

夜色里，程闾的脸色看不太清，但可以看到他长长的眼睫毛迅速扇动着。

只听程闾道：“我们班同学。有事吗？”

任苒心里有点失落，这才想起程闾这个男友是假的、临时的、帮自己“解决问题”的。

“没事！项目的事，大概能定下人数了。接下来，要不要互相认识一下？”

“明天吧。”

“哦——你们……任苒是吧？我是严鸿浩，有印象吗？”

任苒呵呵一笑：“有的有的。大主席嘛！”

严鸿浩显然没有走的意思，眼神来来回回地扫在两人身上。即使夜色遮掩，也明显感到不自在。

程闾说：“如果没事，我们先走了。”

严鸿浩却拦了一下，问道："其实还有点事。冶金和轧钢的想托我问问你，他们班寄给你们班那位征友的女同学的简历，收到没，有什么消息吗？"

话是对着程间说的，眼睛却看着任苒。

路灯明亮，任苒的困惑毫不掩饰，顺口接道："没收到啊！一封——"

"我们还有事，先走了！"

程间突然开口打断，连招呼都不打，就很失礼地拖着任苒走了。

严鸿浩也没追赶，呵呵一笑，自言自语："唉，看来又得准备让出一个名额啊！"

夜风清凉，浸着海的湿润。

任苒觉得，自己和程间之间刚开始的那层暧昧已经消失得无影无踪了，甚至连即将到来的夜宵都变得索然无味。

她想，反正都是假的，其实挺无聊的。

"对了，一会儿吃饭，我们AA，或者自己付自己的吧。"任苒说，"我启事上面说得很清楚，不公告大家，不涉及财物，不送礼，假期结束就结束。所以，一会儿这个消夜，你陪我吃就好，钱我自己付。"

程间扭头看了她一眼："我什么时候让你付过钱？"

"那、那不是、还不是临时的吗！"任苒没来由地有点伤心。

她也有那么一刹那，觉得程间是在和自己告白。可是程间回答严鸿浩的话，把任苒彻底拉回现实。甚至她还推想得更远：程间可以一点没障碍地和自己做假交往，恰恰说明他心里对自己真一点想法都没有啊。

——纯粹就是帮朋友解决一下难题嘛！

——还真是纯粹得让人想哭！

想到他还提到有个什么"正事"，任苒有点小人地琢磨：这家伙这么爽快地吃这个亏（她已经觉得做自己的临时男友，对程间是件很吃亏的事情），是不是别的事上有求于她？

程间不知道她想的什么，就事论事地说：“那时候都不用你付钱，为什么做你男友反而让你付钱了？我们不是同学，不是朋友？”

“对，是同学，也是朋友。”任苒有气无力地答。

也仅仅是同学、朋友罢了。

任苒听到一声叹息，紧接着程间站住了。

他们现在是在一舍通往体育场的路上，柳枝倒垂下来，轻轻拂动。食堂的灯光倒映在眼镜湖里，波光粼粼。

程间伸手抬起任苒的下巴，逼着她看向自己：“现在开始，我是你男朋友，拜托你拿出点女朋友的架势来，好不好？”

“嗯。”任苒的下巴被托着，她很想辩解两句。

但是她很担心自己多说两句话会让那只温暖的手指就此悄悄撤回。

程间的手指并没有离开任苒的下巴，不知从什么时候开始，在彼此对视的沉默中，手指变成了手掌，然后掌心轻轻地裹住女孩的脸颊。

程间在做他一直想做的一件事，伸开自己的手掌，捧住任苒的脸，看看那张梦中时而模糊时而清晰的脸，到底多大，到底什么样……

丁零零！

清脆的车铃声划破暧昧，上晚自习的人骑着自行车风驰电掣地闪过。任苒和程间同时向相反的方向转头，努力做出什么都没发生的样子。

“走吧。”程间的气息有点乱，侧身等着任苒。

任苒却连话都说不出来，只是机械地手软脚软地向前走。

程间跟上来，一声不吭地和她并肩走着。

过了石灰的校园主路，一直到体育场，中间有一段土路。这里没有路灯，旁边的体育教研室也没有留灯。路面坑洼不平，本来就晕的任苒趔趄了一下。

“小心！”程间伸手握住她的手。

任苒一愣，心里却惊出了一朵花。

程间的手一直都没有松开，直到他们站在烤鱿鱼的摊位前。如果不是任苒一时忘形，左右开弓来了一手一个，估计程间的手还是不会放开的！

任苒稍稍遗憾了一下，就开始大快朵颐。烤鱿鱼很筋道，嚼起来颇为费劲。任苒专心吃着，眼珠子还在四下踅摸。

“那儿有炒焖子，来一份吗？”程间太了解她了，指着不远处那家，仔细看了看，“欸，不是你常吃的那家。要换一换吗？”

“不吃她家的。她家炒得硬！辣椒也呛，好像放了化学的东西。”

“你嘴巴很灵啊！”

“多吃几次就知道了。”

程间没说话，低头看了她一眼，含笑慢慢向前走。

任苒跟在后面，对着张牙舞爪的鱿鱼，一口一口认真地吃着。

快吃完一串了才想起来，不好意思地问程间：“你要不要来一串？我请你。”

“不要。”程间笑着拒绝，看任苒吃比自己吃精彩多了。四下看了看，指着旁边的赛恩斯说：“你要是不好意思，就帮我买支雪糕吧，要奶多的。”

任苒屁颠屁颠过去，一摸兜，忘带钱包。

正尴尬，程间掏钱买下来一支，一边拆包装一边说：“算你欠我的！”

“嗯嗯。”任苒乐呵呵地赶紧点头。

“我记得你刚入学的时候吧，就是报到那天，”程间慢慢悠悠地想起一件往事，“你穿着白上衣，挺胖的，手里还捧着一个大面包。你爸帮你拎行李，你妈帮你办手续，你就站在旁边啃面包，对吧？”

任苒回忆了一下：“对啊！我起晚了嘛。而且那个面包是我舅舅单位里自己烤的，别看外表就是一个圆面包，真的超级好吃，特别香。下次我带你去吃。”

“见你舅舅吗？”

嗯？好像说的不是一回事儿？

任苒愣了一下，又觉得自己多心了，干脆实话实说：“不一定能见到他，现在是旅游旺季了，他特别忙。”

程间嘬了口冰糕：“行。我也尝尝你说的那个好吃的面包。不过，我觉得好多东西，看你吃特别香，真自己吃的时候怎么都那么一般呢？你大一总吃的那个鱼香豆腐丝，说是特别好吃，打饭的时候还跟别人抢。我尝了尝，也就那么回事儿嘛。”

任苒想起来那次打饭自己拜托前面的男生把最后一勺鱼香豆腐丝留给自己，自己愿意拿红烧肉换的窘事，忍不住嘴角抽搐：“你怎么知道？”

“因为我就在你后面不远啊。”

“唉，也不是太好吃了。我不爱吃肉，烧烤例外，反正学校的各种肉我是吃不下去。也不想吃那个大白菜，剩下的也就是豆腐丝了。我那天下午好像有什么事不能出去吃，这顿不吃，怕挨不到下顿，才跟那个男生商量的。”

“哦，我以为多好吃呢！”程间语含揶揄。他对任苒的印象是从吃开始的，其次才是书，最后才是那次表白。

说着说着，程间想起一件事：“你、你后来为什么旷课啊？”

因为不想见你啊！

因为觉得没脸啊！

后来就是胆儿肥了，乐得不上课了……

任苒嘿嘿一笑，这些理由都不能讲。把最后一串鱿鱼塞进嘴里，鼓着腮帮子看程间，笑眯眯地拒绝回答。

第三十八章

患得患失

逛吃逛喝一路，走到书店还顺了两本小说。

程间顺手拿一本翻了翻，觉得颇为无聊：“这种小说有什么好看的？”

“代入啊！感觉自己像女主人公，很幸运，很无敌，很幸福。翻开第一页，我就知道这是一场幸福之旅。”

“说得这么浪漫！看来我也得看看了。”

“算了，这种书是写给女生的，男生还是干别的去吧。”任苒一把夺过来，脸不由自主地红了。

她能说自己看的时候，会把程间的脸代入进去，然后就傻笑着看一整天吗？

程间突然凑近了低声问：“你不会看这书的时候，一直想的是我吧？”

吧嗒，任苒手里的书掉到了地上，手忙脚乱地去捡，略过这个问题。

程间并没有追问，任苒悄悄松了口气。

但在走出书店之后，任苒才后知后觉地懊悔，自己正常的反应不应该是很困惑吗？为什么他要这么讲？自己看书代入谁，跟他有关系吗！

慌手慌脚的反应，不正说明被人说中心事！

任苒使劲挤了一下眼睛：这就是和程间过家家的坏处！

因为他可以假装，自己却全是真的！

可即便是假装，这样的程间也是前所未见的！

往回走的时候，程间想起另外一件事："你暑期实习定了吗？"

"我给几个旅行社投了简历，想看看有没有机会做导游。不过看来戏不大，所以最终可能会去我舅舅那里。他不是有个酒店吗，我去实习。"

程间点了点头："你想去酒店实习吗？"

"不太想去。我见过他们客房做的事情，我这脾气会被闷死。"

"你舅舅不给你安排别的部门？"

"没经验啊，别的部门不太合适。"任苒无聊地踢了一脚石子，"非要实习生有工作经验。"

任苒却想起蒋雪柳说过的假期安排："听说你们假期有个什么项目？"

"对啊！"程间淡淡地说，"所以我假期也不回去了。"

任苒听出话里不愿多提的意思，低头去踢脚下的石子，抿紧了嘴巴。若放平时，不提也就不提了，谁愿意被人打听呢？

可是现在，任苒有些伤心，他们是男女朋友啊，有什么事不能说呢？

可能还是因为假的吧？

任苒默默地提醒自己：别忘了，这一切都是假的。程间只是基于同学的情谊，帮自己"解决问题"而已。

想到这里，任苒倒是想起一件事："程间，我——"

"什么事？"程间微微侧身问她，语气倒是轻松愉快，不知刚才想起了什么。

“我想说，谢谢你！我刚才是冲动了点，逼你做我——假的男朋友。我其实很开心的，你能帮我解决问题，还不至于搞得满城风雨当然很好。但是你就比较吃亏！所以，如果这个暑期，你——”任苒一口气说到这里，有点说不下去，顿了一下，才继续说，“你想提前结束的话，告诉我就行了。我不会勉强的！今天晚上我已经很开心了！”

程闾没想到任苒会这样讲，脸一沉，声音也有些暗哑，“哦，你后悔了？”

“没有没有！”任苒连忙否认，“我知道你在帮我，还帮我维护面子，才答应的。我也不是不知好歹。恋爱的感觉很美好，我今晚体会到了很多。不过，这种事，我怕委屈你。”

“哼！你一个女生都不怕受委屈，我是男生怕什么！”程闾显得有些咄咄逼人，“我既然答应你，自然不会半途而废。”他忽然伸展了胳膊，大大地做了个伸展运动，吸了一口眼镜湖边的空气，“我也好久没有女朋友了。谈真的毕业时太费力，正好和你做个假的，过过瘾。”

这话听着太轻浮，可是任苒本来开头就不大正经，若是推下来，人家讲的还真没错。

始乱之，终弃之。

真是自作自受！

任苒尴尬地笑了笑，感觉到了自己的荒唐。所谓自作孽，大概就是指自己这样的吧。

沉默在两人之间蔓延，离四舍越来越近，两人不约而同地放慢了脚步。

从二食堂旁边的小路穿过去，程闾忽然停下脚步，任苒懊丧着自己的荒谬并没有注意，差点撞上。程闾伸手扶住她的胳膊，却没松开。

任苒有点吃惊，抬头去看，发现程闾毫不掩饰地看着自己。明明是黑夜，自己居然可以看到他的瞳仁，在夜空下和星星交相辉映。

任苒一时看傻了，没有说话，也没有挣扎。

程间道："我刚才说的，对不起。"

啊？啥？

"我……"程间似乎想表达什么，却好像组织不好词，淡淡的眉头轻轻蹙在一起，又重重地拧成一个川字，"过瘾是不对的，我会认真对待。你放心。"

啊？

任苒费了好大的力气才知道程间是为刚才那句话道歉，可是"认真对待"这四个字，好像更容易让人误会啊。

是认真地对待，不再玩游戏了？还是认真地玩游戏，不再说让自己沮丧的话了？

大概，就是以认真的态度帮自己解决问题吧？

任苒努力做到"客观"解释，避免任何自作多情的倾向。毕竟她已经深刻地意识到，自己做了一件多不靠谱的事。

"没关系！"任苒收回花痴的眼神，轻轻挣扎了一下。

程间惊觉，慌忙松开了手。

任苒道："就算没有什么假交往，你也是我的真朋友啊！我信你。不过，你说过瘾是不对的，我觉得挺对的。但是，这事儿起源于我，是我一直喊着要毕业啦，要过一把谈恋爱的瘾，要错，也是从我开始错的。"

程间轻声失笑，这才是他认识的任苒：大大咧咧，但也是敢作敢当，不会稀里糊涂地甩锅给别人。

情不自禁，程间握住任苒的手。

温暖润厚的掌心让任苒心里慌乱，却有点舍不得松开。毕竟之前她因为一时贪吃，错过了这份温暖，如今可以补上，无论如何是不愿意再放弃了。

假的吧？但在一起又是真真切切的。

任苒抬头去看程间：灯光、夜色，还有星光，描摹出程间清瘦的剪影，为这静谧的夜色添了几分惊心动魄的诱惑。

任苒犹豫了一下，反手握住程间的手，感受到程间微微的怔忪，一抹得意涌上心头。任苒不再偷看，大大方方地扭头，笑眯眯地看着程间。

管它真假，自己喜欢他、欣赏他却永远是不会假的。

那就好好珍惜这个暑假吧！没什么好纠结的！

到了四舍门口，程间松开手，微微侧身，让任苒进去。

任苒点头谢过他，整个人还沉浸在想通了的喜悦中：脸颊还是热乎乎的，头还是晕晕的，直通通地往里走。

“等一下！”程间喊住她。

“怎么了？”

“我们不只是同学、朋友吧？”程间两手插兜，语气迟疑，眼神却有些闪烁。

任苒想了一下，抿嘴阻止几乎要流出来的笑意，点了一下又赶紧摇了摇头。

“那……不应该这么简单地道别，对吧？”

“还要怎样？”任苒狐疑地问。

程间没说话，向一边努了努嘴。大台阶的另一侧，有一对恋人正旁若无人地热吻。

任苒瞬间红了脸，有心要跑，却又觉得好像恋人这样做是正确的。犹豫之下，居然站在原地没动。

这下程间抓瞎了！

他本来是偶尔看到想逗逗任苒，以为任苒必定会羞得拔腿就跑，完全没想到任苒会站在那里不动。

难道真的要吻？

程间蒙了。

虽然他谈过恋爱，但接吻——

咕嘟！

程闾听到一口吐沫从自己喉咙滑过的声音，全身燥热难当，插在兜里的手一时间不知道该不该拿出来。

"我……"任苒结结巴巴地开口，"我在告示上说了，未经女方允许，不许动手动脚。"她为难地看了一眼那一对，"我们毕竟不是真的，还是算了吧！当然，如果有必要，我想我需要做一下心理准备。但是——你觉得有必要吗？"

前面几句话，说得程闾慢慢放松下来。最后一句突然问出，瞬间把程闾震到九天之外！所有的理智轰的一声炸没了。

接吻？

你问一个心怀鬼胎的男生有没有必要？

——不不不，我不是心怀鬼胎的人，我是一直心怀鬼胎的人。

汗珠沿着程闾的额头默默流了下来，一个月前导致他对任苒退避三舍的绮梦就包含了他对某人嘴唇的专注。从那以后，他几乎不用正眼看任苒的脸的任何一个部位。

现在，真人站在他面前，问他"有必要吗"。

如果必要是指的想不想，那当然想！

程闾深吸一口气，正准备用最无所谓的态度说出"有必要"三个字的时候，任苒自己接了下去："还是算了吧！太勉强你了。我先回去了，拜拜！嗯，还是谢谢你的！"

任苒失落地转过身，她是很想吻程闾的，可人家并不喜欢她啊！

有些事，只有真正相爱的人之间才可以做。尤其接吻这种"深度接触"，勉强一个不爱你的人，只是为了满足自己体验的需求就去做，有点不道德。

任苒走开，程间松了一口气，同时也有些失落。

勉强？

任苒你太低估自己了。或者——

程间想到另一种可能：这么多年了，任苒也许已经不再是当年那个站在门口向自己表白的小女生了。

这个想法无可避免地引得程间发出一声长长的叹息——

假的啊，自己真是太投入了！

第三十九章

砸场子的

这甜蜜而惆怅的一晚，让任苒翻来覆去没睡好。天快亮时，才勉强睡着。好在已是最后一天，没有什么必须上的课。

寝室里的人都走光了，任苒刷完牙洗完脸，正准备走人，忽然想起一件事：拿起许久没用的面霜涂在了脸上。又对着镜子检查：眉毛有点淡，眼睛有点肿，嘴唇起皮了，天啊！鼻头上还有黑头！完了，怎么出门见人啊！

不过，她这里没有任何化妆的东西，犹豫了再犹豫，终于狠下心走出宿舍。

走廊里静悄悄的，任苒一层层下来，想着是不是该出去找点东西吃的时候，被人拦住："你可真能睡！"

戏谑的声音，不用看就知道是谁！

嘴角抑制不住地慢慢勾起，任苒忍了又忍，才努力让自己平静下来："你怎么在这里？"

"等了你一个早晨。"程闾看着笑得看不见眼的任苒，忍不住伸手揉她的头，“怎么那么高兴，包子都凉了，简单垫补一下，开完班会我带你去吃好吃的。”

“好！”任苒抿着嘴，顾不上自己鼻子上的黑头，全部精神都用在克制自己不要跳到程闾身上。

虽然以前他也经常在四舍门口等自己，可真的和现在不一样。

具体哪里不一样，任苒又说不出来。眉眼语气，微笑的样子，连天气都算上，反正都不一样！简直是打开了新世界的大门！

“笑什么这么开心？”走到柳树林，看到任苒还在笑，程闾有点毛了：是在笑话自己吗？牙上有菜叶？头发有皮屑？还是里面的衣服穿反了？

任苒不知道，望着程闾说：“开心啊！开心就笑咯！嘿嘿！”

说开了，干脆不忍，直接咧嘴笑起来。

知道不是笑自己，程闾也放心了：“傻样！”见四下无人，伸手牵住任苒，心照不宣地并肩往教室走。

九点半大概不算早晨了，但是空气闻起来还是那么清新，鸟鸣依旧那么悦耳，连地上的杂草都显得那么可爱。

放假前最后一天的班会就是叮嘱一下注意安全什么的，每年都一样。有事的早走了，没事儿的不想来也不用来。来的也不是为了开班会，主要是看一看有没有可能凑一拨去吃点好吃的。

颜漾随便讲了两句，宣布放假了。正准备切入正题，问问大家中午打算去哪儿吃。

门被敲了两声，然后有人推门问：“这是旅游 ×× 班吧？”

颜漾点头说是，对这位仁兄的用意完全摸不着头。如果是抢教室上自习的，这个时刻大概没必要吧？还特意问明白是不是旅游班——砸场子的？

那个男生松了口气，径直走到讲台上，看了看下面，目光在任苒身上停留了一下，笑着说：“我是冶金的夏成蹊，我是来应聘的。”他顿了一下，

“我看到那个启事留的邮箱，查了一下是你们班的，所以猜着征男友的女生应该是你们班。我开学上大四，没有女朋友，青春痘也不多。暑期去北京实习一个月，工作大概率就定北京了。所以我要在学校待一个月，这是我的基本情况，请你们班那位女生考虑一下。本来我寄过信，但是信总会丢的，而且相信很多人都寄信了，所以我觉得还是当面自我介绍一下比较好。”

说完，他把自己的简历放在桌子上，人却只是站在一边，目光炯炯地扫视全班，似乎就等着看谁过来拿了。

“啥征男友？”三爷最近睡觉比较多，一副睡眼惺忪的样子，“还有这事儿？我怎么不知道？谁啊！还能加我一个吗！欸——老五？”

在全班的静默里，程间起身走到讲台前，伸手去拿那份简历——

夏成蹊一把摁住：“你不是她。这个是要交给她本人的。”

“她——回老家了。”程间面带微笑。

三爷低声问老林：“我怎么觉得老五在嘬后槽牙？”

老林严肃地点头：“有问题！”

颜漾不知道第几次默默地去踢任苒，任苒耷拉着眼皮坐在椅子上装死。

晓茹和林念也没走，就坐在任苒她们旁边，此刻两人正非常怀疑地看着任苒。这种事，除了任苒不可能再有第二人了。

夏成蹊很坚定：“不，她没走。她说了，今天是最后一天。”

程间看着夏成蹊，面颊抖了抖，忽然轻笑：“那你把东西留下，人可以走了。”

“我既然来了，就没想着空手回去。”

“她不会选你的。”

“你怎么知道？”

“她跟我说的。”

“她是谁？”

程间沉默，嘴唇抿成窄窄的一道细缝，宛如锋利的柳叶刀。

“任苒对不对？”夏成蹊从程间手中抽出自己的简历，根本不等程间回答，大踏步越过众人，走到任苒的桌边，“你应该早点说没有男朋友，不然我不会等到现在。”他把简历放在任苒的桌子上，“任苒同学，我知道是你。只是——我一直以为你有男朋友！”

任苒吃惊得睁大眼睛：“等等，你是说——你一直——”她冲动地开口，到了关键的时刻却说不下去，太不好意思了。

夏成蹊笑了：“我一直喜欢你。从大二的舞会上，第一次请你跳舞的时候，就在想你有没有男朋友。”

任苒忍不住乐了，扭头去看颜漾。她真的很想分享一下自己喜悦的心情：原来老娘不是没人喜欢啊！

咣啷！

课桌下又被颜漾踹了一脚，任苒立刻认识到自己的表情有点不太合适。这个夏成蹊来势汹汹，而且人家在告白，自己不能光想着占便宜！

轻咳一声，任苒正要说话，身边最后一丝阳光也被堵了个结结实实。

程间不知什么时候走过来，双臂环胸，半坐在林念的课桌上。

他的位置逆光，看不清五官。但是泰山压顶的血腥之气扑面而来，足以让任苒瞬间恢复死亡扑克脸，咽了口吐沫面无表情地说：“谢谢你啊！不过你误会了，征友的人不是我。”

“你不用骗我，我看到你去贴告示了。”夏成蹊很笃定。

任苒眼角轻抬，只看到程间巨大的蝙蝠般的身形，还有林念躲得远远的姿势。

一个主意突然涌了上来，她指着林念说：“我真没骗你。征友的是她。”

轰隆！

又有人推桌站起，怒气像地火红莲席卷全班。大家愕然看着杀气腾腾的武定全，这又是哪一出？

程间看看武定全，又看看夏成蹊，忽然觉得有点头疼：这个任苒，甩锅甩得真有创意！真不怕死！

任苒认真地解释：“我替她征的。因为她男朋友和她分手了——你懂的，很伤心。所以我就出了这么个主意。我还打印贴告示，都是我做的，但是人——不是我。”她不怕死地把手指指向林念。

反正她和林念之间还隔着一条过道，过道上还站着个碍事的程间，估计林念就算出手，自己也应该有时间跑。

夏成蹊有些失望，却依旧怀疑，任苒只好再重复一句：“真不是我！”

咣！

武定全踢翻桌了，冲出教室。

林念看着他的背影，又看看任苒，想动却被晓茹拉住。

夏成蹊苦笑了一下：“对不起，那——你有男朋友吗？”

“干啥？”

“有，我就走；没有，考虑一下我？”

任苒心想：哥们儿你长得其实也不差啊！为什么昨天之前不说呢？哦，对了，我一封信都没收到！

这时候，任苒已经开始怀疑自己的信被人动了手脚。

任苒迟迟不说话，程间忍不住咳嗽一声。任苒立刻清醒，把头摇得像拨浪鼓：“不行不行！我妈说毕业前不能谈恋爱，谈了也得分手，浪费感情。算了吧，算了，谢谢你啊，我没这打算。”

夏成蹊脸色变幻，阴晴不定，有那么一瞬，任苒觉得自己好像很危险。但是夏成蹊只是慢慢地苦笑一声，收起自己的简历，冲大家说声打扰了，转身离开。

门开门关，教室陷入安静。这样的期末班会太劲爆了，谁也不知该有什么样的反应，都愣在座位上。

林念忽然站起来，起身跑了出去。

晓茹跟着站起来指了指任苒："你死定了！不过，做得好！"然后追了过去。

任苒一愣，转头去看颜漾："什么意思？"

颜漾也不懂。最近她忙着撩老朱，没怎么关心过舍友。

程间绕过去，走到颜漾身边，敲了敲桌子："劳驾，换个座儿。"

颜漾眼睛倏地睁大，立刻转头看任苒。任苒反应迅速，脑袋一耷拉，睡着了！

众目睽睽之下，程间从容就座，拿出文件夹看自己的项目。任苒坐在他旁边，从始至终一副好像睡着的样子。

大家等了好久，也没人说话。

第四十章

假戏真做

在所有同学一个个从他们面前走过，狐疑的目光跟灯塔似的一台台照完，屋子里终于只剩下任苒和程间两个人。

程间放下笔，正想说话，突然门口蹿进一个人。三爷扒着桌子问他："武定全要和林念分了？林念要找新男友？我可不可以试试？"

任苒倏地睁开一只眼，程间似有所感，扭头去看的瞬间，她又闭上了。

"你就算要试，最好先问问定全的意见。"

"那他肯定不同意。我说他最近老搞得阴森森的，为啥呢！可林念啥意思？你说我有戏吗？哎，任苒，你和林念一个宿舍的，你说呢？"

任苒立刻兴致勃勃地睁眼张嘴，正要开口，程间冷飕飕地开口："你不是睡着了吗？"

任苒立刻闭上眼，继续睡觉。

三爷在他俩之间瞅来瞅去，挠挠头："你们又是什么情况？我难道睡了一个世纪？"

老马回来拿书，顺便把三爷拎走了。

八卦这种事，问谁也不能问当事人啊。当然，任苒除外。她对八卦那是真诚的热爱，执着起来连自己的坟都扒！

“还睡？不怕脖子疼。”程间干脆转身看着任苒，“满意了？有个男生当面对你表白，高兴了？”

任苒立刻睁开眼，眉开眼笑地点头：“嗯！他喜欢我好久了！原来我不是没人要啊！欸？你说我这么洁身自好的一个人，怎么能让他误会我有男朋友呢？谁那么缺德给我传的。”

“挺遗憾的？”

“是啊，要是早点，可能就真的不一样呢！”任苒沉入幻想，“其实夏成蹊长得还挺帅的。我记得他啊！他来邀请我跳舞的时候，我还小激动了一把，呵呵！”

最后两声笑真是猥琐至极，显然，多年前舞会上的某种猥琐心情得到了一定程度上的纾解。

程间抓起笔转了两圈，又重重扔下，巨大的声音好歹把任苒从美梦中拽了回来。

“要不你去跟人家解释一下，就说你还没有男朋友。”程间说，口气平平淡淡，看不出好坏。

不过任苒是谁啊！她关注程间三年了，就是眉毛丝儿动一下是什么意思都能猜出来。这种突然平静的口气，绝对是暴风雨之前的宁静！

必须掐灭在摇篮里！

任苒立刻清醒，坚决表态：“我是那种人嘛！我答应你在先，怎么能出尔反尔！不过——”任苒只要目光一离开程间就有点走神，“要是和他在一起，大概会是真的吧？”

那就可以接吻了！吼吼！

任苒被自己藏起来的半句话惹得面红耳赤。

程间气得耳朵眼儿冒气，伸手捧住任苒的两颊，直接和自己脸对脸，鼻子都差点顶到一起："看着我！你最后说什么？我、没、听、清！"

"没、没有！我就是说，就算你不答应我，我和他也没可能！一点可能都没有！"

任苒脑中警铃大作，连连表白。

程间却突然不说话了。眼中的狂暴瞬间被一种迷惑取代，他似乎突然注意到自己眼前有一种奇怪的生物！

任苒从没有这么近地看过程间，甚至可以感觉到火热的气体，从他的鼻子下流过，在她的口唇边拂过，酥酥麻麻……

两人就那么脸对脸地看着。看着看着，另一种异样的风暴慢慢旋转起来。就在两人之间，缓慢而坚决地卷走了那点可怜的空气。

外界的气压压迫着他们，慢慢地靠近、靠近、再近一点……令人窒息的诱惑就在眼前——一抹朱红。

咣当一声，门被推开了！

"我去！谈恋爱都进教室了！拜托你们换个草地行不行？食堂看你们喂饭，教室看你们亲嘴儿，还让不让老子这种单身狗活啊！哥们儿还得准备考研呢！"

有人突兀地闯进来，又骂骂咧咧地走了。听意思是刚刚在食堂被刺激了，这会儿又被教室里的场景虐了。

被虐的单身考研狗，大概是世间最可怜的物种。伤心地不能留，强行留下也复习不好！好在放假了，不然他不仅没地儿吃饭，更没地儿看书了。

这么一闹，固然尴尬，但程间和任苒之间的引力却一下子没了。

任苒挣脱开程间，程间也松手向后坐去，都有些面红耳热，心跳加速，互相躲闪着对方的目光。

“你要是真的喜欢夏成蹊，我可以帮你跟他说。”程间不知道自己怎么说出这话的。

那么多信都被他扔进垃圾道，怎么可能去帮任苒做媒人。

他想起以前在学生会碰到别的院系的男生，也有聊起本专业女生的。如果说起任苒，他总会露出神秘莫测的笑容，对人家问的任苒有没有男朋友的问题做出不置可否的表情，最多也就是说一句：“任苒啊，她那样的女生——你觉得呢？”

谣言是怎么出去的？任苒不知道。

程间“隐隐约约”觉得可能与自己有关。尽管他拒绝了任苒，但听到别人议论任苒，看到有人对任苒蠢蠢欲动的时候，程间都会本着“保护本班同学”的原则，任劳任怨地把各种狗尾巴花拔掉，保证任苒同学周身三百米之内不会出现任何居心叵测的生物，以至于任苒同学三年下来，居然认为自己差劲到没人搭理。

但是程间觉得这是自己应该做的，没有任何不妥之处——除了最近。

好像是有点过分吧？

万一任苒真的让自己去当“媒婆”呢？

程间非常后悔说了这句话。

没想到，任苒却低着头说：“不用了。”她抓起笔，在纸上写着，“知道自己没那么差劲就好了，不是每个喜欢你的人，你都要去回馈吧！我其实根本不认识夏成蹊。刚才与其说是我对他动心，不如说我对自己被人喜欢这件事感到兴奋。”她扭头看看程间，突然变得非常沮丧，“我这人是不是特别差劲？”

程间准备好的各种反悔都没有用上，心里一松，带出轻轻一哼，遮掩似的揉了揉任苒的头发：“走吧！吃午饭去吧。今天想吃什么？”

任苒笑了：“我想吃市场门口那家的韭菜鸡蛋烙饼。”

“正好市场里新开了一家面馆，一起吃了吧！”

两人离开教室之前，程间走在任苒的后面，顺手收起了任苒乱画的那张纸。满纸只写了一句话：沧海，不为水。

女人心，海底针。

程间觉得这句话太对了！

教室里那么尴尬的场面，任苒一番滚刀肉般的表现愣是变成了大型八卦现场。再度择清了她自己，成功把舍友林念推下了海。不过，看她们宿舍人的反应，似乎做得不错。没像上次出卖杭英，弄得里外不是人。

但是，为什么出来吃饭的时候，抬头低头间，任苒就像变了个人呢？

坐在无名小面馆里，老板在一边吭哧吭哧地擀面，程间慢条斯理地吃着面条，时不时地瞅一眼有点心不在焉的任苒。

“你怎么了？不高兴？”程间忍不住问。

任苒抬头，原本懒人专属的苍白面色突然多了抹明显的绯红，瞬间妖娆，差点呛着程间。

任苒摇了摇头：“没有啊！我挺高兴的。”说着，脸更红了，眼波跟着流转起来，幼稚的苹果脸居然变得妩媚起来。

程间心中惶恐，到底发生什么事了？作为一枚刚二十岁出头的雄性生物，好不容易逃脱升学压力，那点可怜的恋爱经验还无法让程间理解任苒的变化，只是本能地对自己的感受感到恐惧——

低下头，不敢再问。

然而，如果低下头就可以压下所有的欲望，那男性就和女性没什么区别了。

程间终于还是抬起头，不过对着他的只剩下任苒的脑门，显得格外的遗憾。

他试着和她讲话，私心里还想体验一把方才那种惊心动魄的感觉，

“你怎么不说话了？跟平常比，你今天的话很少。不舒服？”

“没有。”任苒抬起头，果然是那副从未见过的样子。还没开口，双靥已含笑，眼神似有非有地飘过来，却如波光流水，可望而不可即。程间从未见过这样的任苒，一时只顾着看。

任苒不知道自己的变化，只是心中拿定了主意：“我觉得挺高兴的。暑假——开始了！这个暑假，不一样。”

程间愣了一下，才意识到她说的是什么。

——这个暑假，是两个人的暑假。

程间心里忽然冒出这样一句莫名其妙的大白话，却掀起惊涛骇浪，甚至让他联想到以前听说过的老生出去租房子的事儿……

男生女生想的，或者说男性和女性脑子里装的，绝对不是同一个宇宙。

在程间这样一个纯洁男生的心里，都能直奔主题的时候，任苒心中还只是沉浸在梦一般的笃定中：他假装做我男朋友好了，我却要利用这个暑假，认认真真地做一回他的女朋友！

吃完午饭，两人晃晃悠悠的谁也不说干什么，好像这样一张口就会破坏了气氛。

但是太阳真的很热，他们必须选一个目的地。

任苒问：“接下来你有什么安排没？”

程间看了看表：“十五分钟后，我和严鸿浩他们有一个会。你呢？”

“舅舅让我去他那里拿一下这个月的生活费。我父母可能要等到下个月才能过来。”

“你舅舅在白塔岭那里，对吧？北辰饭店那儿。”

“对，那是他们公司的总部。”

“我送你去车站。”

任苒点点头，跟着程间走了两步就到了河北大街站。

程间瞅了瞅白塔岭的方向，只有三站地。如果不开会应该可以和任苒走过去吧？见见她的舅舅？嗯，听起来似乎不错。

很快公交过来了。原本空荡荡的公交车，因为旅游旺季临近而见了人影。程间看了看，催促任苒往站边上走。

任苒却只站在队伍的末尾，怎样也不肯往前挤。

程间替她着急，可看人家老神在在的样子，也只能心里叹息：没做过公交的娇小姐不知道站着的苦。

任苒和卢飞扬一样，都是坐着那时候还很少的小轿车进的学校。只不过卢飞扬更夸张，所以大家也就忽略了任苒。

这不等于程间不记得。他现在几乎记得三年来每一次见到任苒的样子、场景和对话，不过，这些没必要告诉任何人。

车来了，人群向前向上拥动。轮到任苒要上车时，任苒忽然扭头问程间："你说男女朋友这时候该做什么？"

嗯？

程间愣了一下，他甚至不确定自己有没有听错。

这句话很耳熟，他曾经用这句话开过任苒的玩笑。不过那还是揶揄居多。

然后就见任苒忽然踮起脚，微微偏头，一个轻巧而温软的吻落在了程间的面颊上。

公交轰隆隆地开走，任苒的脸在宽大的窗口若隐若现，渐至于无。程间犹豫着摸上自己的脸，怀疑刚才不过是个幻觉。

这个幻觉有过很多次，但只有这次——有温度。

6月的海风还不太热，但已经湿漉漉的。程间心不在焉地回到校总会办公室，进门之前先深深吸了一口气，才推开门。

严鸿浩、蒋雪柳都已经等在里面，程间进来后，蒋雪柳先是看了看程间的身后，见没有人，下意识地看了一眼严鸿浩。

严鸿浩没开口先笑了："今儿来得晚了，有约会？"

程间摆摆手，找个地方坐下，把文件夹抽出来，将打印好的项目实施计划发给每个人。

还没发完，蒋雪柳问："怎么就你一个人？不是说还有新成员吗？"

严鸿浩摸摸鼻子，尴尬地低下了头。

程间愣了一下，还是先把资料分完，确保人手一份之后，才说："谁啊？我们员额不是已经满了吗？"

"还差一个。"严鸿浩说："夏成蹊本来要来的，后来我没让。"

听到这个名字，程间的眉毛不自觉地动了一下："哦，不来就算了。少一个没事的。"

上午的事情还不至于立刻传遍学校，21 世纪还没开始的时候，比尔·盖茨都在膜拜 IBM，并不知道自己会在世界富豪榜上霸榜多年。

严鸿浩很精明，一看就知道自己猜错了。立刻呵呵一下，不再多说。

蒋雪柳还有自己的担心："你不是要带一个人过来吗？"

程间诧异地抬头："谁？不是你吗？"他笑着开玩笑，但随即低头不理会的动作却是摆明了拒人千里。

蒋雪柳松了口气，却又隐隐有些不舒服。

程间看着资料，侃侃而谈："这是我根据咱们的选题做的一个计划。里面是我能想到的一些子题目。大家可以看一下，有什么疏漏或者不足，我们把子题目确定之后，大框架就定了。然后就需要分工，包括调查问卷的设计，调查对象的选择、联系等。我不太确定的是，李老师说，最好有个设计指标。可是我也是第一次做这种事情，这种指标设计实在摸不着头脑，大家有没有什么经验或者建议的，我们一并讨论。"

话题打开，大家的注意力也就集中到讨论上。

程间悄悄松了口气，如果真的追问下去，自己要不要承认和任苒在一起呢？

女朋友？

假的女朋友？

这个事有点复杂了。

还是不说的好，毕竟暑期结束的时候，这件事也就结束了。到时候难道还要向一堆不相干的人解释？

暑期就要结束了……程闾有些慌神。

再开学，就和任苒分手？那夏成蹊会不会又找上来，她午饭时美丽的样子是不是会被别人看到，还有车站的那个吻，也许有一天会落在……

程闾心乱如麻，努力让自己把注意力集中到同学们说的话上，却看到纸上的字变成了某个人的眼睛，正笑眯眯地看向自己……

“你没事吧？”蒋雪柳关心地低声问。

程闾愣了一下，摇了摇头，只能更加专注到大家的讨论里。但是过于专注的样子反而让大家觉得奇怪，却又不便多问。蒋雪柳时不时地瞅他一眼，并不喜欢程闾走神的样子。他嘴角的笑，眼里闪烁的神采，还有莫名其妙的脸红，都让蒋雪柳心中警铃大作。

散会已经是两个小时以后的事情，眼看着食堂的香味要飘出来了，程闾他们只商量出了一个大概。但是程闾对困难有充足的准备，他甚至已经做好了在执行中全部重修计划的准备。所以情绪并没有受到太大的影响。

说说笑笑地出来，严鸿浩他们约着去打球，程闾本来不想去了，架不住蒋雪柳和一众女生怂恿，于是又直接奔着球场过去。

打球是一件很爽的事情，汗流浃背的感觉尤其好。程闾本来心情不错，打完球之后更觉得身心舒泰。撩起T恤正要擦汗，旁边递过来一块毛巾。

蒋雪柳笑着说：“看你没带，我刚买的，用完洗了还给我就好。”

严鸿浩一副看笑话的样子，冲其他人挤眼。

程间愣了一下，继续用T恤擦完汗，才说：“谢了！你留着用吧，我不习惯。”

蒋雪柳有些尴尬，好在没有坚持。看程间四下寻找什么，立刻从旁边递过一瓶水，程间没拒绝，接过谢了，拧开瓶盖仰头喝干。

“雪柳，还得加油啊！”

程间他们前面走，跟在后面有个女生跑过来，轻轻撞了一下蒋雪柳，开了句玩笑。

蒋雪柳喜欢程间，这不是秘密。

打完球当然要吃饭，程间犹豫了一下才答应。想着任苒说过会在舅舅那里蹭饭吃，想必没有回来。

不过这一身的汗臭，实在难以忍受，大家约好了时间，各自回宿舍换衣服。

程间换好衣服，往任苒的宿舍打了个电话。接电话的是林念，带着浓重的鼻音，程间才想起今天上午任苒的剑走偏锋。现在正主已经哭得不行了，她这个始作俑者却逍逍遥遥地跑到亲戚家里蹭饭。

食指轻轻点在脸上某一处，程间听着林念有气无力地告诉他任苒没回来。

程间忽然觉得自己有责任代表任苒说两句话，想了想，问：“上午，任苒……她也不是故意的。她——是好心，但是方法不太对，你别往心里去。”

林念“嗯”了一声：“她们都是好意，我知道。”

程间还没来得及说，电话里忽然传来颜漾有点尖厉的声音：“程间？你——替任苒道歉？为啥？你俩——”

程间一把挂了电话，心跳如鼓。他才意识到，自己出格了。

没人知道他和任苒的新关系！

他们约好不和任何人讲！

这是假的，暑假结束就结束的一场情感体验！

程间有些恍惚地坐在床边发了会儿呆，听到外面有人喊他，才搓了把脸站起来。算了，多想无益。先把肚子填饱吧！

第四十一章

不小心抢了程间

任苒最喜欢吃舅舅酒店大厨做的炸鸡。曾经有一次大厨给她清蒸了螃蟹和皮皮虾，顺便炒了一份土豆丝。她吃完以后，大厨一看蒙了。小心翼翼地跑到舅舅那里请罪，问自己做海鲜的手艺是不是不行。为什么小姑娘一个螃蟹都没动，虾也没动，只把土豆丝吃了个干干净净。

舅舅哈哈大笑，告诉大厨，那丫头不会吃海鲜，下次做炸鸡就好，不必麻烦。大厨这才安心。

今天照例是自己坐享一桌晚餐。舅舅很忙，吃饭看不到人影。员工餐厅里人来人往，她都不熟，别人也不敢随便和她讲话。以往她都不会介意，今天却觉得索然无味。

程间会是什么反应呢？

会不会觉得我特别轻浮？

对了，他以前那个女朋友好像就是主动向他索吻，被他说不自重的！

任苒眉头皱起，感觉自己犯了个大错！

索吻都被说不自重，献吻是不是就——

提心吊胆地吃了两个鸡翅，让人打包，她该怎么弥补呢？

满脑子都是这个问题，连舅舅在她手里塞了瓶沉甸甸的可乐都不知道。舅舅家里只有一个在美国留学的儿子，以前就很喜欢小姑娘任苒。舅妈自己开了个外贸公司，平时很忙。夫妻两个在孩子出国后就更忙了。

任苒除了去舅舅那里取生活费，一般不打扰他们。

舅妈没时间过来，让司机带来一堆从国外带来的新鲜玩意儿塞给任苒。舅舅又拿了许多饮料和零食，统统塞进了后备厢。

在他们的印象里，放假后的学校就是一片荒凉。

司机送任苒回校的时候，天已经黑了。看着窗外闪过的一盏盏华灯，任苒有点发愁该怎么面对程阊：他要是因此嫌弃自己，是顺了他的意，散了好呢，还是发挥脸皮厚的优点，死皮赖脸地留住这个暑假呢？

换了别人，自己大概会盛气凌人地留住人家，陪自己玩完这个游戏；但是程阊不一样啊，自己还是很想在毕业前给他留个好印象的。

山高水长，江湖再见，大家同学一场，总不能将来说起自己就是个女流氓吧。

越想越恐怖，任苒一叹再叹，弄得司机都有点坐不住了。

好不容易开到校门口，停下来等门卫登记的时候，任苒看到一个熟悉的身影。所有悲伤叹气立刻跑到九霄云外，打开车门跳了出去，对着不远处的人大喊：“程阊！”

司机吓了一跳，赶紧拉手刹挂 P 挡，往后视镜一看，任苒正向一堆学生跑过去，然后站在一个高瘦的男生身边，向自己这边指着什么。

程阊心里有事，无心喝酒，应酬了两杯，大家吃完也就出来了。

刚准备向校门方向拐进去，就听见有人喊自己的名字。抬眼一看，校门口高高的卤素灯下，一辆小汽车旁边有个小个子女生正在又跳又叫地挥手，最后干脆跑了过来。

程间不知道自己笑得有多明显。但严鸿浩撞了一下身边的同学，露出“看我说过没”的表情；蒋雪柳沉下了脸，皱起眉头，宁愿相信看到的不过是任苒日常不靠谱的一幕。

任苒气喘吁吁地跑过来，才发现程间周围一堆人：“你们刚吃完饭啊！”

这么多人面前又跑又叫的，她是不是做错了？

“嗯，刚吃完。”程间心情很好地回应着，努力做出和平常一样的反应，却被自己弯起的眼角唇尖透露了秘密，“你呢？有什么事吗？”

旁边立刻有人起哄：“没事就不能找你了？程间，不像话啊！”

程间嘿嘿一笑，伸手抓了抓太阳穴。他本该反驳，但无从反驳。看到任苒跑过来的时候，他觉得一下午的无聊都烟消云散了。

任苒笑了，四下看了看：“不是，我、我刚才就看到他一个人了。我的车进不了校园，好多东西拿不动，所以想让程间帮我拿。既然你们这么多人，那就更好办了。”

“你的车？在哪里？”

任苒指了指校门口那辆凌志。

“任苒，你家的吗？不知道你还是富二代啊！”蒋雪柳忽然问，口气倒很正常，这也是大家想问的。

一边走一边说。任苒摆手：“不是不是，我不是富二代。我舅妈的车，他们公司的，我就是沾光。”

说着到了车边，司机连忙下车，就听任苒对他说：“陈叔叔，进不去就算了，正好我同学都在，他们帮我拎好了。”

司机一愣，进不去哪儿啊？刚登记好入门条啊。正想说话，一看任苒有点慌乱的样子，晓得这可能是个借口，于是就坡下驴地答应，打开了后备厢。

四五个超大的塑料袋，装得鼓鼓囊囊，还有一个半人高的泰迪熊和一个打包盒。

大家看到里面吃的居多，纷纷伸手帮忙。任苒抢先拿了那个打包盒。程间看了她一眼，伸手拿起泰迪熊看了看，哭笑不得："都放假了，你怎么还拿这个？"

"我舅妈怕我自己在宿舍害怕，送我这个壮胆！我都跟她说了，宿舍不止我一个人。她不听。嘿嘿。"任苒觉得丢脸，赶紧接过来抱进自己怀里，顺便又拎了个大口袋，准备背起来。

"我来吧。这么多男生，用得着你背东西？"程间接过来。

严鸿浩开玩笑地说："任苒，这么多好吃的，我看你也别往回拎了，咱们直接一路走一路分了好了。"

"行啊！"任苒隔着熊头大声说，"你们看看都带了什么，还有饮料，太甜了，我不喝的。你们喜欢就拿吧。牛奶给我留点就好，我怕早上起晚了没饭吃。"

瓜子、花生、话梅、饼干、方便面，看得出来，舅妈是按照火车上的标准来配的。

大家没客气，纷纷翻着自己爱吃的东西。刚吃完饭，肚子里都是酒肉，也没多大食欲，最后分完的就是可乐、雪碧、红茶、绿茶这些甜饮料，浓腻的还是放过了。

蒋雪柳走在任苒身边，递给她一瓶矿泉水："依云啊，你舅妈很舍得给你花钱。"

"嗯，她没有女儿，我从小就跟他们亲。高考报名的时候，我想离开老家，爸妈很担心。舅舅舅妈就让我报了这里。有他们照顾，家里也放心。"

"真幸福。不过这三年就看你各种吃了，到没见你用这些化妆品。"蒋雪柳眼尖，看到袋子里的雅诗兰黛标志。

"我以前懒得用，最近想用了，舅妈帮我从国外带了点。"

旁边一个计算机的女生笑眯眯地问："怎么突然想护肤了？给谁看。"

程间微微一顿，不着痕迹地看了一眼任苒，却只看到硕大的熊头，心里突然很无奈。就听任苒说：“要毕业了嘛，找工作总不能蓬头垢面吧。”

非常正当的理由。

多么有追求的孩子！

可是大家都不信。

就算是没看到任苒是笑得那样肆意地跑到程间跟前，也能听到她喊程间的声音是多么的不一样。

众人齐声嘘她，任苒有点不好意思。正想说些什么给自己找场子，就听程间忽然插了一嘴：“还有水吗？”

任苒赶紧去看袋子，顺带躲过那些要她招供的眼神。

六个大袋子，现在就剩下四个了。

任苒抻着脖子去看：“好像没了。”

程间看见任苒手里拿着一瓶依云，“你还喝吗？”

“不喝了，有点凉。”

“那我喝了。”程间接过来，半瓶水，对着瓶口咕嘟咕嘟地灌了一大口。

男生聊着走着，并未觉得怎样。

蒋雪柳的脸白了。

计算机的那个女生和程间的前女友也认识，尬笑了一下，别有所指地问：“程间，你——你在喝任苒喝过的水。”

任苒赶紧表态：“我没往里面吐吐沫。”

程间后知后觉地想到这个问题，追问任苒：“真没有？”

“我真没有！”任苒要不是抱着的熊太沉，直接就要举着熊发誓了，“那太恶心了，我还喝不喝了。”

程间觉得很有道理，点了点头，准备把剩下的都喝完。

女生说：“我记得瑞瑞有一次把自己的水壶给你用，你都不肯的。说女生的东西，还是算了。”

瑞瑞是程间的那个前女友。这话已经很露骨了，连粗心的男生都意识到不对劲，往这边看过来。

严鸿浩很聪明，立刻加了一句：“我有一次陪我女朋友去冷饮店，他们好像有一款饮料，专门是两个人喝一杯的，叫什么爱情水？”

“大哥你说清楚，和哪个大嫂喝的这杯水？”

“那必须每个都带去喝一遍。”

严鸿浩女生缘很好，现在的女朋友已经不知道是第几任了。

“程间，你这爱情水是咋回事儿啊？”

东北的学生直接，干脆问了出来。

任苒的脸已经烧透了，伶牙俐齿的她有些不知如何应对。说还是不说？该怎么说？而且他们并不是特别亲密的朋友，值得说吗？

就听程间笑着说：“一瓶水而已，哪儿来那么多花样。还有什么东西，帮我找点喝的。今儿肉吃多了。”

蒋雪柳紧紧咬了一下嘴唇，心一横把手里的饮料递出去：“我这里还有一瓶，你喝吗？”

唰，周围突然安静下来。

再蠢的人也知道这意味着什么。

任苒挠了挠脸皮，她的脸又痒痒了。有心自己去接下来，又想起自己刚才说了不喝的话。

程间好像没注意到大家的异样：“刚才渴急了，没注意喝了任苒的。既然你们都这么猥琐，女生的饮料我是肯定不敢喝了。任苒，回头我赔你一瓶。”

他说得很自然很坦荡，反弄得说这事儿的人不够磊落。男生纷纷呼应，让程间赔一箱。程间顺势和他们开起了玩笑，没再理会蒋雪柳手里的那瓶水。

任苒松了口气，一抬头却看到蒋雪柳正在看她。目光灼灼，好像要把一切看透。手臂一推，把狗熊挡在了两人之间，隔开了那烧人的视线。

任苒本来就有感觉，今天更是肯定了：蒋雪柳真的非常非常喜欢程阊。

好像当时真的忘了问一下程阊，有没有女朋友，或者暗恋心仪对象之类的。

但如果程阊真的心里有人，却还要帮自己“解决问题”，那到底算不算渣啊？

任苒立刻纠结得不得了。

程阊的为人她是相信的，但是——毕竟她都没谈过恋爱啊！而且书里也说，爱情方面，男生大都和女生心态不同。

悄悄看一眼程阊，不会真应了言情小说里写的吧？

第四十二章

一个严肃的问题

放假这几天，宿舍里进进出出都是拿着行李的，四舍的管理并不严。大家吃吃喝喝一路，到了门前也就三个日用品为主的袋子了。

“别都进去了。”程间笑着拦住大家，“要不，老严，你把袋子捎上去，顺便见见你女朋友。”

严鸿浩坏笑着躲一边：“别！要是让琳琳看到我帮别的女孩子拿东西，那可是跳进黄河也洗不清了。”回头冲男生们喊，“谁是清白的，帮任苒拎下东西吧。”

“不用不用，我自己来就好了。”任苒赶紧跳出来。这帮人，吃了那么多东西，也堵不住嘴。

“我来吧！”程间微微躲了一下，对身后的哥们儿说，“我们班的肥差，就不便宜你们了！”

这话半真半假，但也巧妙地化解了尴尬，让程间上楼送任苒变成了堂而皇之的事情。

蒋雪柳一直没吭声，沉默着跟在后面，看着程间和任苒走进楼洞了，也没有进去的意思。

“怎么了？”计算机的女生低声问她，“你真的对程间……”

蒋雪柳没吭声，眼神却越发坚定。

女生叹了口气：“你们班这个程间吧，要么是千年老古董，死都不开窍的那种；要么就是老滑头，心机深沉玩儿死人的那种。我可是看着瑞瑞怎么和他在一起又分开的。从头至尾，瑞瑞就不知道他心里在想什么，多可怕！”

蒋雪柳苦笑了一下：“程间这个人很会保护自己，但其实也很幼稚。瑞瑞那个我说句你不爱听的，他可能自己都不知道怎么回事。不过既然已经谈过了，现在他应该多少明白了。”

“合着瑞瑞帮你们激活代码了。”

“还不知道帮谁呢。而且是不是真激活了，也要走着瞧。任苒……她不合适的。程间最多会把她当妹妹，他不会欣赏任苒那种人。”

“你怎么这么确定？”

“程间事业心很强，而且，他有强烈的要出人头地的想法。任苒呢？就是程间的反义词。‘好吃懒做，不求进取’八个字贴她身上都不算形容词。就算一时的——以后他们在一起也会矛盾重重！”

“唉，跟你们文科生说话就跟做阅读理解似的。不过我听明白了，你是不放弃咯？”

“为什么放弃？他们又没说什么。而且就算说什么了，分分合合不也常事。”蒋雪柳忽然重重地叹了口气，“除非，程间也不适合我了。”

一路往六楼爬，虽然天黑了，大多数人已经放假，楼道里没有多少人。留下的都心知肚明，知道这个时候楼里可能男生比平时多，穿衣进出都比较谨慎。

程间来来往往各个宿舍之间，早就摸清了规律。平时这个点轻易不来，来的时候多少会先大声说两句，提醒一下前后左右再进楼道。现在倒是没这必要。

任苒心里仍然惦记着自己“不自重”的举动。

两人一路无话，眼瞅着过了五楼，马上就要到六楼。六楼这一侧是管院和外语系的女生，都是一届的，为了实习，留下来的比较多。

任苒站住，问程间：“今天，今天我就是和你开玩笑，你、你不要在意。”

程间一愣：“开什么玩笑？”

“就是车站那里。我、我不是有意的。”她差点说出，我是真心喜欢你，一时情不自禁。幸好脑子还有一点活着，话到嘴边留住了。

“哦，以后注意就好了。”

任苒立刻面红耳赤，有种被风纪小队抓住的即视感。

程间走了两步，看她没动，回头问：“怎么了？爬不动了？把熊拿过来吧。”

“不是不是！背得动。我其实有个事想问你。”

这才是最要命的。不自重这种评价，只要程间不说分手，任苒觉得自己的脸皮完全 hold 得住。但是有可能抢了别人的男朋友这件事，任苒觉得这已经突破自己的道德底线了。

程间笑了：“什么问题，这么严肃？”

“我、那天晚上，我忘了和你确定一件事。”

“那天？哦，那天！嗯，什么事？”

“你有没有女朋友？”

“怎么可能有！”程间皱眉，“你把我当成什么人了？”

“没有没有，就是例行程序问一下。还有——”

“还有？”

“还有就是，你有没有暗恋的，喜欢的但是还没有挑明的，或者默默发展的女生？”越问声音越小，任苒心里惴惴不安。

程间上下打量任苒：“干什么？”

看来是有了？

任苒心里凉了一大半。

“我是担心你要是有的话，不是没挑明吗，可能人家本来也是喜欢你的。但是咱们这么一来，被误会了，对你不好。”

当然，对我也不好。

程间不知道想起什么，半天没说话，就那么斜斜地看着任苒。

任苒脸红得不敢抬头，这个调查太难做了。

良久，程间才说了一句：“没有。”

“或者有好感的？”任苒想起蒋雪柳。

“你有完没完？”程间好像生气了。

任苒闭嘴。

跟在后面默默爬完最后一层。一路沿着走廊，走到尽头的方厅，到寝室门口了。

门没锁，里面有人。

“我就不进去了。”程间把东西放下，毕竟已经天晚，“你自己拎进去吧。”

任苒没动，她还在纠结。

抢别人男朋友啊，太没道德了！打死也不能做的事情！

拿定主意，就算扒出程间是个伪君子，这事儿也得搞清楚！

嗯？如果他真是伪君子，那就必须立刻分手！

任苒说：“你要是真有，我们就不要这么玩儿了。这样不好。”

程间气得有点不知道说什么了，她脑子里装的什么？

如果自己真的像她说的那样和别人不清不楚，还做她的男朋友，那自己是什么人？

我程间，在你任苒眼里，就是那么个烂人？

你不想抢别人男朋友?

这应该是我是不是个垃圾的问题吧!

程间气得叉腰，喘了两口气，努力平静下来。

任苒努力让自己显得正大光明一些，这其实是很严肃的问题。

“过来!”程间钩了钩手指头。

任苒一歪头，不知所以:“干啥?”人还是乖乖走近了。

嗯——

嘴被严严实实地堵住。

大家都很生涩，撞得牙和嘴唇都疼，所以停了一下，立刻分开。

任苒受到的心理震撼大于身体的感受，程间同样。感觉和梦里不太一样，但好像有进步的空间。

“你再这么问我，这就是答案。”程间恶狠狠地威胁，转身很拉风地走了。

走过任苒的身边，程间的嘴角慢慢地勾起来。讲道理?不存在的。任苒的脑子里有千奇百怪的想法，唯一能肯定的是中午那个轻巧的吻，她想要的和我一样。

从心底的某个地方，也许就是梦开始的地方，一条藤蔓勾连牵引出来，缠缠绕绕终于爬上心尖。那里有一朵小小的花苞，静静地等着开放。等了许久，终于等到方才，轻轻一触，绽放了。

程间越走脚步越轻松，在无人的楼梯间，终于抓着栏杆飞一样地跳跃起来。

在六楼寝室门口，任苒目送他离开，有点纳闷——听意思，我那么严肃地求证一个道德问题，好像就是引诱他?那岂不是很有心机，更不自重了?

这逻辑不对啊!

误会大了!

她惶恐了：虽然她的智商不太低，可心眼儿是公认的不足。

任苒推门进了宿舍，发现大家好像都在等她，猛地想起上午自己搞的场面，顿时觉得今天怎么这么长。

能不能找个机器猫，帮她把这一页翻篇儿过去？

林念看起来已经哭够了，眼睛又红又肿，但是表情已经很平静。

任苒小心地把东西放好，看到那个打包好的炸鸡翅的盒子，想起忘了给程间。明天皮了就不好吃了，要不——

“我带了点吃的，大家分分吧。”

任苒打开盒盖，把鸡翅推到中间。浓浓的香味飘了出来，颜漾立刻抓走了一个。晓茹“哼”了一声，顿了一下也过来拿了一个。

林念坐着没动。

任苒蹑手蹑脚地准备爬到上铺去。

“说吧，你这次打算怎么办！”晓茹一边啃鸡翅，一边质问任苒。果然不会放过她。

任苒立刻换上一脸谄媚的笑容，小心地和林念保持着距离：“对不起对不起！我真不是有意——不，我是有意的。”任苒长叹一声，干脆坐到林念对面，杭英的床上，“我跟你说吧，我早就偷听到了你和武定全的事了。我也不是故意的，我躺在那儿睡觉，你们打电话，我就全知道了。”

她没说程间和她讲过。

林念翻了她一个白眼，想来晓茹也说了什么。

“我肯定要跟杭英啊，颜漾啊，晓茹啊，说一说对不对？这种事，怎么可能不说嘛！”她理直气壮的样子丝毫没有传播小道消息的惭愧感，“我们都觉得你应该离开武定全那个浑蛋。”

晓茹点了点头，颜漾也肯定地颔首。林念的目光在大家的脸上转了一圈，落在任苒身上。

任苒继续说："谁知道，你心太软，武定全哄你两句，你就回心转意了。"

林念低下头，显然她自己也很纠结，两只手都快把毛巾搓烂了。

任苒叹了口气："当时我们就觉得，要想让你远离武定全，唯一的办法就是给你找个新男朋友。后来我征男友的时候，颜漾还说该征的不征，不该征的瞎着急！不信你问她！"

任苒端出颜漾，林念眼风似刀，嗖地甩过去，颜漾屁股一挪，退到床的另一头。她的床头挨着林念的床尾，这一挪算是最远距离了。

任苒："我就是受她的启发，做出那种举动的。"

甩锅成功！

要死一起死，否则怎么能算好朋友呢？

耶！

晓茹"哼"了一声，正儿八经地说："林念，任苒做事是不靠谱。但是这次也算是歪打正着，帮了一次忙。你看你是想和武定全分手的，但是武定全老缠着你。为什么？就是吃定了你心软。你总给他希望，总让他觉得只要求一求你，你就会回头。任苒这么一闹，其实是件好事。直接摆明了给武定全看，你不想回头了，你要重新开始！"

呱唧呱唧！

任苒给晓茹鼓掌，换来一个大白眼。但她不介意，继续鼓掌。颜漾也跟着凑热闹，这事儿她还真的不好甩，只能跟着任苒搅浑视线。

林念叹了口气："我知道你们是好意。不过，这事儿本来就是任苒干的。要是程间——他迟早会知道。"

看来林念也默认了晓茹的说法，反而担心后续如何收场。

"没事儿，我们打死不承认就好了，而且程间肯定不会讲。"任苒一点没觉得有什么麻烦，说完了觉得有点秃噜嘴。

颜漾从床上蹦下来，伸手一钩，长胳膊搂住任苒的脖子，笑眯眯地问：

“终于轮到你了。说吧，你和程间到底是怎么回事？老多人问我寄给咱们班的信哪儿去了，还有人——管工的，在垃圾道捡到一大包写给‘知名不具’的信。解释一下吧？”

“啊？真有信啊？”任苒茫然，“怎么会在垃圾道里？”

“当然是被人取出来，用塑料袋装了，然后扔进垃圾道了。你不是爱看悬疑小说吗，来分析一下，爱情侦探。”

“我分析啥？”

任苒想跑，却被勒住动不了。

晓茹走过来，扶着床头栏柱，一副恶霸的样子：“咱们一共两把钥匙。颜漾一把，老林一把。邮箱没有被破坏的痕迹，只能是钥匙打开的。颜漾不可能扔信，老林的钥匙丢了。但是所谓丢了，只能说老林不知道放哪里了。现在请问，谁的嫌疑最大？”

颜漾拍了拍任苒的肩头：“征友启事发出以后，突然你就和程间亲密起来。不过一天一夜的工夫，你俩已经在一起吃过四顿饭。还有上午，夏成蹊分明找的是你，全班那么多男生，为啥程间要出头？出头也就算了，假设是因为责任感，可是程间平时几乎不与人冲突，他凭什么就因为你跟夏成蹊闹得那么不愉快？你俩啥关系？还有刚才，送你回来的是程间吧？我们没出去，但是听得见声音。你们说着说着话，怎么突然没音了，干啥呢？”

任苒脸猛地就红了。

晓茹没注意，接过来说：“程间和老林一个宿舍，完全有拿到钥匙的条件。那么问题就来了，如果是他扔的信，为什么？图啥？为班级做好事，清理邮箱？”

任苒推开颜漾，坐到杭英床上：“你们那么会算，问我干什么。我只能说，反正这事儿我打死也不会对别人讲的。征友启事上就是这么说的。”

颜漾眼珠一转：“你们——约好的？”

任苒眉毛一挑，算是默认。

晓茹很严谨:“征友启事?等一下,你们是按照征友启事来的?那……暑期结束就结束了?”

任苒立刻瘪了,颓然地点点头。

晓茹一拍手:“怎么又一个垃圾!”

颜漾更正:“这次是任苒自找的。”

任苒有点烦,举起手:“算了,你们别讲了,车到山前必有路!都这份儿了,大家就睁一只眼闭一只眼,别那么较真儿了。而且我觉得,我这个大不了就是个玩笑。林念那个才比较麻烦。”

大家看向林念,不约而同地叹了口气。

林念反倒笑了:“车到山前必有路嘛,有什么麻烦的!这事儿我认了,他能死心最好。”

第四十三章

有所不为

征友的是林念成了留校男生接下来几天主要的谈资，这也无疑官宣了林念前一段恋情的结束。武定全再怎么不愿意，林念的态度摆得这么明确，再纠缠下去也是徒劳。

那天卧谈之后的第二天，武定全找林念谈了一次。林念自己去的，回来以后说："算是——算了吧！"

林念语气失落，眼睛红肿。不过神情之间倒有几分少见的坚定。

"就这样吧。时间久了会好的。"任苒拍了拍林念肩膀。

晓茹坐到林念身边："肯定会难受的，我们陪着你。"

颜漾给林念倒了杯水："这次暑假回家实习，记得给我们打电话。"

林念抬头看看自己的室友，嘴角一扯笑了出来，眼泪也流了出来。

"林念心里是真的有武定全。"任苒和程间在一起的时候，如是下结论。

程间给任苒倒了一杯啤酒，吃烧烤一定要喝点，这是任苒的习惯。然后程间问："你呢？"

“我？我啥？”任苒叼着肉块愣在那里，不知道程闾问的是什么。

程闾笑了笑：“你是傻。别人的事操心那么多干什么，我看你挺积极的。”刚才那个问题，就这么揭过了。

耳朵有些热了，刚才他随口就问了出来，听到自己的声音才意识到自己竟是想探知任苒的心意。程闾不想细究这个问题，幸好任苒也没有听清。

“八卦吗！谁不喜欢？你不觉得，真相都藏在八卦里吗？”任苒神秘地说，“聊八卦就像看悬疑小说，真真假假，特别吸引人。”

“林念知道你这么看她肯定会伤心。”

“没关系，她们都懂。把你的伤心说出来，让大家高兴一下。”

程闾看了看任苒，又烤好了十串，调好火，自己捡了一串，慢慢地吃起来。

“你的项目怎么样了？”任苒问。

“还好。”程闾下意识地说了一句，顿了一下，又加了一句，“调查问卷的初稿已经出来了，但是采访单位还没联系够。”

“问题出在哪里？”

“我们感兴趣的单位对我们的毕业生兴致不高，对我们学校毕业生有兴趣的采访价值不大。”

“我还想着你要是凑数的话，我可以让我舅舅凑一凑，不过他的宾馆也不大，我看用不了几个毕业生。”

程闾眼前一亮。他正在和王朝饭店接触，但是对方态度很高傲，根本不见他们。如果任苒的舅舅能说上话引荐一下……

程闾端起口杯喝了一口，迅速把这个念头压了下去。任何人的关系都可以用，唯独任苒家的不可以。

他看了看吃得兴高采烈的任苒，深吸一口气——绝对不能用。

然而这只是程闾的个人想法。

晚上，严鸿浩找到他，直接问任苒的舅舅是不是酒店行业的。

严鸿浩的想法和程间白天的想法一样，程间断然拒绝。

“为什么？你跟任苒的关系那么好，帮一下咱们呗。”严鸿浩不能理解，“本地企业本来就不多，能数得上号的，在毕业生中有声望的，能落户的，就少之又少。来一个是一个，我们根本没有挑选的余地。再说了，王朝饭店是你们旅游行业的，对你们最有利，为什么不能？”

“我……”程间语噎。他一直不想深究其中的原因，但是严鸿浩问得对，他们有权利知道为什么不可以，“任苒……没有参加咱们的项目，没必要麻烦她。”

“天！非得参加到项目组里才能用吗？那夏成蹊介绍的耀光的关系，我们也不能用了？”

耀光玻璃是秦皇岛最大的企业之一，效益一直很好。夏成蹊的父亲和他们有业务关系，严鸿浩找夏成蹊帮忙联系上了企业的人事部，对方已经同意接受采访。

“这样！”严鸿浩眼珠一转，“你要是不方便对任苒说，我让夏成蹊去说。”

“为什么让他说？”程间不自觉地提高了嗓门，眉头也皱了起来。

“总得有个人去说吧！”严鸿浩的眼里闪过一丝狡黠，等着程间回答。

“这个——”程间不能让严鸿浩如愿，却想起另外一个问题，“你怎么知道任苒有这个关系的？”

“那天晚上不是帮任苒送东西回宿舍吗，我听雪柳说的。对了，你和任苒是同班同学，应该早就知道吧。其实她舅舅那个度假村挺有名的，我想不止可以帮我们联系一家酒店。而且她舅妈……”

“鸿浩。”程间打断对方的话，“任苒经常旷课，大二还能叫错同班同学的名字，就算是同班同学，也是有距离的。更何况，即便大家都知根知底，这样去麻烦人家也不太好吧？”程间笑了笑，“其实照你这么说，我们只要开个单子，就让任苒她舅舅一家子去跑好了，那不更简单。还需要我们做什么呢？”

严鸿浩尴尬地立在那里，程间继续说：“这件事我已经想好了，饭店那里我们有个管理学老师是京伦的副总。不过他要下学年才教课，我并不认识他。可既然是专业老师，总还好说话，我会去试试。”

“哦，原来你心里有数，早说嘛！”严鸿浩反应很快，打起了哈哈。

任苒等了一星期也没有收到任何回复，不死心地又跑到几家旅行社去问。人家倒是客气，可说话的语气就好像在逗小孩。中间有几个好像导游模样的人进来，却似乎不是旅行社里的员工。

任苒旁听了一下，原来自己找的这几家都是小旅行社，接到客源以后会直接联系导游。这些导游还真未必是他们的员工。

传说中的“野导游”？

任苒茫然了，看来除非进大旅行社，自己想象的找个旅行社，拿个小本本就能上岗的情况实在太幼稚了！

跑了一天，下午又去舅妈那里蹭了顿饭。舅妈公司没有食堂，楼下餐馆拿着员工卡打八折。吃得不错，任苒还喝了杯鲜榨果汁。

舅妈是个很精明的女人，听了任苒的困惑也没多说什么。曾经他们要帮着任苒介绍，但是被任苒拒绝了。今天这个结果也是意料之中。

所以舅妈只是说：“你能想通这一点挺好的，还知道偷听人家说话，有进步了。如果一定要有实习经历，你就去你舅舅那里。现在是暑期，他那里正缺人。”

任苒点点头，毕业前必须有个实习成绩，一般都会在大三暑假或者是大四的上半学期搞定。

“我现在觉得，考试反而是最容易的事。”任苒叹了口气，“好难啊！”

“叹什么气！女孩子叹气多了容易变老！”舅妈夸张揉了揉任苒的眉心，“别皱眉。小心嫁不出去。工作的事不用担心，反正你爸妈也不想你离开，家里怎么都好找。现在就是让你尝试一下，不用太放在心上。”

任苒点点头，她也不是容易上心的人。

倒是舅妈想起一件事：“你有男朋友了吗？我听说好多大学生都会谈恋爱，你呢？”

任苒咬着筷子，想起了程间：“我喜欢一个男生，可是人家不喜欢我。”

“啊？这也正常。没缘分的都这样。你可别钻牛角尖。咱们不着急。”舅妈很开明，眨眨眼，觉得还应该再补充一下，“女孩子追得太急，容易跌份儿。”

任苒严肃地想了想，觉得自己的份儿已经跌了，可是好像也没啥大不了的。

“那现在呢？那个男孩子长什么样？有女朋友没？”果然八卦是女人的天性，即便精明如舅妈，说着无所谓，但还是忍不住关心起来。

“一般人吧。就是个子比我高，人也瘦。能力挺强的，感觉挺有追求的。”

“他毕业准备去哪里？”

“没听说，但是应该是北上广这些地方吧，他们学生干部的就业选择还是比较好的。”

“那你还是死心吧。你父母不会让你离开家的。”

“呵呵，我和他本来就没戏。”

暑假结束以后，就更没戏了。

任苒忽然不想吃饭了。

吃完饭天已蒙蒙黑，舅妈正好要去北戴河，自己开车把任苒送回学校。学校门口正对着河北大街，还有一个公交站点，停车方便。

任苒吃多了，婉拒了舅妈送到宿舍的好意，在路边车站下车，打算走回去。

“任苒？”

程间刚从公交车上下来，看见任苒有点吃惊，也很高兴。

任苒舅妈从后备厢把给任苒买的新衣服和吃的拎出来，转过来就看到任苒和一个男生说话。男生高高瘦瘦，路灯下可以看到挺直的鼻梁和线条分明的侧脸。虽然隔着一辆车，听不太清他们说话的声音，但看两人站立的姿势和距离，关系绝对亲密。

想起任苒吃饭时说的那个男生，舅妈觉得还是要好好打个招呼。

“苒苒，这是谁？”

任苒赶紧接过袋子：“这是我同学，程间。程间，这是我舅妈。”

程间赶紧打招呼：“阿姨好。”眼风扫到任苒手里的袋子，立刻伸出手，任苒很自然地递给他，没有一点犹豫。

这一切，不过是下意识的举动，却让舅妈心里一动，看来苒苒没说实话啊！

“苒苒从小没离开过家，这个暑期不回去也是头一回。你们同学之间，多多照顾。”舅妈说。

“应该的，阿姨放心，我会照顾好小苒的。”

嗯？有点陌生的称呼让任苒愣了一下，不过感觉蛮好的。嘴角不由自主地弯了起来。小苒，很不错的名字啊。

程间说得无比顺口，但是听到自己耳朵里，也微微有些意外。就像一场悠长的梦，辗转唇齿间许久，潜藏意识中许多年，终于冲破了喉咙的封锁，轻轻地吐了出来。

一种清爽通透的感觉悄然满溢在心胸之中，程间不自觉地舔了舔嘴唇，眼睛更加明亮。

他没注意到的是，在他叫出这个名字的时候，身体微微内侧，虽然没伸手，却已在气势上把任苒护在自己的一臂之间。

舅妈是什么人？在她看来这不过是小男生略带急切的主权宣示罢了，但是看任苒毫无察觉地站着，且没有任何排斥的感觉，甚至身体还微微向男生那边倾斜，舅妈已经明了了一切。

得了，这事儿还真得早做准备。

“你暑假也不回家吗？”

“我在学校还有事，这个暑假就不回去了。”

“那有空和苒苒一起去家里坐坐。苒苒，别光惦记玩了，记得每周回来。”舅妈嘱咐，却满满都是暗示，就是不知道任苒这个傻丫头听懂了没有。

反正任苒是很开心地应下了。

舅妈还有事，不便多聊。看他们两人过了马路，就上车走了。

不过，她还是留心到一个细节。过马路的时候，男生的手在任苒的后背虚悬着，似乎随时准备护着她的样子。即使跑起来，也没有放松的意思。

“如果这是真心的，倒是个不错的男孩。”舅妈想着。

第四十四章

自己挖坑自己填

程间心里沉甸甸的。

今天去的是一家总部在北京的进出口企业的分公司。对方填写调查问卷的是个职员，正好经理拿了个新单子，很兴奋地出来，碰见程间就拉着聊了两句。

经理顺手拿过来一张传真，“你们来工作，这张传真看懂肯定没问题，但是怎么回复，你们知道吗？当然，我们可以教你们，可以让老业务员带你们，但是这需要时间需要精力，你看我这里，”他伸手比画了一下办公区，嘈杂的声音是机器运转和打电话的声音，每个人都忙忙碌碌地做自己的事情，聊天是不存在的。偶尔有人起来，也是一路小跑地去做事，“谁有时间？而且，我们之前也试着培养过自己的业务员，可是都跑了，还有带着客户跑的。”

经理呵呵笑着，拿着填好的调查问卷甩了甩：“谁想当跳板啊，也许像总部那边的大公司可以承担这种人力成本，但是我们这种业务型的，肯定是要熟手的。最好你们能自己带客户来。”

问题都是老问题，答案也是标准答案。类似的话程间已经不是第一次听到了，但是从老师和老生嘴里听到，和从用人单位亲耳听到、亲眼见到，感觉是不一样的。

怎么办？

如果知道该怎么办，他程间大概可以直接留校了。

任苒静静地听程间说完，开口道：“其实，你也没必要知道该怎么办。”

“什么意思？”

“这个问题可以分两层理解。”任苒若有所思，“一个就是你刚才问的，很宏大的整个就业的层面。另一个是个人的角度，作为个人也是需要面对这个问题的。从个人来说，解决这个问题的方法和整体是不一样的。”

程间隐隐有些了解，但还是很想听听任苒的意见：“个人怎么解决？”

“兵来将挡水来土掩。”任苒叹了口气，“其实像我们这样的学校，每年就业都是个体在解决这个问题，然后汇集成一个主体。比如我吧，自己是没有经验的，但我爸妈有啊！他们的人脉关系会作用在我身上，用人单位衡量的不仅仅是我自己，还是加于我身上的其他力量。这次我去旅行社，和你的感受是一样的。只不过你是宏观整体地去看问题，而我则纯粹是个人感受。”

“你今天去旅行社了？”这个程间倒是不知道。

任苒点点头，把自己今天的见闻和舅妈讲的话说了一遍。

两人都沉默下来，头一次感受到来自校外的陌生的压力。那种力量是如此强大，相形之下，他们就像一只只小蚂蚁。

即使骄傲如程间，此刻也忍不住惶恐了。比起早就想通了的任苒，他从来没想过让家人帮忙！

“其实你这次项目调研挺好的。”任苒开口，“调研本身的意义远不如对自身的意义大。我想这就是许多人拼了命要加入的原因吧？”

“你怎么知道许多人？”程间诧异。的确有很多人甚至找到了郝书记或者其他相关老师。程闾还挺感动的，觉得自己做了件大事。但是这几天下来，他隐隐感觉到许多人的目的并不单纯。

“找个机会，混个脸熟。间接向用人单位展现自己，这是个很好的机会。”任苒笑了笑。她是很懒散，但不傻。

程闾苦笑，他只是不想承认罢了。所以那些重要单位的调查采访都被抢走了，而这些中小型的单位却怎么也分不出去。

任苒很想确定程闾毕业后准备去哪里，却又觉得自己这一切不过是过家家，暑假结束后，一切归零，问了也是多余。说不定自己还希望离他远点，免得在一个城市里惦记着伤心。

想到暑假结束就不开心，任苒突然使劲甩了甩头，吓了程闾一跳。

“怎么了？”

“啊？没有！好像有蚊子。”

“你赶蚊子的方式挺特别的。”

两人逗趣着往回走，已经到了水房门口。

忽然身后有人喊：“程闾？你回来啦！”

蒋雪柳一身职业装，踩着高跟鞋从一舍出来。

“雪柳，你这身真帅！”任苒忍不住赞叹。

蒋雪柳个子高挑，穿上西装裙更显得窈窕有致。看得出来，头发也是做过的，非常精神。

“谢谢——”蒋雪柳的声音在视线下垂之后忽然顿住。

任苒错愕之下，顺着她的视线低头看，却看到自己和程闾交握的手。脸上一红，想起程闾说不告诉大家的事情，赶紧往回抽，却没抽动。

“你去港务局了？”程闾恍若未觉，手上是用了力气的，口气却一如既往地平和，“怎么样？”

“他们很热情，不过因为很忙，都是抽时间回答的。”蒋雪柳把一切都收在眼底，神色越来越不自然，咬了咬嘴唇，“我明天还要去一趟。王科长希望我能去帮帮忙，另外问卷还没做完。”

“挺好的。”

程间的回答有些深意。没有说“可以”或者“辛苦”，却是一句“挺好的”。多干活还“挺好的”，那就不仅仅是干活了。

蒋雪柳自然听懂了，脸有点热，干脆不再多说。点点头，绕开两人就走。身后飘来程间的声音：“小苒？任苒！回魂了！”

小苒？

他们果然在一起了。

蒋雪柳眼睛很酸，但是不能哭，哭了眼睛会肿，明天就不能以最好的形象出现了。

虽然她的目标是北上广这些大城市，但是能有港务局这种单位的实习经历对找工作是很有帮助的。王科长说，她会为自己找个实习名额的。

一个月，只需要一个月，在实习成绩单上盖上港务局的红章，会让她的简历脱颖而出！

和就业相比，谈恋爱只是一场无足轻重的游戏罢了。

程间是很优秀，她一直都很支持他，但是除了支持他，自己的前途还是要自己操心的。

爱情并不是唯一。

程间可能真的不适合自己。不是人不好，而是时机不对。

任苒的确有点走神，为程间略显尖刻的语气。

“你为什么那么说啊？”看蒋雪柳走远了，任苒问程间。

两人依旧牵着手，慢慢悠悠地溜达。暑假晚上的校园，已经没了熙熙攘攘的学生。即使游人，也很少有晚上来参观的。

“港务局的关系是严鸿浩找到并联系上的，本来开始是给别人的，我这里也登记了。但是前天突然告诉我改成蒋雪柳，严鸿浩去市法院。”

“市法院是蒋雪柳联系的吗？”

"她有个亲戚是律师，帮忙联系的。"

"法院不错啊，蒋雪柳为啥不去呢？"

"她一直对外贸很感兴趣。最早听说可以去港务局做问卷调查就想去，但是严鸿浩把得很严，她没机会。"

"严鸿浩学机械的，去法院干什么？"

"老严虽然是学机械的，却对当公务员很感兴趣。他肯定是要考公务员的。法院沾边吧，至少可以补足他履历上行政经验不足的部分。"

"哦，听起来曲曲折折的。你呢？"

"我？别人不去的，我去。"程间扬了扬手里的包。

"感觉你平地挖土堆起一座山，别人踩着去摘星，你却跳进了自己亲手挖的坑里。"任苒忍着笑说。

程间没说话，深深地叹了口气。

到了四舍门口，任苒准备上台阶，却被程间拉住。

"十点没有限时熄灯，我们再走走好吗？"

任苒被程间口气里少见的疲惫吓了一跳。但她什么都没说，只是撤回脚步，陪着程间继续往四舍后面的荒坡走。

任苒个子不高，到程间的肩膀略微出来一些，扭头看程间时都需要抬头。程间没有说话，一直看着前方，不知道在想什么。沉默的侧面显出紧绷的下巴，任苒悄悄抬起空着的左手，轻轻地放在程间牵着手的那只胳膊上。

只是轻轻地捏住衣服的一条褶皱，程间已经察觉，低了低头。任苒听到一声轻笑，程间的身体已经微微向自己这边倾斜了一下。任苒胆子大了起来，手臂一圈，便两只手都抱住了程间的胳膊。

抬头笑着看程间，程间的呼吸有些微的波动，似是一丝浅笑。他的肩膀、他的肌肉，显而易见地放松下来。任苒干脆一拽，做出挂上去的动作，程间也配合地微微提肩，似乎要把任苒拽起来一般。

这是明显的鼓励。任苒笑出声来，毫不掩饰自己的得意和欣喜。手臂抱得更紧，头一歪就靠到了程间的肩膀上，几分无赖里也透着试探的谨慎。感到程间的呼吸在自己的鬓发额头掠过，任苒紧张了一下，却没有动。

程间并没有推开她，反而放慢了脚步，随着她的节奏，轻轻地摇晃着身体，让斜靠着自己的任苒靠得更舒服一些。然后程间拎着袋子的手臂伸了过来，袋子挂在胳膊上，修长的手指搭在任苒的手上，微微托起……

荒坡上有些石头，还有施工留下的长石条。找了一个平整的，两人坐下。任苒不肯松手，抱着程间的胳膊傻笑。

程间放下手里的袋子，扭头打量任苒。月光清明，任苒的五官好像镶了一层银边。只是这本该柔美的样子，却在任苒傻呵呵的笑容里变成哭笑不得的幼稚。

程间笑了，抽出胳膊揉了揉任苒的头发。手臂却没有收回来，直接圈住了她。

任苒微微一僵，然后慢慢放松了自己，完全靠在程间的怀里。

程间的身体也微微倾斜，放松下来。一声长长的喟叹，从胸腔里发出来，飘散在风中，消失不见。

这里远离了生活区的喧嚣。在高高的山坡上，四周是低矮的灌木。银月高悬中天，丝丝缕缕的云絮在深蓝的天空游荡。夏虫在周围鸣叫，风在发梢间掠过。

静谧，却不孤寂。

第四十五章

程间的心事

颜漾和晓茹回老家实习，林念去了北京，她家里帮她在那边的西苑宾馆找了个实习机会。

宿舍里只剩下任苒和考研的杭英。

本来为了方便管理，留校的学生需要登记之后搬到指定的宿舍。但是大三大四留下的太多，大一大二的基本都走光了。四舍本来就是新宿舍，按照专业班级安排的寝室，无形中已经集中在一起了。所以学校最后也就没再让大家麻烦。只是叮嘱留校的女生，关好门窗，注意安全。

不过毕竟是假期，管理相对宽松，程间不用登记，直接就把任苒送到寝室门口了。

到了门口正碰上汤宇诚和杭英站在门口说话。

汤宇诚认得程间，但是不太熟，对程间和任苒的关系就是眼前看到的，没有什么成见。笑呵呵地打了招呼。

杭英笑眯眯地打量任苒，目光落在牵着的手上。任苒紧张地抿了抿嘴，抬头看了看没什么反应的程间，打消了撒手的念头，就那么任杭英看着。

程间问汤宇诚："听说你最近做得不错？请了好几次客了？"

这个任苒不知道，杭英笑容更盛，望向汤宇诚。

汤宇诚不好意思地说："还行还行。帮着他们写了几段程序，挣了些外快。"

"看起来软件这一行很适合你。"程间随便聊着，既没有撒手的意思，也不太急于离开。

汤宇诚说："我也没想到，一开始就是新鲜，打游戏嘛，后来慢慢地就自己开发自己弄了。"

杭英好奇地问："你做的是游戏软件？"

"嗯，不过主要还是学日本，太复杂了我也不会。"汤宇诚挠头，"不过我在学。人家能写出来，一样都是人，我就不信我写不出来。"

杭英没说话，眼睛亮晶晶的。

任苒看着杭英，抿嘴偷笑。手上一紧，是程间在暗暗提醒她控制着点，任苒不以为然，却也收敛下来。

程间说："恭喜你！继续加油！"

杭英收回目光，说的是程间，却看着任苒："哟，说得很有一家之长的派头嘛！代表你吗，任苒？"

任苒笑着点头，又有点不好意思。这一次程间一点解释都没有，笑了笑，算是默认了。

"哦，对了。"汤宇诚想起一件事，"明天晚上我请客，在赛恩斯吧。就咱们四个。"

这是好事，大家笑着答应下来。程间和汤宇诚一起走，但是任苒总觉得，程间似乎有什么想法。不过他心事一向多，多一个少一个真不好猜。

放假以后，通常情况下，任苒窗帘一拉看小说，一天说不了两句话。最常听到的就是突然发作的大笑捶床或者低低的抽泣，杭英已经很习惯了；杭英白天上自习，晚上则开着自己的小台灯在宿舍上自习，不影响任苒睡觉。

任苒和杭英之间没有秘密，而且看起来杭英很兴奋，并没有继续学习的打算。

今天表现得这么明显，任苒就一五一十地把她和程间之间的约定说了个遍。

杭英问："你确定暑假结束就结束吗？我怎么觉得程间不像啊。"

"演戏演全套吧。"任苒说到这个问题就情绪不好，"他是个认真的人。说陪我好好玩儿，自然很认真。"

嗯，吃豆腐也认真。

任苒脸一红，没说下去。

杭英咂巴一下嘴："不像。程间这个人其实挺保守的。别看他平时跟女生都说得来，其实还是很有距离的。蒋雪柳那么明显地暗示他，我看他只会躲得更远。如果他对你没意思，不会靠这么近的。"

任苒叹气："唉！我也希望他是真的啊！本来我这个征友就是想过过瘾，可是换了程间，我就不想过瘾了。但是他从来没说什么，我要是再来一次自作多情，那、那我这四年可太悲催了！而且，毕业以后都没法见面了。"

"你还想着毕业以后再见面啊？多少人能毕业后再见，做梦呢！"

"走一步看一步吧，反正我已经想好了。不管他怎么想，我是认真的。好好地享受一把，散了也不亏！你呢？你和汤宇诚看起来……"任苒猥琐地眯起眼睛，凑近了杭英。

杭英嫌弃地推开她的脑袋："去去去，离我远点！我又不是程间。汤宇诚人不错的，细心也体贴，好多时候想得比我都周全，看得出来他是这样被人照顾大的，所以做起来很自然。"杭英微微叹气，"他家庭条件挺好的，爸妈都是教授，父亲开了一家公司。他挺单纯的，喜欢什么就一门心思地研究。虽然有钱，但是没什么臭毛病，也知道精打细算——"杭英想起汤宇诚显摆的那些宝贝设备，觉得这一句应该收回，“挺单纯的。”

“可是听起来你好像不怎么高兴？”

“我是觉得他挺好的，但是我和他是两个世界的人。”

“这么严重？你家也不差啊，父母都是高级工程师，弟弟也是复旦的。就你一个不成器的学了旅游，这不是也准备上北大考光华吗！说起来都是书香门第，挺般配的。”

“我是觉得性格。他太面了。”

“也许只是在你面前比较面，在外面你又没见过，兴许不一样呢！”任苒想起程间疲惫的眼神和格外安静沉默的姿态，“别急着下结论。有个叫施定柔的作者说过，找个好男人就像抓兔子，不定什么时候他嗖的一下蹦出来，你一定要抓住。否则错过就是错过，怎么都找不回来了。”

杭英被任苒的比喻逗笑了，沉郁暂时离开眉间，点了点头：“我现在也在考虑出国的事。不管怎么说，都是一条可选之路。”

“恭喜你，终于摆脱前任的影响了。”

杭英愣了一下，随即明白任苒说的意思，眉毛一挑微微露出些意外的神色，但也仅仅如此，并未多说什么。

过去的，就过去吧！

任苒最后还是去舅舅那里做了服务员。

舅妈已经提过那个叫程间的男孩，舅舅自然关心。旁敲侧击地问起程间正在做的这个项目。

“他知道你这边是有关系的对吧？”舅舅毕竟老江湖，一下就想到这一点。

任苒点头。

“他没问过你？或者让你参加什么的？”

“他说我说话口没遮拦的，而且要求参加的人太多，我排不上号。”任苒后来从程间口中听说了原因还是有些气愤的。

“那后来他没让你找我或者你舅妈吗？”

“没有。”

“既然他遇到问题，你没主动提出帮他？”

“没有。他不开口，我是不会主动说的。”任苒一边想一边说，“而且，这是学生的项目，更多的是锻炼。急赤白脸地到处争抢找关系挺没意思的。如果程闾连这点都看不明白，那就是我看走眼了。”

舅舅点了点头，这件事就没再提。

回到家后，夫妻俩凑到一起说起来，对程闾固然有一些评价，对任苒这里却是难得地松了口气：“这丫头也不是一恋爱就昏头的，对那个男孩也是留了心眼。这就让人放心了。”

舅舅想了想：“我知道京伦的副总在他们学校当老师，回头找机会了解一下。万一大姐问起来，咱们也好有个说法。”

程闾不知道任苒家里人怎么议论的自己，刚刚李老师和他约在京伦的办公室见了一面，聊了一下他手里的这个项目。

京伦的问卷调查已经做完，采访做得非常成功。但是李老师的那番话却让程闾的心情无法明朗：“我不会帮你联系的。”

李老师微微有些胖，但是定制西装甚是得体，颇有些君子不重不威的风采。

“我知道你提这个项目最初是因为校内招聘会被否决，你想找到必须举办校内招聘会的理由。不过，在我看来，抛开你的初衷，就项目本身而言，其实更重要的是锻炼你们的能力。等你上班以后就知道了，工作上好多事有关系当然好，但是大多时候都是没关系的。那时候怎么办？难道就放弃不做吗？怎么把它谈下来，恰恰是你们应该锻炼的。被人拒绝两三次就放弃了，张不开口了？我们学旅游的什么时候这么腼腆过。通过这个项目，你们可以好好地体会一下。”

程闾打了三次电话，登门拜访一次，都吃了闭门羹。他从没对人讲过这些，心里却是巴不得忘掉。一向骄傲的他，从未如此主动地做小伏低过，却也从未如此被人不耐烦、瞧不起过。

李老师的话让他暗暗耳热。那些骄傲，在老师的话里，被拉出来露出脆弱的虚荣。

“不过，你是我的学生。我不能不教给你东西。你记住：知道别人需要什么，很重要。”

程间觉得这句话太白了，这不是明显的吗？开口问道：“可是，怎么知道别人需要什么？”

李老师笑得像个弥勒佛：“这就需要你去琢磨了。用心观察，总会发现的。”

程间有点茫然，李老师欠了欠身：“现在是旅游旺季，我也不多留你了。对了，你如果要实习，可以来我这里。”

程间谢过了李老师。对实习的事，他也实话实说：“我现在只想把这个调查搞好，实习的事情没有仔细考虑过。实习究竟要学什么，怎么学，都没想过，所以可不可以晚点回复您？”

李老师笑了笑，他很欣赏程间的稳重。

京伦是四星级酒店，来请求实习的不仅仅是旅游专业的学生，竞争也是很激烈的。程间是活跃的学生干部，不可能不知道这些。老实说，李老师也很怀疑，程间做调查是假，争取表现机会才是真的。但是现在看来，他是踏踏实实地想把问题弄清楚。能沉得住气，一件件做事，很难得。

这样的孩子，不应该只在客房部实习。

看着程间的背影，李老师开始认真地考虑程间合适的岗位。

第四十六章

彷徨

王朝酒店是本市五年内重点引进的外资管理的五星级酒店，是为了推动旅游业发展，提升硬件设施和形象的重点工程之一。如果这份调查中的样本中有了它，含金量和受重视程度绝对会不一样。

所以，无论如何，程间都不会轻易放弃王朝。

任苒在舅舅那里实习了三天。

忘记关窗户、一张床换了三张床单、刷马桶刷得满地都是水渍，直到任苒晕头转向地没敲门就进了客房被路过的客人投诉，任苒决定不做了。

“你想这么轻易地放弃吗？”舅舅问，“谁都有这么一个阶段，难得你在这里错了可以重来。”

任苒摇头：“我真的不喜欢。每天早上一进客房，我就有种要死的感觉。如果未来的工作每天早上都是要死的感觉，我活着还有什么意义？这不是坚持不坚持的问题，这是必须放弃的暗示。”

“那行，看来你也不想去酒店上班了？”舅舅说，“你爸爸本来想让你去国际大厦的。”

那是老家的一家老牌五星级酒店。

任苒头摇得像拨浪鼓。

回到学校，跟杭英一说，被杭英指着鼻子骂身在福中不知福，有份工作就不错了，还挑三拣四。

快睡觉的时候程间打电话过来，听任苒讲了一遍，笑着说：“虽然不知道该做什么，但是知道不想做什么也不错。”

任苒的心情一下飞上了天。

恶狠狠地享受了两天不用上班的闲散日子，第三天任苒想起一件事：除了每天晚上一个电话，好像都没见到程间？

他在忙啥？

电话打到宿舍也没人接，晚上打到宿舍程间接的，他说在忙项目的事，并不愿意细谈。知道人没事，任苒就不再问了。转天回来，程间给了任苒一个呼机号码，说有事可以打这个留言。

这东西比较新鲜，任苒试着打通了，却不敢留言。没想到程间居然打回来电话，听任苒说了原因也是哭笑不得。

任苒不再闹他，安心地租了书，又过起昏天黑地看小说的日子来。杭英问起来，任苒如实答复。杭英说她心大，程间天天跟蒋雪柳做项目，万一被勾走了怎么办？

任苒正在看小说，沉浸在剧情里，顺嘴接上：“这叫提前认清男生真面目。总比结婚以后人财两空了被抛弃的好。”

说完了想起这男生可能是程间，瞬间觉得全身都难受。想说点什么缓解一下自己的心情，低头看到杭英愣在原地。

任苒这才想起来，这苦杭英已经受过了。赶紧趴在床上想解释一下，没想到杭英问她哪本小说看的。

这一晚上，杭英没学习，抱着小说看到凌晨，偶尔还有哭的声音。第二天早上九点才爬起来，两只眼睛肿肿的去上自习。

汤宇诚白天去公司上班，晚上送杭英回来的时候，杭英已经神色如常。

颜漾打电话过来诉苦，说宾馆的活太累了，打死也不去，哪怕是五星级的！

这话太有共鸣了，任苒忘了杭英的事，倒是杭英有先见之明地把任苒轰了出去。于是，在昏暗的方厅里，任苒和颜漾你来我往说到了十二点，最后话题终止在工作太难找，还是先挣钱再谈理想比较可行。

现在已经是暑期，旅游旺季，东西都涨价了，海滨浴场人满为患。任苒去了学校附近最近的一个浴场，浴巾怎么抱过去就怎么抱回来——人太多了，而且她有点无聊地想程间了。

那就找点事情做吧。

任苒找了张纸，写上大大的“家教”二字。一大早就去了金三角的路口。那里有许多学生在找家教工作。任苒找了个空隙挤进去，看着人来人往。周围的同学不时地都有人问，唯独自己无人问津，怎么回事？

大概是看任苒太可怜了，旁边和她一直站了两个小时的同学终于在找到一份工作准备离开的时候，提醒她：“你的牌子拿反了。”

是啊，牌子都拿反了，这态度首先就不认真！

难怪无人问津。

有时候看起来山穷水尽的绝路，其实不过是因为一个微小的疏忽。

中午太热，任苒在街边逛了逛，买了件T恤就回宿舍了。宿舍里没有空调，连电扇都没有。开着窗户，开着门，任苒没心没肺地睡了个午觉。醒来看着杭英气呼呼地站在床边，不知道发生了什么事。

“你就开着门睡觉？万一有人进来，你还活不活？”

“啊？那人不都是从门进来的。咱们六楼窗户也进不来啊！”

“呸！现在宿管没那么严，要是进来个男的，就你自己在宿舍，怎么办！”

任苒终于清醒了，意识到问题的严重性，赶紧跳下床向杭英道谢。又是倒水又是扇风，好在杭英也不是真生气。只是一进门看任苒那么心大，还打呼噜，自己苦哈哈地学得蓬头垢面，一样的青春怎么差别就这么大？

平静了一会儿，杭英把书一推，问躺在她身后床上看书的任苒：“宾馆酒店你不去，导游你爸妈不让你去，你自己有什么想法吗？就这么看小说看到毕业？不担心程訚会瞧不起你吗？”

任苒苦笑着翻了翻手中的书：“我第一次看了半个小时还没看完半本。”她叹了口气，“今天在金三角，我心里挺不舒服的。就像一排衣服，被人挑挑拣拣。听说去招聘会也是一样的，而且被挑拣得更加明目张胆。你的长相、专业、学校、成绩、家庭背景，甚至你制作的简历，你给招聘官的第一印象，都会成为你的组成部分。”

杭英叹了口气，她也听老生说过了。没有招聘会的时候，特别想参加，真正参加过的人，都宁愿忘掉。

任苒继续说：“程訚是注定高飞的人，他那么积极努力，那么认真地做事，将来一定会大有作为。我和他完全不一样，我没缺过什么，所以不知道还有什么可以去争取的。我有一个大姑，她是十二化建的总会计师，却在四十多岁就走了。她很疼我，我也很喜欢她。她病发以后，我曾经去看望过她。在小病房里，她说：你要做个律师，大姑相信你，一定可以做好的。那时我才初中。”

“可是你学的旅游。”

“是啊！被自己所爱的人以生命相托，答应别人的遗愿，我都可以掺着水做不到，我这种人还能做点什么？”

杭英扭头不可置信地看着任苒——她本来是想抽她的，可是此刻的任苒，头枕着双手，正看着头顶的床板，眼泪在眼里积蓄着，却在眼皮的眨动下，努力地往回收。杭英的手在身边微微一动，又停了下来。

“我以为……但是你还可以考研啊。考法律的研究生，完成你大姑的遗愿。”杭英并不擅长伤春悲秋，很快就从自己的经验出发，给出了自己的建议。

任苒苦笑：“大姐，我高考都是自费生。这三年你也见了，每门课都要老师高抬贵手才能低空飞过。考研？你开什么玩笑！我这辈子，就是个米虫。我都想好了，大学的时候找个我爱的男人，轰轰烈烈地谈一场恋爱；等毕业了，就找个爱我的男人，平平安安地过日子。”

“你怎么这么没出息！”杭英拍着任苒手里的书，“你连、连爱情都不争取吗？”

“爱情都是假的。知道童话为什么叫童话吗？因为他们开头都是真的，结尾却是清一色的谎言。我和程间现在很幸福，年深日久，差异变大，不会有好结果的。倒不如，在最美的时候，用最扯淡的理由分开，将来想起大家都是彼此的白月光。”

“你怎么这么悲观？我以为……”杭英讷讷地说。还以为任苒是最浪漫的，原来不过是骨子里的悲观浸出来不在乎而已。相比之下，她和汤宇诚那么现实的考虑，都显得浪漫。

任苒打开书：“没事，说得不好听，真过起来也许没那么差。我喜欢程间，以前现在以后，他都会是我心里最特别的存在。但我的人生，肯定不止他一个人。”

杭英无言以对。她只知道任苒不对，但是以她的经历无法对任苒做出有效的反驳。而且，她其实很认同任苒的话：你喜欢的男生，会成为心中特别的存在。但你的人生里，不止他一个男生。比如她的前任，比如汤宇诚……

电话响起来，任苒跳下床去接，顺手擦了一下眼角。

是舅妈打过来的，说自己这里缺人手，让任苒过来帮忙翻译一下东西。任苒想起自己可怜的六级成绩，有心要拒绝。杭英突然蹦到她身边，做了个加油的手势。任苒一愣，舅妈就当她答应了。

“我六级才考了60.5，你让我去做翻译？”放下电话，任苒觉得自己一定是疯了。

“可是你毕竟过了。60分和85分都是一样的。而且，你自学英语的能力那么强，我相信你一定行的。”

“不不不，我还是……算了吧。”任苒去拿电话，杭英一把按住，“就算你说的关于你未来的那一切安排都是对的，可是现在能做的时候不去做，将来你一定会后悔的。你和程间哪怕是假的也要在一起，不就是为了不让自己将来后悔吗？那现在你有个机会，接触不一样的行业，为什么不去试一试？大不了做不了被开掉，还能比放到招聘会上被挑挑拣拣更丢人？”

任苒被“不后悔”三个字打动了，抿了抿嘴唇，想了一会儿：“好！我就去试试。天，做翻译！胖老师知道了一定会觉得不可思议。”任苒不由自主地得意起来。

杭英看着突然精神百倍的任苒，忍不住翻了个白眼，这家伙就是个神经病，为她担心真是多余。

第四十七章

鱼雁·玫瑰·自尊

晚上十一点，程间才走进宿舍，空荡荡的没有人。把自己扔到床上躺了一会儿，忽然想起那个静谧夜晚、荒坡明月以及萦绕鼻尖的香气，心里莫名地烦躁起来。

程间翻身坐起。一股瀚水味儿钻进鼻尖，厌恶地皱皱眉头。站起来翻出一件干净的衣服，换上。但是那股味还隐隐约约地无法消退，左右摸了摸，顺手抽出一支烟，倚着床柱熟练地点着，吞云吐雾。

拿起 BP 机，有很多人找他，但是他一直等的人，却没打来一个电话——除了第一天出于好奇的那一次。

难道，她真的只是玩玩？

程间狠狠转身准备躺下睡觉的时候，突然看到门缝旁边有一个信封。

什么东西？

程间狐疑地站起来，走过去弯腰捡起，是一个淡黄色的信封，上面印着漂亮的荷花，拆开了是一张散发着香气的信笺。

程闾嘴角勾了起来。他没有立刻拆信，手指从折叠好的信纸上慢慢滑过，笑意从眼底倾泻而下。拿着信的手还夹着烟，青色的烟雾显得有些多余。程闾把烟掐了，拿着信躺到床上，伴着床板咯吱咯吱的声音，又看了一会儿才慢慢拆开。

来了好几趟，你都不在，在外面一定很辛苦吧！我想你了！

打电话实在太突兀，很多话也不好意思当面讲，而且我写的字这么漂亮，不秀一下实在太委屈了。所以，就写了一封信，汇报一下：我想你了！

告诉你个坏消息，我已经失业一周多了。吼吼，去海边游泳看到很多成双成对的，你这个男朋友演得太不合格了！总是让我想你！

舅妈让我去她的公司帮忙，我打算硬着头皮去试试。杭英祝我成功，但是我每天都做噩梦！天啊，我多想你啊！

其实，我从一睁眼就开始想你，然后闭眼会梦到你。感动不感动，内疚不内疚？我这个女朋友可是做得很到位呢！快想想我吧！

最后，等你忙完了，有时间了，得空了，记得告诉我，你也想我哟！

没抬头，没落款，信也不长，字体是任苒特有的细长而锋芒毕露的笔体。大概没人会想到，那么一个懒散的人，写出的字居然杀气腾腾。

程闾拿着信，看了许久，才慢慢盖到脸上。一声长长的喟叹从信纸下面飘了出来。

灯还亮着，人已经悄然入睡。随着均匀的呼吸，信纸悄然滑落，露出那张清俊而年轻的脸。青色的胡楂探出了头，梦中的呻吟带出惬意的微笑。

明天，要加油！

等着我！

任苒以为会是一大篇拗口的专业英语等着她，没想到却是为大家打下手：收取一下邮件、归类整理、打字复印、端茶倒水。虽然工作很低端，但任苒还是松了口气。

她面临的最大的挑战居然不是英语，而是电脑操作。好在这种机械性的东西，专心练一阵子也就会了。

舅妈姓宋，大家都叫她宋总，任苒跟着称呼，按照分配来的事情，不哼不哈地忙活了一天。不知道的，只当她是一个临时雇过来帮忙的小工。这在季节性繁忙的海港城市，是很常见的现象。

晚上回去，舅妈和舅舅说了一下情况，觉得任苒没有想象中的那么娇气，可能就像她说的，真的是不喜欢也无法忍受那份工作。

那就继续试试，看看这孩子到底想做什么。

原来舅舅也不忍心任苒这么废掉，和舅妈商量了许久，决定把任苒放到公司里练一下。能走到什么程度，两人心里也没底。若真是骄纵偷懒之人，放回家嫁人有父母陪着，好吃好喝一辈子也就算了。可这孩子若只是一时迷茫，那做长辈的就得帮着拉一把。

至少从第一天的表现看，任苒不是骄纵傲慢的人，也有眼力见儿，该干什么该说什么不会乱来。舅妈决定再抻她两天，看看她能不能沉住气。舅舅怕因此滋生了任苒的惰性，叮嘱舅妈看着点，时时给点刺激。

舅舅家里怎么筹划，任苒丝毫不知。一天忙下来，虽然工作不重，却也像转个不停的陀螺。坐到公交车上，看着路边闪过的游人，好像做梦一般。

推门进了宿舍，才长长地喘过一口气。坐在床边，拿起小说看了两眼，又放了下去。拿起新概念英语，打开小录音机，听了起来。

舅妈的公司是做进出口贸易的，英语迟早会用。不趁现在加强，难道要等到用的时候现背吗！

刚才经过门卫室的时候，门锁着。估计阿姨去洗澡了，但是隔着窗户能看到桌上放着一束玫瑰，不知道是谁的男朋友送来的。

任苒叹口气，程间看到她的信了吗？

是喜欢，还是觉得她这么主动直白太轻浮呢？

她本来是想写得含蓄一些，但绕了半天，还是觉得不过瘾。最后撒开了写，就成了那个样子。心里却是最痛快的。

注意力慢慢集中到书上，乱七八糟的无用念头闪过也就忘了。耳机塞在耳朵里，单调的男女声此起彼伏，良久任苒才意识到，门头上的呼叫器响了。

楼下取东西？

谁送的，什么东西？

任苒也没换衣服，穿着睡裙拿着录音机飘了下去。

接过宿管阿姨递过来的玫瑰时，任苒忍了忍脑海中放肆狂想的那个人名，再三稳定了心神，充分做好可能不是他的准备，才背过身打开了上面的小卡。上面的字体再熟悉不过：

猪，加油！等我好消息！

没有“我想你”，也没有情话绵绵，但是任苒的心里扑通一声，有一颗巨大的石头砰然落地。那石头大得超乎想象，砸得任苒头晕目眩。直到坐在桌边，才慢慢清醒过来。

——加油，等你好消息！

好吧，为了你，我也努力一些吧！

任苒悄悄亲了一口玫瑰，就像被众人围观了一般迅速闪开。偷偷瞅瞅，笑眯眯地继续背书。

她学英语没有别的法子，一条路：背！

从新概念第一册第一课，已经背到第四册了。熟练地背诵、滚瓜烂熟地背诵，开口背、默写背，变着花样地背，背着背着就考过了六级，就听懂了那些鸟语，张嘴就能说出人话了。

上班第三天，部门的段经理把任苒叫过去，交给她一厚摞子资料：

“这是咱们上次单子全部资料的复印件。你学习一下，里面有合同，有清关文件，有信用证，还有往来邮件和会议记录。这几天我比较忙，也没时间带你，等我忙过这个项目，再告诉你怎么做。你就先拿着这个学习一下吧。”

段经理说完塞给任苒，转身去接电话。

任苒压根儿不知道怎么学，抱着堆到下巴的资料愣了一会儿，才慢慢走回自己的工位。

趴在桌子上看着这堆资料，深深地吸了一口气，拿出工作笔记和字典，开始一页页地翻。无论如何，总得先弄明白这些画满各种符号的纸片都代表啥意思吧。

下午快下班时，舅妈才回到公司。看了一眼坐在工位奋笔疾书的任苒，又和段经理聊了两句，点了点头：“先给她一周时间，不用加东西。辛苦你了，老段。”

老段加班到八点才离开，离开的时候问任苒有什么问题，任苒已经大致弄清楚这些都包括了什么文件，正在研究具体的内容。很不好意思地说明了一下，段经理露出“不过如此”的表情，皮笑肉不笑地说：“这样啊，那你慢慢看吧。不过，你们不是大学生吗，怎么连这些都看这么慢。”

任苒脸红，低下头讷讷不知所语。段经理走了，任苒坐在桌边，愤愤地瞅着资料，猛地一拳砸在桌子上：“老子还不信看不懂你了！”

任苒是赶着末班车走的。

这件事传到舅妈耳朵里，暂时打消了她准备给任苒物色有钱男人当老公的念头。

程闾站起来长长地伸了个懒腰，回头看看光鲜亮丽的王朝饭店，嘴角轻轻哼了一声。

现在是旅游旺季，游客很多。他本来在王朝饭店的门口，想借着帮忙的时候跟门童搭话，顺便看看能有什么机会。没想到五星级酒店门口管理非常严格，看着人来人往，实际上乱中有序，陌生人想插手帮忙根本不可能。程间还被保安拉到一边盘问了一遍，然后直接被轰走。

后来程间绕着王朝饭店的大楼转了两圈，发现在饭店的后门，也就是员工出入口的附近有一个垃圾车进出的门，那附近除了工作人员没有任何人靠近。许多餐厅的厨师或者小工会在工作间隙跑出来，在那里聚集抽烟闲聊。

饭店后门附近绿化很好，没有煞风景的大铁门。绕过绿化带对面就是某个小区的沿街店铺。程间装成在对面打工偷懒的样子，用抽烟借火做借口，和厨师搭上了话。

每天固定的时间，程间都去，和大家很快就熟稔起来。那里挨着潲水垃圾车的通道，虽然只待半小时，程间身上也难免带了味道。同时还有项目里其他调查问卷需要跑，程间不得不专门带个背包，装着干净的换洗衣服。为了抢时间，每天都像陀螺一样转。

不过，付出总有收获。程间现在对王朝饭店里的人事八卦简直是了如指掌，甚至他还去饭店后厨，帮忙做了两天临时工。

他的目标是人事部，还需要接触更高级的人和事才行。

回到宿舍，程间把自己了解到的八卦翻了翻，人事部的八卦也不少，但能让他用上的，或者他能够做得到的却没有。划拉了一遍，程间锁定了企划部的总监。

这个总监老家是外地的，去年刚刚离婚，自己带着一个上四年级的男孩子。现在旅游旺季，这个总监经常很晚才去接孩子放学。家里什么情况，同事没人问，但是有人见到她偷偷地在后面没人的地方抹眼泪。也有人听到她偶尔提起，希望给孩子找个家教。

程间想得很简单，做这个男孩的家教。反正这个孩子需要家教的时间都是在放学以后，基本上不影响自己白天跑调查问卷的事。

可是，怎么接近这个总监，让她相信并且把孩子交给自己呢？

第四十八章

变与不变

程间隔了三天没去王朝后面抽烟。这三天除了跑问卷、采访和写分析报告，他还抽空去了趟那男孩的学校。

到了放学的时间，别的孩子都被接走了，只有那个小孩还在收发室，等到天黑以后才被妈妈匆匆接走。

小孩有点倔，程间总共来了两次，就见到一次总监在路边一边哭一边揍小男孩。

程间忽然觉得这件事大概更需要一个心思细腻的女生来做，不知道任苒可不可以。但是这个念头在睡觉前就被程间自己打消了。这是自己的事，还是要自己来做。

程间再次出现在老王面前时，老王很吃惊："这么久没见，你去哪儿了？还以为你被老板开了呢。"

程间递给老王一支烟："没有。那边太无聊，也挣不到几个钱，我不想干了。不过蚊子再少也是肉嘛。就算不干，我也得在找到新兼职之后再把这份工作辞了。这几天我们老师介绍了几个家教，我去看了看。结果人家都是女娃，只要女家教。没戏。”

“对哟。看你这德行，我真没想起你还是个大学生！”老王调侃他，“你要是去教人家女娃，换我是家长也不放心。”

程间骂了句粗话，笑着说：“老子有女朋友了好不好！又温柔又漂亮，围着转都不够，谁理外面的！”

“这样，看在你这烟的分儿上，我给问问卞总。”老王说，“她家是个小子，也在找家教。不过她儿子是个刺头，找了五六个家教，都被气走了。我不觉得这是个好工作。”

“那无所谓，给钱就行。多少钱？”

老王没有贸然报数，只说会帮忙问问，如果有戏让程间和卞总自己谈。

卞总就是企划部的那位女强人。家家有本难念的经，程间掂量着自己的斤两，也就是这个缺口可以用了。

任苒昏头涨脑地忙活了一周，终于搞清楚这堆文件的时间线和逻辑关系。虽然里面的专业词汇还是不太懂，具体业务之间的关系也不太明白，但是至少从同事嘴里飞出来的单词字面意思是啥，她能听懂了。

周一早上例会，任苒列席。散会以后，段经理走到她身边，要看看她的会议记录。任苒不明所以，但还是乖乖地递了出去。段经理看了看，没说什么，还给她就走了。

回宿舍跟杭英说了，杭英的关注点很奇怪：“你居然会做会议记录？拜托，这么多年同学，我都没见过你上课主动做笔记。”

任苒都是课后抄杭英的，上课不是梦游就是睡觉，听课这种事是不存在的。

任苒也是一愣，为了不掉队，跟上同事的工作节奏，她似乎改变了很多。

程间已经被卞总接纳，除了做孩子家教，辅导孩子上课之外，还包括带小孩玩儿、陪他吃饭、看着小时工收拾家里。总之，他就是卞总家小公子身边的大管家。

为了让调查问卷能够得到王朝的有效回答，程间豁出去了。小孩子淘气？没关系，一起玩，跑跳投，不信累不瘫你。不写作业？没关系，不写不给吃饭。饿急了你妈也没回来，写多少吃多少，等到卞总回来，孩子已经吃饱喝足写完作业睡着了。

一周下来，小孩子已经对程间形成了依赖，程间多少松了口气。然后就看到任苒的第二封信笺。

除了汇报这段日子的工作，还有就是自己这些莫名其妙的变化。不仅是做笔记，还包括她现在看到电脑也不觉得害怕了，每天第一件事就是打开电脑，否则就会觉得无所事事。她打字越来越流利了，一份传真居然可以不看键盘打完，林林总总一大堆。

最后任苒发出灵魂拷问："你觉得我是喜欢这份工作呢？还是单纯地不服输？"

程间照例买了一束玫瑰送过去，附送的卡片上多写了一句话："反正你现在上班的时候没有疯，那就说明还可以。加油！"

他知道，任苒和自己是不一样的。

对任苒来说，没有什么是必须做的，她永远有一条退路在等着她，也不是每个机会都要抓住的。因为摆在任苒面前的所有机会，都要和那条退路比一下，才能确定是否有选择的必要。

人和人是不一样的，程间并不嫉妒任苒。

她是女生，天生就和男生不一样。程间有点大男子主义地想。但是，他心底还有另一个想法，在这么多天的努力辛苦之后，在看到她一封封娓娓道来的信之后，程间心底的那个念头越来越清晰：他，程间，想成为任苒的那条后路。

就像他在海边说过的，他想看到这个世上还有一个人，可以在他的羽翼之下自由自在地活着，活成本来的样子。

这个人，程间希望是任苒。

任苒下班回来看到，哑然失笑。现在看到程间的花已经没有那么激动了，反复看了几遍留言，端起脸盆去水房洗掉脸上的残妆。她开始化妆了，像所有办公室的女性一样，画上淡妆，让自己看起来像是戴了个面具。

红不是真的红，白也不是真的白，不因疲惫而变淡，不因干涸而起皮，任苒以前很烦这种事情。但是现在，她似乎习以为常了。

尽管挂着一层面具，但是身体里似乎也有什么东西在慢慢复活。她不再害怕那些英文邮件，甚至开始揣摩邮件背后的含义。她试着去理解信用证，去查阅保函的相关规定。她去研究班轮，去看公司货物的各种单据，她甚至开始幻想有一天自己可以去开拓属于自己的市场。

她变得野心勃勃。

她第一次对小说之外的东西产生渴望，并且毫不畏惧。

到了水房，看到蒋雪柳也在洗漱，两人愣了一下。一种久违的陌生感油然而生，之前那些恩怨，现在想起来居然像落了一层灰，明明还在那里，却激不起半分情绪。

“听说你在公司实习？”蒋雪柳开口，依旧笑眯眯的。

“对。听说你去了港务局？”

“嗯，只是实习而已。”

“那你们的项目调查——”

“我已经退出来了。”蒋雪柳顿了一下，看着任苒，“基本上都退了，现在就程间一个人在搞。你不知道吗？”

任苒笑着摇了摇头，不介意的样子让蒋雪柳有点恍惚：“你们没在一起？”

“这有关系吗？”任苒费解地反问。

“你不关心他？”

任苒语噎，迟疑着说：“我们没谈过这些事。”

那一周的甜蜜之后，他们进入了各自的“打怪升级”模式。彼此靠着偶尔的信笺和鲜花保持着联络，各自工作的艰难，都没有提到。

更何况，在这种事上，任苒有自己的想法。

程间独力支撑固然辛苦，但她也没闲着。今天刚参加了一个商务谈判，虽然只是列席的备胎，但昨天晚上还是吓得发起了烧。

杭英又去北京参加考前培训班了，宿舍里只有她一个人。烧得昏昏沉沉，连退烧药都没找到。

第二天醒过来，退烧了，还是拎着包去上班。这样的事，她也没觉得有告诉程间的必要。

每天那么多事要做已经很辛苦、很累，如果下班还想着这些事，念叨这些苦，那岂不是没有休息放松的时间了。想聊就聊，累了、倦了、烦了不想聊就不聊，归根结底是个人的选择，旁人——哪怕是最亲密的人，也没必要为了显摆关心而刨根问底。

为了自己所谓的善良或者爱，把别人的伤疤揭开，简直太残忍了。

任苒感同身受。

然而，蒋雪柳和她理解的显然不一样。

蒋雪柳摇了摇头：“如果不是亲眼看到你俩在一起，我是不会相信的，或者你们现在已经分手了，对吧？”

任苒摇头：“分手倒是没有，不过你要是有想法，也无妨开展行动。”

她现在对程间有种莫名的信任，如果一定要为这种笃定找一个理由，那就是程间很忙，忙得没时间风花雪月哄女孩。但是扪心自问，这是否真的是笃定来源，任苒只能悄悄地否定。

她也不敢承认什么，程闾只承诺了一个假期，这是铁一般的事实。

"一边去！我有那么贱吗！"蒋雪柳变脸，"程闾是很优秀，但世上又不是只有他一个男的。你当我是小说里的恶毒女配吗？算了吧！我要做我自己故事里的女主角，你的——一边去吧！"

任苒上下打量蒋雪柳一遍："这我真不知道！根据我的理论经验，能这么看开的时候，多半已经心有所属。你不会是变心了吧？看上程闾之外的男人了？"

"滚滚滚！"蒋雪柳恨不得往任苒身上泼水，"老娘最近忙得很，没时间跟你聊这些无聊的事儿！"

看任苒笑嘻嘻地不肯走，蒋雪柳端起盆，凌空虚踹了一脚，出了水房。

任苒若有所思地看着蒋雪柳的背影，竟冒出些惆怅。

忙忙碌碌，暑期过去了三分之二，任苒开始参与一些基础的制单工作。她甚至想参加报关员考试，但是被段经理否决了。任苒也没争，只是继续做着自己分内的工作。没事的时候，就拿着公司之前的资料看。

按部就班，累是累，但习惯了也就无所谓了。

习惯了上班之后，周末的懒觉就消失了，到点就醒的毛病算是彻底没法儿改了。

任苒趴在床头，看着窗外的大海发呆。她已经很久没去借小说了，也许这两天趁着休息没有加班，该去借两本放松一下。而且——发工资了呢！

任苒摸出钱包又数了一遍。虽然才八百块钱，但是是自己挣的，感觉还是很激动的。

先数出五百——不，三百吧，给爹娘留下；然后留出一百，给程闾买点啥；剩下四百，争取做下个月的生活费，慢慢就能自己养活自己了。舅舅和舅妈太高大上了，自己这点钱买不起能送他们的东西，那就找时间去陪他们吃顿饭吧。

正盘算着，呼叫器响了，任苒趿拉上拖鞋就冲了下去。杭英说买到了那个《科技英汉大辞典》，也许已经寄到了。

冲到楼下，宿管阿姨说有人找。

任苒左右看看没人，走到台阶前望了望，稀稀拉拉的人也不知道是哪个。

“怎么，连我都看不到了吗？”

熟悉的声音在身后响起，任苒愣住，觉得自己可能在做梦。深吸一口气，慢慢转过身，看到程间懒洋洋地靠着墙正晒太阳。

早上八点多的太阳照在他身上，明晃晃的，耀得人睁不开眼。

“拉我一把，这太阳太舒服了，晒得人腿软。”

任苒傻乎乎地走过去，伸手去拉，却被一股大力拽过去，跌入一个有点陌生的怀里：“我想你了。”

程间喟叹着。那句想起来就让他面红耳赤的话，就这么自然地说了出来。

尾声

我只要现在

阳光正好，人烟稀少，被晒得暖洋洋的墙面好像一张巨大的温床。两人靠墙站着，懒懒地晒着太阳。

任苒曾提议去自己的宿舍，程间似笑非笑地问："你们宿舍有别人吗？"

"没有啊。"任苒不明所以。

"和我们宿舍一样。"程间抬头对着太阳眯起眼睛，漫不经心地说，"都不方便。"

"为什么？"

任苒越过他的肩膀，看着那张有点熟悉又有点陌生的脸。

程间低下头，嘿嘿一笑，慢慢地顶上任苒的额头，喃喃道："我怕……把持不住，做了坏事。"

轰！

任苒一下推开程间，若不是被抱紧了，整个人一定会跳到台阶下面。

程间告诉任苒，调查报告写完了，但是接下来自己还会去做卞总家的家教，要一直坚持到开学。

同时，王朝人事部的刘主任给了他一个实习机会，接下来可能整个大四上半学期都要实习了。

任苒则说了自己工作的体会，说了自己有点突兀的野心。

不过工作之后，她反而觉得学习才是最幸福的一件事。所以，她打算开学后就结束实习，老老实实回学校上课做论文。虽然只有一年，但好好珍惜吧。

程间说："北上广机会多，但最重要的是自己能得到什么样的机会。比起地域这种空旷的概念，我觉得一个人参与一个什么样的企业，能得到什么样的职位，获得什么样的锻炼，认识什么样的人，才是更重要的。与这些相比，在哪里倒显得次要了。"

任苒若有所思，"我以前只想着让家里安排，现在却觉得，其实我有能力做好自己的事。我的生活可以交给自己把握。"顿了一下，她低头道，"人在哪里的确无所谓，做什么也无所谓，开心不开心才更重要。"

和喜欢的人在一起，才是最重要的。

最后这句，她在心底对自己说。

最是人间留不住，朱颜辞镜花辞树。那些花已凋落许多，可卡片却藏在床头。她不要表面的繁华，不要求朝夕相处的甜腻，但很想在未来的日子可以有送花人的陪伴。

良久，任苒站起来，走到地台的栏杆处，趴在上面，看向远处的天空："我想……有件事，我憋了很久了。"

程间跟过来，靠在栏杆上，看着任苒，挑了挑眉："哦？你心里还有能藏很久的事吗？"

"跟你比是很短了，但对我来说，这辈子没这么长过。"

"说来听听？"

程间侧身探过来，脸离得很近，近得任苒几乎能看清他眼里的欲望。

任苒垂下眼帘。她喜欢程间三年，这个男生在她心里一直都是清清白白、干干净净的存在。但是现在，她感受到了另一种冲击，当他站在她身后，磁性的声音灌入耳膜时；当她撞入他的怀里，听到他的心跳时；当她与他声息相通，被似有若无的暗示挑逗时，她感受到了另一个程间。

当喜欢被注入了欲望，就变成了爱情。

她想和他在一起，不分开。

任苒认真地看了一眼程间，严肃的样子让程间不由自主地收起了嬉笑。

任苒说："等到暑假结束了，你就不必陪我玩儿这个游戏了。但是我现在想告诉你，我等不到暑假结束了。"

程间慢慢站直了身体，凤眼危险地眯起来，居高临下地看着任苒。他是沉默的，却也是危险的。

任苒深吸一口气，干脆不去看："我不想做这个游戏了。因为我以为我可以到时候挥手说再见，重新再开始。但是现在我知道，我做不到。我可以不和你联系，可以不见你，那是因为我知道你身边的人是我。我想过有一天不在你身边的时候，或者你身边出现别人的时候——我受不了！如果现在不结束，我不知道到时候还能不能体面地结束。"

程间依旧沉默着。

任苒舔了舔嘴唇："我大一就喜欢你，一直没变过。你陪我做游戏，我很开心。我想只要我是真的，不在乎你是真是假。你很忙的时候，我不联系你也过得很好，本以为自己真的可以轻松离开。但是刚才你出现的时候，我才发现，我不想你走，一点都不想！《白马啸西风》里阿秀说：'那都是很好很好的，可是我偏不喜欢。'现在我明白了她的意思。未来有千万种好，我只要现在！可是现在，留不住。我……"

她转过身，看着远处的天空，忍着泪水。

身后传来衣袂的簌簌声，两只手臂环抱过来，程间的声音从任苒头顶飘出去，恍恍惚惚却又真真切切："谁有时间陪你做游戏！你是不是傻？我们不是游戏，我是你男朋友，一开始就是！"

任苒迟疑了一下，终于推开一丝缝隙转过身，双唇却被堵了个结结实实，再也没有说话的机会。

以吻封缄。

心意相通。

未来还有千万种可能，还有千万种困难，也不过是像他们曾经遇到过的困难一样，总要携手度过。

不知不觉间，相爱了；

不知不觉间，毕业了；

不知不觉间，变老了；

简简单单，就是我们这一生。